UNICORN

機動戰士鋼彈UC

7 黑色獨角獸

福井晴敏

角色設定 安彥良和　機械設定 KATOKI HAJIME　原案 矢立肇・富野由悠季　插畫 虎哉孝征

Previous to GUNDAM UC

前情提要

宇宙世紀0096年，為了爭奪能顛覆聯邦政府，名為「拉普拉斯之盒」的謎樣目標，畢斯特財團、地球聯邦政府，以及新吉翁軍殘黨在檯面下持續爭鬥。住在工業用殖民衛星的少年巴納吉·林克斯，由於協助自稱奧黛莉的神秘少女，也就是米妮瓦·拉歐·薩比而被捲入這場紛亂，還受託付前往「盒子」所在的路標——純白MS「獨角獸」。

每當與新人類戰鬥，「獨角獸」便會顯示出通往「箱子」的新座標。在所提示的座標引導下，巴納吉在各地轉

戰，其間被新吉翁偽裝貨船「葛蘭雪」救了一命，一度與他們共同行動。只是在達卡鎮壓作戰中，眼見與新吉翁聯手的伊斯蘭系反政府勢力進行虐殺，巴納吉為了阻止這種沒道理的行為，衝出「葛蘭雪」。一方面有受託照料米妮瓦的利迪·馬瑟納斯出手協助，巴納吉總算成功擊毀蹂躪達卡的巨大MA。然而下一刻，他卻又被突然出現的「獨角獸」二號機「報喪女妖」打倒，連同「獨角獸」一起被收容在聯邦軍戰艦「拉·凱拉姆」上。

掌握畢斯特財團的瑪莎·卡拜因、巴納吉的同父異母哥哥亞伯特、遭到軟禁的米妮瓦、煩惱的艦長布萊特·諾亞，以及經過再調整而化為傀儡的強化人瑪莉妲。在各方思緒交錯的「拉·凱拉姆」內，成為俘虜的巴納吉，持續接受關於「獨角獸」所提示下個座標的審問。

插畫／安彥良和、虎哉孝征

「所有人都給我消失！」——猛衝的「報喪女妖」同樣以光束勾棍硬拚「獨角獸鋼彈」的，某種異於粒子束干涉的光芒爆發，讓「迦樓羅」的機翼產生果凍般的搖晃。（摘自本文）

機動戰士鋼彈UC（UNICORN）7

黑色獨角獸

福井晴敏

Kadokawa Fantastic Novels

封面插畫／安彥良和

KATOKI HAJIME

扉頁・內文插畫／虎哉孝征

機動戰士
鋼彈UC UNICORN
MOBILE SUIT GUNDAM UNICORN

0096/Sect.6 黑色獨角獸

登場人物

●巴納吉・林克斯

本故事的主角。受親生父親卡帝亞斯託付MS「獨角獸鋼彈」，一步步被捲進圍繞著「拉普拉斯之盒」的戰爭中。16歲。

●米妮瓦・拉歐・薩比（奧黛莉・伯恩）

昔日吉翁公國開國之祖薩比家的末裔。為了平息圍繞著「拉普拉斯之盒」的戰爭，與利迪一起前往地球。16歲。

●利迪・馬瑟納斯

地球聯邦軍隆德・貝爾隊的駕駛員，政治家族馬瑟納斯家的嫡子。與米妮瓦一起逃到地球。23歲。

●弗爾・伏朗托

統率諢名「帶袖的」的新吉翁軍殘黨之首領。有「夏亞再世」之稱，親自駕駛專屬MS「新安州」。年齡不詳。

●安傑洛・梭裴

擔任伏朗托親衛隊隊長的上尉。迷戀伏朗托，對於伏朗托所關注的巴納吉抱持執拗的反感。19歲。

●斯貝洛亞・辛尼曼

新吉翁軍殘黨偽裝貨船「葛蘭雪」的船長。為了奪回部下瑪莉妲而降落地球。52歲。

●瑪莉妲・庫魯斯

前新吉翁軍強化人。被畢斯特財團俘虜及再調整，成為「獨角獸」二號機「報喪女妖」的駕駛員。18歲。

●亞伯特・畢斯特

移送瑪莉妲至NT研究所的亞納海姆公司幹部。是巴納吉的異母哥哥，親手殺了親生父親卡帝亞斯。33歲。

●塔克薩・馬克爾

地球聯邦軍特殊部隊ECOAS的部隊司令，中校。為了幫助巴納吉而犧牲了自己的性命。得年38歲。

●奧特・米塔斯

在被「拉普拉斯之盒」相關狀況擺弄的突擊登陸艦「擬・阿卡馬」上擔任艦長，階級為中校。45歲。

●美尋・奧伊瓦肯

在「擬・阿卡馬」艦上服役的新到任女性軍官，是一位活潑伶俐的女性。22歲。

●羅南・馬瑟納斯

地球聯邦政府中央議會議員。利迪的父親。企圖將「拉普拉斯之盒」納於政府的管理之下，以維持聯邦的霸權。52歲。

●布萊特・諾亞

隆德・貝爾隊司令。擔任旗艦「拉・凱拉姆」艦長，涉入與「拉普拉斯之盒」相關的事件。階級為上校。38歲。

●奈吉爾・葛瑞特

隆德・貝爾隊的王牌駕駛員。與戴瑞、華茲共同組成有「隆德・貝爾三連星」之稱的小隊。27歲。

●瑪莎・畢斯特・卡拜因

畢斯特家的女王。卡帝亞斯的妹妹。企圖將「拉普拉斯之盒」納入掌中，維持畢斯特財團對地球圈的控制。55歲。

●拓也・伊禮

巴納吉的同學，是個重度MS迷。目標是成為亞納海姆電子公司的測試駕駛員。16歲。

●米寇特・帕奇

在「工業七號」讀私立高中的少女。對巴納吉有好感。與拓也等人一起搭上「擬・阿卡馬」。16歲。

●卡帝亞斯・畢斯特

畢斯特財團領袖。將開啟「拉普拉斯之盒」的鑰匙「獨角獸」託付給兒子巴納吉後殞命。享年60歲。

0096/Sect.6 黑色獨角獸

1

空氣中夾雜著塗裝漆與電線過熱的異味，是軍艦裡特有的氣味，逼著人不得不去正面感受自己處於封閉空間內的事實。排列於牆壁上的升降柄握把，在重力之下全成了大而無用的裝置，延伸在眼前的，是只顧實用性而毫無特色的通路。亞伯特·畢斯特正奔跑在通路上。不顧鞋底每次蹬在地板上都讓他鬆弛的贅肉跟著上下晃動，也不顧感到吃力的膝蓋，他一股腦地跑在長長的通路上。亞伯特推開走在通路上的戰艦乘員，來到Ｔ字路盡頭的牆際後，他看見自己所求的ＭＳ甲板氣閘。

心急得好似要撞向門板的亞伯特湊到氣閘前，連氣壓計的數值也沒確認，就逕自按下了開啟鈕。呼嘯吹向外頭的風，證明外部的空氣已經流進了ＭＳ甲板。即使目前的航道對於「拉·凱拉姆」來說幾乎等於是貼地前進的低空飛行，但與保持一氣壓的艦內相比，高度五百公尺的氣壓仍然低上許多。亞伯特來到在足稱作巨大空穴的ＭＳ甲板一角，沿牆際設置的窄道之上，他從扶手探出身子，望向艦首的方向。與彈射甲板相通的艙門才完全開啟，鋼鐵巨腿踏在地板上的重低音頓時響徹周遭，亞伯特望見清一色黑的異樣機體穿過艙門口。

以直線構成的冷酷機身，搭以將臉部線條完全隱藏住的面罩。瞧見「報喪女妖」額上豎著金光閃閃長角的威風面容，站在甲板工作的整備兵全都停下手邊的工作，朝它投以愕然的視線。「報喪女妖」旁邊還能看到「獨角獸」的白色機體，但同樣具有獨角的頭部卻無力地低垂著，在「報喪女妖」的攙扶下才勉強能站直。裝備護盾的左腕也癱軟地垂下，光束格林機槍的槍口幾乎貼到了地面。

與隔著艦橋螢幕確認時一樣，相較於完全失去生氣的「獨角獸」，「報喪女妖」漆黑具光澤的裝甲上卻沒有任何一道傷痕。沐浴在飄著油臭味的風中，凝視著遭粉塵沾污的白色機體，亞伯特衝向設置於牆際的ＭＳ懸架。臨時供給「報喪女妖」使用的懸架旁，能看見身穿白衣的班托拿與其助手佔據作業用的吊艙，正操作著攜來艦內的觀測儀器。

無視於投注觀察目光的人們，「報喪女妖」人類一般地彎下腰，讓自己肩膀扛著的「獨角獸」慢慢坐到甲板上。「狀況怎樣？」由扶手缺口坐上吊艙後，亞伯特氣喘吁吁地向班托拿問道。駝背的班托拿緩緩轉過他的禿頭回答對方：

「應該可以說，比預期中的更加理想吧。檢體對於『報喪女妖』的適應相當完美，與ＮＴ-Ｄ之間的聯繫也沒有出現問題。」

看著獰笑的新人類研究所所長，亞伯特在安心前倒先感到了一陣不快。事先再三為自己保留退路，表示洗腦還不完全，沒辦法為將其貿然投入實戰負責的人到底是誰？「這也就是所謂的知難行易。或許是瑪莎夫人給的觀念發揮了效果吧？」未多理會繼續說話的班托拿，亞伯特將手伸向吊艙的升降鈕。在慌忙抓住扶手的班托拿等人陪同下，亞伯特一口氣下降十公尺的高度，在吊艙完全停妥前便跳到了甲板上。

用著尺寸大如乘用車的腳部踏響地板，「報喪女妖」龐大的身軀正朝懸架走來。亞伯特瞥了位於約四層樓高度的腹部一眼，一瞬間想起坐在駕駛艙中的「檢體」臉孔，接著又跑向坐倒在甲板上的「獨角獸」。出擊至達卡的ＭＳ部隊一行已經歸艦，甲板的懸架有半數正陸續被填滿。亞伯特暗忖，自己必須在戰艦成員以及駕駛員們安定下來前，先了結本身的工作才行。他穿過沾上火災現場煙味的「傑斯塔」腳下，並且和三三兩兩會合至身邊的部下一同橫越甲板，但一道怒斥「這是怎麼回事！」的聲音卻令他止住了腳步。

「我才剛被那架黑色的『獨角獸』偷襲耶！叫駕駛員出來。你們之中的負責人是誰!?」

儘管被身著黑色西裝的部下阻止接近，那名駕駛員仍把怒氣騰騰的目光朝亞伯特投注而來；亞伯特對他的臉有印象。將「德爾塔普拉斯」受到「報喪女妖」的奇襲波及，在回收時呈現出四腳朝天樣相的機體也納入視野之後，亞伯特掛著做作至極的笑容回應：「這不是利迪少尉嗎?」

「在『擬·阿卡馬』時,我聽說你已經戰死,能看到你平安無事,這真是太好了。」

睜大眼睛回望亞伯特的臉上,露出驚愕的神色。「你是亞納海姆公司的……」利迪·馬瑟納斯話才說到一半,亞伯特便搶先回以一句「我是畢斯特財團的亞伯特·畢斯特」,隔著部下的肩膀緊盯對方那頭留有戰場亢奮的金髮。

「我得為處置不周的部分向你道歉。因為財團命令『報喪女妖』的駕駛員,要將確保『獨角獸』視為最優先的任務。」

「『報喪女妖』……你指的是那架黑色的『獨角獸』嗎?」

「正是。它是目前完成度最高的RX-0,也沒安裝拉普拉斯程式一類多餘的東西,堪稱純正的對新人類用MS。」

利迪嚥下一口氣,微微縮起下巴的臉上,正透露出共有相同祕密的內疚。身為羅南·馬瑟納斯親生兒子的他,是被移民問題評議會當成鷹犬派來的,這點亞伯特很清楚。別讓這人靠近——用目光對部下們如此交代後,亞伯特撇下纏上自己的視線,隨後便要轉身。「喂,站住!你們這些人是有什麼權限……!」怒罵的聲音緊追而來,亞伯特用一句「布萊特艦長都明白」將對方打發,並且快步走近「獨角獸」。

身上四處是燒焦的痕跡，白色機體悽慘地染上一層黑污，剛來到其腳邊，一陣悶熱的熱氣便吹到亞伯特臉上。為了以防萬一，手持消防水管的整備兵們正守候於機體周圍，隨時準備應對突然起火。「所有人都不准靠近！那是我們財團名下的資產！」如此怒喝之後，亞伯特戴上部下遞給他的手套，擠進人牆之中。散開的部下們圍繞住機體，開始阻擋艦內乘員接近，亞伯特對他們的舉動毫不在意，將手湊到「獨角獸」散發餘熱的裝甲上。

爬上由部下架起的舷梯，亞伯特將腰際的前部裝甲當成立足點，攀爬至腹部的駕駛艙蓋前。由卡帝亞斯打造出的「拉普拉斯之盒」鑰匙，同時也是掌握世界命運的純白機體——總算回到了他的眼前。亞伯特原想將「拉．凱拉姆」作為搜索的據點，卻沒料到才剛與戰艦碰頭，竟然就能將「獨角獸」手到擒來。他不會再讓任何人來攪局。亞伯特打算立刻將其開腸剖肚，把「盒子」的祕密取出。用手套擦了短瞬間就變得汗涔涔的臉，亞伯特站到駕駛艙蓋旁，低聲向隨後跟上的部下交代：「動手。」點頭之後，部下打開艙蓋旁的檢修門，拉起了強制開啟桿。熱空氣噴出的聲音響起，由胸部蓋到腹部的艙蓋彈開，駕駛艙口的四方形孔穴出現在亞伯特眼前。

由於還維持著動力，駕駛艙裡是亮的。等部下抽出懷裡的自動手槍，並且檢查完艙內情形、點過頭之後，亞伯特才踏進那狹窄的球形空間中。只見被全景式螢幕環繞的線性座椅裡，沉陷著癱軟一動也不動的駕駛裝身影。

巴納吉．林克斯——嘴裡低喃出從來到地球後，便一直在心中揮之不去的姓名，亞伯特隔著頭盔望向對方昏厥的臉孔。那張臉會腫得像被人揍過，是因為曾經曝露在強烈G力下的緣故嗎？亞伯特將忽然湧現的疑問趕到意識之外，環視起映照出甲板光景的全景式螢幕。上頭只顯示著幾個機能不全的視窗，此外並無值得一提的異常部分。雖然亞伯特不知道「獨角獸」是在何種經過下才參加了達卡的戰鬥，但是NT-D既然已經啟動，新情報被提示出來的可能性應該很高。他將手湊到線性座椅上，凝視到處傳出雜訊的螢幕，跟著則把視線轉向了座椅前的儀表板。

看見在三塊儀表板中，中央那塊正顯示著「La＋」的標誌，亞伯特的心臟隨即猛然一跳。就是它，點出通往「盒子」路徑的拉普拉斯程式。既然系統正處於待命狀態，只需簡單的操作就能將資料叫出。這次依然是中繼點的座標？或者會直接讓「盒子」的藏匿地洩底？亞伯特望向背後，確認過沒有任何人偷看駕駛艙之後，他將發抖的手伸向觸控式面板。一瞬間，電力中斷的聲音響起，四周為黑暗所包覆。

全景式螢幕影像熄滅，拼接成球形的螢幕面板接縫露了出來。「La＋」的訊息顯示如幻影一般地消失，亞伯特一個勁兒地按預備電源的開關。不管怎麼按，電力就是無法恢復，觸控式面板的訊息也沒能變回原樣。是發電機纜線燒斷了嗎？擦拭汗如雨下的額頭，也將手伸向線性座椅旁的側邊螢幕，亞伯特看見視野邊緣閃過一道白色的物體。

「你這樣沒用喔。」

在頭盔的面罩底下，巴納吉的眼白浮現於黑暗之中，腫脹的臉頰則隨笑容而扭曲著。螢幕並不是自然熄滅，而是被關掉的——如此理解的腦袋冒出一陣戰慄，亞伯特注視著癱坐於線性座椅的少年。對方堅強的目光與卡帝亞斯的眼睛重疊在一起，亞伯特感覺到全身的汗水突然冷了下來。

※

明明已經過了近一天半，電視裡播出的達卡天空卻依舊是淡褐色。會是撤除瓦礫與進行救援工作時，又掀起了新的粉塵嗎？或者，是毫無道理地被剝奪的四萬餘條性命仍未理解本身的死，久久滯留不去？

在幾台工程機械包圍下，ＭＡ的亡骸從倉卒蓋起的鷹架露出巨大軀體的一部分。重傷者多得排到走廊上，市立醫院的慘狀甚至讓人將其錯認為野戰醫院。綿延的瓦礫平原，以及重疊其上的死傷者、失蹤者的跑馬燈訊息，全都瀰漫在一片茶褐色之中。注視著仍以千人單位在增加的死傷者數字，羅南．馬瑟納斯心中產生一股熟稔的罪惡感——這也是「盒子」的犧牲者嗎？乘著感觸的升起，他將視線從辦公室的電視上挪開。羅南把椅子轉到有夕陽照進來的窗口方向，重新將耳朵湊到夾在肩膀與臉頰間的話筒後，他苦笑著說道：「現在正是諸事繁忙之際，要蒙受沒根據的嫌疑，可會讓人受不了哪。」

「這次的事件完全是在意料之外。如妳所知，達卡聚集有眾多的資本。我只在電話裡和妳講明，其實我也有用公司名義買下達卡企業的股權。作出讓手中股票變成廢紙的事情，於我又有什麼好處？」

『可以積極推動聯邦軍重編計畫——如果這麼解釋，不知道你覺得如何？』

經由衛星傳輸的熱線電話那端，傳來了女性即刻作答的聲音。『這次的事件明顯指出，地球上仍然有威脅存在。連宇宙軍在內，還能促使地球上的三軍重編強化，並且在共和國解體大限前一舉掃蕩吉翁的勢力……肯定會帶來莫大的經濟利益呢。達卡股票的損失輕輕鬆鬆就可以被填補掉吧？』

瑪莎．畢斯特．卡拜因——月球的女王，叫人輕忽不得的女人。一如政經界給的風評，這位擁有毅力與實力的人物此時正在電話另一端竊笑著。才搭上迅速趕至達卡的「拉．凱拉姆」，瑪莎便以艦長專用的熱線打通羅南辦公室的電話，並拋來刻意的挑撥言語。儘管羅南已透過他人得知瑪莎來到地球的情報，但她卻能比任何人早一步應對達卡發生的變故，更將RX-0當成伴手禮派至現場，羅南不得不承認，這般的行動力實在非比尋常。為了防止畢斯特財團干涉，羅南才會拉攏「拉．凱拉姆」獨立搜索「盒子」，然而就目前情勢來看，他已完全被對方先發制人。

既然瑪莎能隔著有參謀次長當靠山的自己插手此事，那麼她至少已經取得了參謀本部總長，甚至部長等級的認可——這樣的可能性是存在的。對於習慣見風轉舵、只會顧及眼前利益與自保的高官們來說，達卡的意外事件將帶來何等衝擊，又會讓他們拋下多少節操呢？隔著電話感受到瑪莎對一切了然於心的餘裕，羅南回以一句：「這樣一來，會得利的應該是你們才對吧？」他藉此將泥巴塗回對方臉上。

「我說，亞納海姆電子公司的社長夫人……不，現在應該稱妳為畢斯特財團的代理領袖才對嗎？」

『叫我瑪莎就好。』

「那麼，瑪莎，即使我們的訴求在於擴大軍需，但也不會將首都充作犧牲品。與三年前拉薩的時候不同，這次在政府方面也出現了眾多犧牲者。首先，引起事件的並非是新吉翁，而是宣揚分離主義的伊斯蘭教激進分子。」

電視上剛好拍到賈維企業的公司建築，羅南便將視線瞥向了那段畫面。正面玄關停滿警車，抱著紙箱的調查員正像螞蟻一般地出入於大門。搜查甚至也遍及與其進行交易的企業，關於凍結賈維企業資產的各項手續，目前大概已完成至初步階段了吧。賈維企業擁有的太陽能發電廠被納入政府的管理傘下，其營運利益將用於重建達卡與賠償受災者遺族。這方面的程序，八成已有關係單位組織起協力團隊，精打細算地敲起了算盤才對。不知是幸或不幸，議事堂與周圍的官廳區都得以從浩劫中倖免，被召集至臨時國會的議員們，正逐步集結於解除戒嚴的首都之中。

雖然馬哈地．賈維這名男子的目的現在尚無定論，不過單單一次的恐怖攻擊，並不足以讓金錢與權利的齒輪停下。包含為了建造那架ＭＡ而撒在監督機關的賄賂、政治獻金，以及重建首都的費用，全都只是循環於閉鎖圓環的資本社會之血。這人也是因「盒子」而陷入瘋狂的嗎？望著馬哈地再三被人播出的ＶＴＲ，羅南在內心撇下一句，跟著又將目光轉回了窗外。『你口中的激進分子，駕駛的可是刻有新吉翁徽章的ＭＡ。更何況，現場也有目擊「帶袖的」ＭＳ的情報喔？』如此辯駁的瑪莎，再度用聲音掐向羅南的脖子。

「無關於主義或主張，不法之徒在背後都會有所牽連。總之，這次事件帶來的衝擊僅次於以往的『夏亞之亂』。所有政府設施的警備等級都將提升，出入於地球的船隻也會無差別地受到臨檢。當然，連吉翁殘黨包含在內，對於恐怖分子的取締也會徹底執行。物流遲滯帶來的經濟損失、針對軍方與公共安全方面的追加修正預算，到底又得花費多少金錢——」

『羅南議長，你說的固然沒錯，但金錢計算方面，我們民間的狀況可是更慘澹的。讓我們停止彼此抹黑，談些對彼此都有好處的事吧。』

「我也希望如此。但我本身也是得立刻趕往當地的一分子。」

『那我就長話短說吧。聽說有某位身分高貴的訪客，目前正在議長府上逗留。我希望你能將那一位交由我們照顧。』

幾乎不會為任何事動搖的心臟開始猛然鼓動，握著話筒的手則發出顫抖。既已向軍方要求全時間的警護，羅南自然也有了覺悟，「她」待在家裡的事遲早會露出馬腳。但他終究沒料到，對方竟然會挑在這個時機捅自己一刀。「我不清楚妳在講什麼……」羅南立刻作出回應，但瑪莎又搶去他的話鋒，以冷淡的語氣接著說：『說了不想浪費時間這話的，可是議長你自己哪。』

『這也是為了那一位的人身安全著想。恐怖分子挑在國會休會期間攻擊首都，八成會讓媒體產生政府自導自演的聯想吧。與其將預算用於重編軍隊，認為更該把錢挪辦社會福利的在野黨，屆時也會和媒體站在同一陣線上。責任追究的矛頭，最後都將指向一直以來推動重編計畫的移民問題評議會。要是在這個節骨眼，卻讓人發現評議會議長將吉翁的公主藏在家裡……』

只為利益而動的軍產複合體支配者暗中與新吉翁掛勾，又策劃以伊斯蘭教激進分子作障眼法的恐怖攻擊，藉此讓聯邦軍重編計畫追加預算——無法輕易推翻的劇本頓時閃過腦裡，羅南忍住咂舌的衝動，閉上了眼睛。「真是套無懈可擊的說詞，甚至會讓人懷疑，妳才是幕後主使呢！」在羅南如此反唇相譏後，瑪莎忍俊不住地笑出聲音，她用著與己無關的口氣回道：『社會大眾只會相信自己想相信的事。』

『一切都是評議會的陰謀，這樣的故事應該是愚民會喜愛的刺激奇幻故事吧？』

「在那個奇幻故事中，會有藏匿神祕『盒子』的祕密財團登場嗎？」

『我想想哪。如果有媒體願意將以亞納海姆集團為首，財團關係企業的廣告收入全數割捨，那他們肯定是有把握寫出更有趣的奇幻故事吧。』

一切都已在她的預料之中嗎？一方面切身體會到對手的難纏，羅南同時也吐出一陣具覺悟的嘆息，帶出讓局面起死回生的話題：「提到財團，我倒是有耳聞一項情報。」

「目前議會正在檢討，要對社團、財團法人法重新進行評估。要是這項議案實施，對於財團法人的公益審核就會變得嚴格，空有名義的公益團體也將受到與一般法人同等的課稅。換句話說，利用非課稅原則的特權，來為集團企業蓄集資金的手法，將不再行得通。其中大概也有團體會因而被迫解散吧。」

『這跟藏匿「盒子」的祕密財團又能有什麼關係？』

「當然無關。不過前提是，『盒子』必須確實在手中才行。」

電話另一端的氣息消失，瑪莎初次以沉默作為回應。羅南並非虛張聲勢，為了這種時候，他準備了數種以法律手段將畢斯特財團逼上絕路的對策。羅南屏息等待對方的反應，但瑪莎在數秒後拋來的卻是冷靜的一句：『我不會著你的道喔！』

『請將「她」交給財團，這對彼此都好。』

「先不談我這邊，妳會得到什麼好處？」

『這任由你想像。我們已經確保了相當於「盒子」鑰匙的MS。請別忘了，就打算阻止「盒子」外流這一點而言，我們在利害關係上是一致的。』

羅南輸得一敗塗地。隱藏有「盒子」所在地訊息的RX-0、「拉．凱拉姆」的主導權，檯面上的所有籌碼都在瑪莎手中。關於達卡事件的事後處理，要單靠聯邦政府進行也有困難。如果不仰賴畢斯特財團的力量，甚至可能招致內閣解散的事態。『請你早一點作出決定。』瑪莎跟著說道的聲音就連囑咐也稱不上，羅南發出一陣重重的嘆息。

『只要送到「拉・凱拉姆」就好。你知道戰艦所在的位置吧？畢竟是令公子執勤的地點嘛。』

「是啊，這世界真小。我應該拜託妳，別向我兒子出手嗎？」

『哪兒的話，我並不想與你為敵喔。』

以諷刺至極的回應為談話作結後，瑪莎切斷了熱線。擱下話筒，羅南望向比方才更添紅暈的夕陽，然後靠在皮椅椅背上，嘆了一口氣。

馬兒的嘶鳴聲由中庭傳來，窗戶悄悄地產生震動。那應該是皮爾格林姆的聲音吧？這陣子利迪才騎著牠到處跑了一段時間，利迪一走之後，牠多餘的體力自然無法消耗——杜瓦雍曾如此向羅南透露過。望向牆壁上掛著的照片，羅南與滿臉笑容、年約五歲的利迪對了面，接著又將視線轉回沒有聲音的電視。疑似由受災者拍攝的事件當時VTR，拍到了崩塌的高樓大廈、迎面湧上的粉塵，以及來不及逃難的群眾，那情境簡直有如人間地獄。

利迪也見識了這樣的戰場嗎？讓馬瑟納斯家的宿命束縛，同時將對吉翁公主的情意當成唯一寄託的他，也親眼見到這樣的地獄嗎？為一陣鬱悶難受的情緒所驅，羅南關掉了電視。

在這之後，利迪將體驗各式各樣的絕望。儘管他會認為自己被父親背叛，並懷抱無處發洩的憤懣，守候著事態發展下去，但這也無可奈何。要讓他，以及他所生活的世界繼續存留，就只能這樣做而已。想避免百年前的詛咒顛覆世界，只能這麼做——羅南靜靜閉上眼，然後隨發出的嘆息一起睜開眼皮，他拿起內線電話的話筒。

「將米妮瓦・薩比小姐叫來。」

※

在夕陽隱沒於森林的稜線後，夜晚便於轉瞬間到來。別說是行人，就連車輛都不常經過的馬路也染上傍晚的黑暗，不知由何處吹來的風，正讓整片黑麥田窸窣作響地騷動著。放眼望去，並無街燈一類的照明，也看不見城鎮裡的燈光。唯有疑似舊世紀遺物的電線桿，沿著直直的兩線道連綿至遠方的地平線。

按之前訂的計畫從馬瑟納斯家逃脫後，已過了三小時餘。在預定中應該早就抵達城鎮才對的，現在卻一點也感覺不到接近城鎮的跡象。只不過走了七公里的距離，沒想到竟會消耗掉這麼多的時間與體力。唯一能作為標的物的，只有用作風力發電的風車群；遠遠望向風車後，米妮瓦・拉歐・薩比攤開從宅邸中帶出的道路地圖，卻發現四周已經暗得連字都沒辦法

看清楚，為此她咬起嘴唇。摺起隨風飄動作響的地圖，米妮瓦重新審視周圍。即將陷入黑暗的前方馬路旁，有塊具潦倒氣息的餐廳招牌。

那是間平房格局的小餐廳，在殖民衛星偶爾也能看見這樣的店。店前的停車場只停了一輛車，生意看來實在不算興旺。隔著略顯骯髒的窗戶偷偷看向店內，米妮瓦確認了，裡頭似乎不是專供惡質機車騎士聚集的場所，便一口氣推開雙扇對開式的店門。

能看見吧台與六個包廂座席。環顧著不只看不到客人、根本連店員都不見蹤影的店裡，米妮瓦含蓄地朝裡頭問道：「這裡能用餐嗎？」吧台對面發出椅子被拉動的聲響，像是店主的老人忽然探出了臉，顯得意外的目光則與米妮瓦對上眼。

手腳迅速地料理出油膩的薯條與漢堡，以及只有番茄與萵苣的沙拉後，店主再度坐回吧台對面的輕便椅上。擺在吧台角落的電視，正持續播映達卡事件的新聞。事件與新吉翁殘黨的關聯、聯邦全軍提高戒備等級、至今仍埋在瓦礫下的數千名失蹤者——或者死者。一邊讓播報員講出的一字一句扎著胸口，米妮瓦默默地用了餐。即使扣除從城鎮發車的長距離巴士費用，金錢方面多少也還有餘裕。這些錢是在留了字條後，由辛西亞的包包中擅自借來的。避人耳目去搜括他人包包，光回想自己曾作出這種行為，米妮瓦便感到悲哀得汗毛直豎，但沒錢就寸步難行的現實，她已經在「工業七號」深刻體會過了。想到當下只能靠著這點錢過活，米妮瓦覺得即使是一枚銅板也不該浪費，這也讓她對飯後來杯咖啡的奢侈產生猶豫。

基本上，只是省吃儉用也保證不了往後的著落。只要到大都市，應該就可以與反政府團體的人接觸，也能跟新吉翁取得聯絡——儘管心中淡淡抱著這種期待，但米妮瓦明白，達卡事件發生後的局勢，讓她的期望更難實現。在最壞的情況下，她也可能被聯邦的公安方面人員逮到，不過總比在馬瑟納斯家讓人馴養好。一心只念著要避免被充作外交上的活籌碼，或讓人利用於達卡事件的事後處理，米妮瓦幾乎像是病症發作般地策動了這次逃脫，離開宅邸後的計畫形同於無。根本說來，即使能與援助者取得接觸，她也不認為現在的新吉翁會有自己的容身之處。

弗爾・伏朗托竟容許馬哈地・賈維這樣的男人在地球肆虐，更可能與其有過合作關係。明明還沒將「盒子」拿到手，他卻索性作出火上加油般的舉動，其真意究竟為何——在腦中喚起戴著冰冷面具的臉孔，米妮瓦不禁交握住手掌，就在這時，倒有咖啡的杯子被遞到她的眼前。米妮瓦疑惑地抬頭，望見店主在她面前說：「喝吧，算我請客。」

也沒刻意擺出笑容，對方直來直往的態度，削去了米妮瓦接受施捨的抗拒感。「謝謝你，那我不客氣了。」如此回道後，米妮瓦喝了一口咖啡。不知道該不該說是意外，但那是杯香醇而美味的咖啡。

「我在這一帶沒見過妳。妳是打哪兒來的？」

一邊收拾裝漢堡的盤子，店主說道。猶疑了一會之後，米妮瓦將食指指向天空。順著指去的方向仰望頭上，回道「妳是宇宙移民啊？難怪沒見過」的主人臉上露出笑容，米妮瓦也坦然展露了笑意。

「在這種偏僻的土地生活久了，會讓人連宇宙中有住人的事都忘記。妳是來觀光的嗎？這附近也沒有啥可看的吧。」

「不會……對於住在宇宙的人來說，只要能夠讓腳踏上地面，就已經是值得開心的事情了。」

「妳指的是地球的重力嗎？對我們這種人來講，重力反而也有造成不便的地方。要是能到宇宙，我這腳步多少也會變得輕盈些吧。」

俐落地洗完餐具後，店主用已有年份的圍裙擦手。儘管外表看來仍然健朗，他的手掌透露出的卻是長年勞動的刻苦。從掛在牆上的舊照片，米妮瓦看見一名身穿聯邦軍制服、疑似為店主兒子的青年臉孔，她試著問道：「店主您一直都住在地球嗎？」

「是啊，我從生下來之後，就連美國都沒有離開過。小的時候，倒曾經在學校遠足時去過衛星軌道。現在老婆也過世了，我是有想過住到宇宙去……但我攢的錢，根本連去程的太空梭費用都付不了哪。」

「我聽說強制移民的太空梭仍然還有在出航，難道不是嗎？」

「那玩意就像古代載奴隸出海的船一樣，是為了將政府抓到的非法滯留者送上宇宙才開的。不可思議的是，他們似乎聞得出來誰不想去宇宙哪。像我這種人，一直都不會被列到強制移民的名單上。」

帶自嘲意味地笑出來之後，店主也替自己倒了咖啡，啜飲上一口。雖然並沒有特別的佐證，但米妮瓦能想像到，照片裡那名出征的兒子大概沒有回來。

「要離開長年住慣的土地，也是會捨不得。不過哪，我們這個世代在成長過程中已經從祖父輩口中聽了很多舊世紀最後的慘狀。飢荒、天災、戰爭……要多慘有多慘。為了逃離那樣的地獄，人類才會組織聯邦政府，開始移民到宇宙。也有人說，那根本是硬將窮人丟到宇宙，但也有很多人是自願去宇宙的喔。他們都下過決心，在地球的自然恢復之前，不會再回到地球上。」

這種看事情的角度，自己已經遺忘許久。沒多看說不出話的米妮瓦臉龐，店主將視線轉向播放新聞特別節目的電視。

「達卡那裡，還不是塊被人認為在一百年以內，就會讓沙漠吞沒的土地。不知道是不是為了讓官員了解地球已經變得這麼慘，戰爭結束後，才會有人說要將首都搬到那裡。自然環境好不容易開始恢復，卻又讓一年戰爭打回了原狀。也有人覺得，人類是不是該全部搬到宇宙，讓地球好好休養才對……」

「聯邦政府之中，曾經有人這樣想嗎？」

「是啊，我想當時肯定有個既年輕又天賦異稟的理想家這麼想過……可是，即使在實際看過達卡的現實後，人們也沒有改變。只說沙漠擴張得這麼快，是超出計算外的事態，然後就把首都搬去叫西藏還啥來著的地方了。等那裡被新吉翁的恐怖攻擊摧毀後，那些人卻又跑回達卡大興土木。結果達卡還是成了恐怖攻擊的目標，真是叫人操心操不完哪。」

「即使理念是正確的，人的感情也不會去順從……真是無可救藥呢。」

「妳這話有深度哪，看來小姐妳挺有學問的。」

店主帶笑意的眼神中，出現了刺探的神色。發覺到自己講得太多，米妮瓦低下了頭。

「但妳這樣年輕的人，用這種方式看待事物並不好。我想，妳最好要記得，所有事物其實都是起自於人類的善意。」

「人類的，善意……？」

「會建立聯邦政府、進行宇宙移民，都是起自於想要拯救人類與地球的善意才開始的。

想留在地球上，並且將住慣的土地傳承給自己的孩子，同樣也是出自於善意。如果想讓公司賺錢、完成本身被賦予的責任也算善意，那麼企圖出人頭地、改善家人的生活，當然也是善意……」

「不過，那應該被稱為私心才對。就是有那種不顧全體的人們的私心，地球才會——」

「或許是吧。但如果否定了那層善意，這世界根本是一片黑暗哪。」

用咖啡潤了口之後，店主平淡地說。感覺像是被人抓出思考的破綻，米妮瓦眨起眼睛。

「也有人是壓抑感情，只為了全體在行動的呢。像東洋那位將老婆和兒子都捨棄而出家的神明……是叫佛陀對吧？我就實在沒辦法喜歡。將隕石砸下來的夏亞我也很討厭。一邊說那是為了世界、為了人類，但他做的事卻會讓人懷疑，他是不是從來都沒有喜歡過人類。」

這句話聽在米妮瓦耳裡，就像是在糾彈現在的自己。她既沒辦法委身於那雙溫熱的手掌，也無能去面對那包裹住身體的擁抱，決定不了立足點的自己，只是不斷在逃避而已——

「那麼，你覺得該怎麼做比較好呢？」一邊自覺到本身發問的聲音帶著一股激昂，米妮瓦面對面地注視了店主的臉。

「妳這種問題，可以用大人才講得出來的狡猾答案來回答：要是我懂那個問題的答案，就不會在這種地方當個小餐廳的老闆了。」

只有老人才能露出的柔和笑容，讓米妮瓦豎起的神經鬆緩了下來。小小嘆了一口氣，她回以淺淺一笑。

「我肯定你的意見。畢竟對人來說，了解自己的分寸是必要的……」

「是沒有錯，但被小姐妳這樣的年輕人用自以為看破一切的口氣，來為他人的器量簡單作出評估，也是很讓人傷腦筋。」

只有在這時候，店主是直直望著米妮瓦的眼睛在說話。感覺到蜷縮起來的自己讓人從背後拍了一把，米妮瓦噓下一口氣。

沒錯，自以為看破了一切的正是自己。抱怨著周圍的黑暗而蜷縮起身子，自己根本沒有主動去做過什麼。明明了解枯等是不行的，光並不會照進來，為何又要坐以待斃呢？「這樣嗎……你說的對。」無意識地低喃出口後，米妮瓦緊緊交握住雙掌。

「不顧身段地逃到外面來，卻又自以為看破一切地裹足不前……或許，我真的只是在逃避而已……」

店主一臉納悶地皺起眉頭。想做的事，以及不得不做的事——除此之外，現在的自己所能做到的事。就在米妮瓦心裡重複思索，默默低喃自己絕不能再逃避的時候。咖啡杯突然顫動作響，米妮瓦仰望天花板。

從上空壓境而來的重低音逐步變得明顯，能聽出是直升機螺旋槳的聲響，正讓震動在店裡擴散開來。就在玻璃窗與其他餐具開始共鳴之際，喃喃說道「軍方巡邏到這種地方來了嗎？」的店主，並未挪動他望向天花板的臉。沒什麼好畏懼的——在下定決心的瞬間，剛好對方也來迎接自己了。將冷掉的咖啡一飲而盡，米妮瓦叫了一聲「老闆」並且起身。她將漢堡的餐費擺在吧台上，並且直直地注視訝然回望自己的店主。

「你煮的咖啡很美味。光是能喝到這杯咖啡，我想這次來地球就有價值了。」

由天空照下來的投射燈光芒，將店裡的窗戶染成了青白色。汽車停車的聲響連續傳出，車門打開關上的聲音緊接在後。「妳……」背對著如此開口並後退的店主，米妮瓦轉向店門口。沒過多久，對開式的店門被人急忙推開，幾名殺氣騰騰的男子闖進了店裡。

儘管來者身穿筆挺的西裝，米妮瓦仍看得出他們懷裡都藏有手槍。要將她抓回去，簡直易如反掌——不對，會縱容她逃到現在才來迎接，應該是發生了需要她出面的事態才對。隱約地體會到箇中緣由，米妮瓦與站在前頭年約四十歲的男子對上目光。男子的表情絲毫沒有動搖，假惺惺地開口：「奧黛莉．伯恩小姐。」

「羅南議員正在等您。請跟我們一起回去。」

用著毫無破綻的身手走近米妮瓦，那人將手擺在她的肩膀上。一瞬間，米妮瓦幾天內鬱積的情緒頓時爆發，聲色銳利的話語由她口中冒出：「休得無禮。」

「我是米妮瓦．薩比，沒有逃或躲的意思。把路讓開。」

像是觸電般地挪開手，後退一步的高個兒男子跌了個踉蹌。向吧台後睜圓眼睛的店主行了一禮，米妮瓦走向門口，吸進一口氣之後，她投身至投射燈的光芒之中。

這樣就好。以奧黛莉．伯恩身分度日的時間已經結束了。身為承繼薩比家宿命之人，有許多東西非得面對才行。一面讓直昇機掀起的下洗氣流吹在身上，這項覺悟已緩緩定於米妮瓦心中。

※

「……我沒有無視隆德．貝爾獨立性的意思。不過，雖說是外圍組織，所屬於聯邦宇宙軍這點仍是不變的吧？你得聽從參謀總長的命令才行。」

就像在對訂購的商品進行客訴那般悠哉，瑪莎開口。以年紀而言顯得美艷異常的容貌，為「拉．凱拉姆」索然無味的艦長室帶來了過強的刺激。側眼瞧過一臉不耐的梅藍副長後，布萊特．諾亞擺回鐵面無私的臉孔，冷靜答道：「我對命令並無異議。」

「我本身的疑問，在於『為什麼得由身為民眾的妳來告訴我』這一點。」

「參謀本部和你做過確認了吧？」

「嗯。我有收到通知，要盡力配合畢斯特財團的要求。」

「那麼，你就聽命行事吧。隆德・貝爾是在戰後的動亂中，綻放於疲憊軍隊中的一朵無實花朵。等到宇宙軍重編之際，責任應該也就結束了。為部下安排新的配屬單位，應該是身為司令的布萊特上校的責任才對。」

「喔。」

「如果你能給予協助，我自然會奉上回報。目前，我就將這艘戰艦認定為UC計畫的評價試驗艦吧，正好這裡也備齊了作後備機的『傑斯塔』。繼續參加在宇宙軍重編方案中，居樞紐地位的UC計畫……這能為隆德・貝爾帶來什麼樣的未來，我想你應該明白。」

一邊安坐於接待用的沙發上，瑪莎得意洋洋地重新翹起腳。面無表情地望向對方的臉孔後，問道「你明白嗎？」的布萊特把話題拋給梅藍。「我不明白。」聽到副長心裡有數的接腔，布萊特一面在內心感到滿足，一面又望向瑪莎。擱在扶手上的手掌微微緊繃，瑪莎瞇起蘊含焦躁的眼睛。

「……還真是隻老狐狸呢。我聽人說，你是個不懂世事的木頭人，看來大概是那群無能的幕僚看走眼了吧。」

布萊特無意對此表示否定或肯定。與緘口的布萊特彼此注視了幾秒後，瑪莎呼出一口氣、站起身，「總而言之，得請你聽從我方的指示。」把話講完的她隨即轉過身子。

「先告訴你，想指望羅南議長的人面也沒有用喔。事情已經在艦長不知道的地方都談妥了。」

對於不知道的事，我也無可回應——在表情中透露出這樣的訊息，布萊特保持沉默。瑪莎眉心擠起皺紋，賞了足以令人背脊一涼的一瞥之後，淡紫色的套裝身影甩過頭，自艦長室離去。布萊特一舉鬆下肩膀的力氣，梅藍也跟著吐出蓄積已久的嘆息。

「受不了……那妖怪的確名不虛傳。」

「但她正在焦急。那名『鋼彈』的駕駛員被問到關於『盒子』的情報時，似乎一直保持著緘默。」

記得他是叫巴納吉．林克斯吧？一面回憶那張就像是「鋼彈」駕駛員的少年臉孔，布萊特調鬆制服的領口。「要怎麼辦？」梅藍發出若有深意的疑問。

「羅南議長受其箝制的那句台詞，恐怕並不是在虛張聲勢。要是達卡事件與『盒子』有關聯的情報洩露出去，以往一直協助畢斯特財團的參謀本部在立場上也會站不住腳。單在操作媒體這塊領域上，財經界會比政治界更高明。」

「如果事情有可能發展成軍方全體的醜聞，向評議會靠攏的幕僚也只能閉嘴而已……你的意思是這樣嗎？」

「是啊。達卡事件讓財團得到了意料外的藉口。明明似乎還沒經過調整，那架叫『報喪女妖』的ＭＳ也順勢被他們帶了過來。」

布萊特從沙發上起身，將位於辦公桌背後的螢幕面板切換成外部監視器的影像。「拉・凱拉姆」目前正滯空於達卡外海二十公里的位置，從艦上遠遠望去，至今仍可以看見粉塵瀰漫在地平線上的痕跡。從那之後過了兩天，經過確認的死傷者人數已攀升至四萬人以上，這數字到現在還持續在一點一滴地增長。在市區上空來回的零星機影，大概全是消防隊與媒體的直升機。為了搜尋被活埋在瓦礫之下的生存者，聽說救難部隊已從世界各地調來了搭載熱源感應器的直昇機。

艦內同樣也不得閒，掌握被害情形、空投救援物資等迫在眉睫的作業，讓眾人實際感覺到，兩天工夫在轉眼間就已過去，但這些事情似乎都與瑪莎無緣。若只是讓ＭＳ與其運作團隊登艦也罷，瑪莎卻堅持戰艦必須遵照她的指示行動，布萊特才以「法律並無規定，可以將政府資產運用於私人用途上」這般再正當不過的理由作出回應，她便跑到艦長室興師問罪，惹出了剛才的風波。既然羅南是透過參謀次長的權限巒幹，瑪莎就透過參謀總長搶去其權限，被這種孩子吵架般的爭權模式捲入，布萊特自是情何以堪。照這樣下去，大概遲早有一方會把首相的名字搬出來吧？

「以參謀本部為舞台，財團和評議會正在比賽拔河……讓他們做到這種程度的『拉普拉斯之盒』，到底是什麼樣的東西？」

一切的異常，終究都收束在那一點之上。揉了揉眼頭，說道「不知道」的布萊特面向梅藍。

「在工作落到我們頭上前，似乎都是『擬．阿卡馬』在追查『盒子』的虛實，但……」

「沒辦法和他們取得聯絡嗎？要是他們能為財團與參謀本部的圖謀作證，說不定可以讓原本靠攏評議會的幕僚回心轉意。」

「有困難哪。『擬．阿卡馬』受到參謀本部直轄，也被禁止和原屬部隊通訊。要是我們違抗命令，隆德．貝爾的指揮權可能會被移交給參謀本部。雖然讓人不甘心，宇宙軍部想讓隆德．貝爾解體卻是事實。」

正如瑪莎指出的一樣，在因為戰後內亂而陷入疲弊的軍方機構中，隆德．貝爾是朵開在組織裡的無實花朵——為了防備新吉翁突然崛起，這支臨時編制而成的部隊帶有很重的外人色彩。在宇宙軍重編計畫已經備妥的現在，也有許多幕僚對隆德．貝爾的裁量權之大感到危險，要是此時有個輕舉妄動，他們肯定會趁機大舉撻伐。「再說，在財團與評議會的政治鬥爭參一腳並不有趣。」如此續道，布萊特坐到辦公桌的椅子上。交握著手掌，他不斷讓大拇指的指腹彼此接觸，然後自問：那麼，該怎麼做？

「……還是只能獨自採取行動了嗎？」

答案老早就已經出來了。布萊特心想，反正自己生來就是這種命。閉上眼睛，接著漏出輕輕嘆息，喚道「梅藍」的布萊特抬起下定決心的臉。

「和羅氏商會聯絡。不要使用艦裡的基本無線，改以私人性質的郵件發送過去。」

「你說羅氏商會，是在總公司設在新香港的那間……？」

「那在地球算是首屈一指的公司，不過背地裡也有處理各式各樣的業務。裡頭有人可以商量。發函給媒體公關室，收信人的名字麻煩寫『運輸艦奧德穆拉的隼人．小林』。」

只短短皺了一瞬眉頭，說道「我立刻去擬文案」的梅藍併攏腳跟，臉上露出因為待辦事項決定而安心的表情。首先要取得正確的情報才行，否則也無法想出脫離這場醜惡政爭的策略。沒有向權力擺尾獻媚的選項，心不在焉的自己即將一腳踩進陰溝之中——等著梅藍退出房內，布萊特沉沉癱在椅子上，並且和掛在牆上的一張遺照對上目光。

「你可別笑我啊！」

阿姆羅·雷中校的遺照什麼話也沒說，只是將看起來像是在苦笑的臉朝著布萊特。

※

戰艦之中也有審問室。被用於審問俘虜或違反軍規的乘員的那個房間，簡便得讓人懷疑是電影裡的布景，卻也散發著煞有其事的氣息。長寬各三公尺的房間裡，有的是審問用的桌子與記錄用的桌子各一。記錄桌上擺著速記用的終端，審問桌上當然有可動式的桌燈坐鎮。那是在陰暗的房間中，用來抵在嫌疑犯面前的道具。即使在眼前看到這些，巴納吉仍舊感覺不到真實感。

若提到缺乏真實感，其實就連銬在雙手的手銬感觸都相當詭異。儘管之前曾先後受到聯邦軍與新吉翁軍的審問，但兩邊都只有催促巴納吉吐實，好對事態進行確認而已，從中並無法體會到大聲質詢的氣氛。像這樣接受正式的審問還是第一次——不對，或許該說，像這樣持續保持緘默還是第一次。鏈條比想像中更短的手銬摩擦作響，是鐵器的聲音——茫然間如此思考，巴納吉·林克斯抬起總算消腫的臉。在明亮發光的桌燈另一端，能看見審問者平板的臉孔。

「你也差不多該乖乖配合了吧？」

超越了憤怒與焦躁的情緒，對方口中透露出近乎傻眼的味道。若是相信當事人的說詞，眼前這名四十出頭的魁梧男子，是出身於過去的頂尖部隊——迪坦斯，而在戰後掃蕩吉翁的熱潮達高峰時，他曾將好幾名嫌疑者折磨至死，是故才會落得被軍方強迫除役的下場。在那之後，這人則受畢斯特財團的聘用。先不論這番話的真偽，他的薄唇淡眉倒是有具現出官差的刻薄，因此巴納吉極力避免將對方的容貌納入視野裡頭。

「坐進『獨角獸』的駕駛艙，把拉普拉斯程式的資料調出來。就這麼簡單。只要照著吩咐做，你就能獲得自由。不管是接觸到軍方最高機密、或者是曾經協助新吉翁的事，都不會對你多追究。我認為這樣的條件並不差。」

斜斜坐在椅子上，男子用食指敲著桌面。預測到對方接下來會採取的行動，巴納吉暗自在肚子上使力。一如所料，男子一腳踹翻桌子，斥喝「你講點話！」的聲音則在狹窄的房間迴盪。

「如果你以為自己是小孩，就不會受到太狠的待遇，那可就大錯特錯了。在大人的社會中，對於具有敵對嫌疑的分子是不會留情的。不管對象是女人或小孩，在嫌疑洗脫前都會徹底受到折磨。你擅自帶走軍方的MS，又投身新吉翁陣營之中，最後則是在參加達卡恐怖行動時，以現行犯的身分受逮捕。這完全沒有酌情的餘地。要是我們將你交給軍方，你一輩子都得在監獄過活。」

這套說詞巴納吉昨天也聽過。只把事情的結果串聯在一起，的確也不是不能那樣解釋。巴納吉將毫無反辯意思的臉瞥向男子。

「你原本搭乘的新吉翁貨船已經逃亡了，現在你根本沒有地方可以回去。能拯救你的就只有我們而已。為了這種事情捨棄掉一生，未免也太愚蠢了。」

似乎是以為受審者已經要解開心防了，男子的聲音突然變得柔和。或許就是這種哄小孩的語氣讓巴納吉感到不快，他才能執拗到這個地步。巴納吉漫然想到這點，不理不睬地把目光從對方身上別開。男子重重捶向桌面罵道：

「你到底是為了誰在守密！你這——」

「夠了。」

別的聲音突然傳來，男子閉了嘴。坐在記錄席位的人影徐徐起身，矮胖的軀體浮現於桌燈的光源之中。

「你離開一會兒，我想和他單獨談談。」

亞伯特・畢斯特的臉龐被由下往上的光源照出，身上潛藏著令人不安的陰影，俯視向巴納吉。咂舌過後，狠狠瞪了巴納吉一陣的男子站起身，經過亞伯特身旁，走向房間的門口。也因為「拉・凱拉姆」實質上已成為畢斯特財團的專用船隻，審問進行時並無任何艦內的乘員在場。既然審問本身並非由官方執行，自然不會有記錄人員陪同，在男子出去後，室內便只剩巴納吉與亞伯特兩人。當然，透過天花板上的攝影機，財團的男人們應該都在監控室中瞪大了眼睛才對。

之所以會在意旁人的目光，或許是巴納吉自覺到，亞伯特與自己之間有股隱而不顯的引力的關係。和自己有著相同父親的男人——目前巴納吉只能將認知整理至此種程度，口中玩味著甚至連真實感都體會不到的這層關係，他回望坐在正面的亞伯特臉孔。和之前在在「擬・阿卡馬」見面時一樣，立領上衣微微外翻於顯得緊繃的脖子上，亞伯特又將帶有青色色澤的眼睛朝向巴納吉。

「你是為了卡帝亞斯・畢斯特……為了自己的父親在守密嗎？」

先是讓椅背發出一陣咯嘰聲響，亞伯特緩緩開口。是這樣嗎？巴納吉思考過一瞬，但在答案出來之前，他已經把臉背向了亞伯特。

「你實在很了不起。有堅強的意志，也有勇氣，就連操縱『獨角獸』的天分都在你身上。拉普拉斯程式的資料，似乎沒有你的感應波就無法取出。即使把你綁到駕駛艙，只要你不同意，別人就沒辦法讀取資料的內容。你到底是在什麼時候學會那種操作方式的？」

巴納吉並不清楚。當亞伯特闖進駕駛艙時，他只是立刻在心中想著要螢幕「熄滅吧」而已，並非是在對系統有所了解下才出現的反應。「傷腦筋，你實在被設計得太過完美了。」嘆息著撇下這句，亞伯特將兩肘撐到桌上。

「你擺著什麼也不懂的臉，卻總是置身於風波的中心。局勢一下子被你改變，一下子又讓你拖著走，你簡直就像個天生的王者，而且完美到幾乎讓人心裡發毛的程度。被解開封印的說不定不是拉普拉斯程式，而是你才對哪。」

這句話聽來既令人意外，又帶有不祥的意味。沒放過巴納吉不自覺抬起的視線，亞伯特肥厚的臉頰隨獰笑扭曲。

「難道你自己不會覺得奇怪嗎？你這個人未免也太完美了。不愧是卡帝亞斯製造出來的強化人。」

「強化……人？」

或許，你也是我的同類——曾幾何時聽過的瑪莉妲聲音突然在耳底復甦，巴納吉全身起了雞皮疙瘩。「我沒說錯吧？」如此說著，亞伯特嘴角的笑意又變得更濃。

「你待在畢斯特家的時候，我去了寄宿學校。所以我不知道卡帝亞斯是怎麼把你養大的，不過……你自己也說，你沒有當時的記憶對吧？」

那是在昨天審問中說溜嘴的話。巴納吉重新將沉默的目光望向亞伯特。

「或許你覺得，是你自己將記憶封印住了。但你認為，普通人能辦到這種事情嗎？如果你的天分沒被卡帝亞斯看上，也沒有在懂事前受到特殊訓練的話——」

「才不是那樣！」

為了擺脫悚然寒意而喊出的聲音，壓過了空調與機械的聲響，更讓室內的空氣受到搖撼。沒多看亞伯特抖動了眉毛的臉，巴納吉讓目光落在被手銬銬在一起的兩腕上。

「只要提到以前的事……爸爸的事情，媽媽就會難過……所以我才會不斷要自己忘掉，忘掉那一切，結果就真的想不起來了……只是這樣而已。」

「光這樣就能忘記過去，就是你不普通的證據。你是卡帝亞斯製造出的一種強化人。」

「不對！你說得不對！父母與小孩之間的關係，並不是那樣的。要這樣說的話，你不也是卡帝亞斯製造出來的人類嗎？」

嚥下一口氣，低喃「你說什麼…」的亞伯特變得臉色險惡。巴納吉直直回望他的眼睛。

「託付信念的一方、被託付信念的一方……就因為彼此是父子，才能去愛或者去恨，不是嗎？要活得好像彼此毫無關係，根本就做不到。所以……」

吞進後半句話，巴納吉再度垂下目光。所以，當然連記憶都能塵封住。也會在短短的時間之類將父親承認為父親，被他的遺言綁手綁腳。這並不是理論，也無關於人本身的資質。親子關係這種棘手而又強韌的血脈力量，光用智能是沒辦法釐清的——「所以，你想說什麼？」低聲拋下一句，亞伯特將煩躁的臉撇向旁邊。

「什麼父子或血緣的……終究只是生物學上的定義。在人身上，還有其他得優先保護的東西。」

像是在說給自己聽一樣地開口後，亞伯特起身。這句話並不是對方打從心裡領會出的道理——巴納吉直覺地如此感受到，專注仰望著亞伯特渾圓的背影。

「所謂的『拉普拉斯之盒』是什麼？就是秩序。必須靠著檯面下對『盒子』的信仰，世界的規則才能維持下去。那就像是一種共有的幻想，是警惕人類私心的存在。失去它就無法繼續成立的，並非只有畢斯特財團而已。運作至今的世界齒輪也會因此失控。達卡事件就是一項證據。如果卡帝亞斯沒有打算開啟『盒子』，根本就不會發生那樣的事件。因為經過一年戰爭的混亂後，我們已經學會了操控戰爭的技術。」

桌燈造成的陰影，使得略顯駝背的背影看來格外陰險。那是在害怕的人的背影，如此的認知閃過了巴納吉的腦海之中。

「在這之後，縱使具有吉翁名義的組織全被消滅殆盡，而聯邦的敵人也只剩下正牌的外星人而已，事態也不會有所改變。人類體內有鬥爭的本能，只要社會中依舊存在著階級差異，戰爭就不會從世界上消失。即使不特地播卜種子，人類仍然可以從任何地方找到戰爭的理由。受到管理的緊張以及偶爾出現的局部戰爭，可以推動經濟的齒輪，更能淨化人類的鬥爭本能，要是缺乏這兩項要素，人類還會不斷掀起招致全滅的戰爭。這是人類治不好的疾患，要治本是不可能的，我們只得去思考與毛病巧妙共存的方法。」

像這樣受到制度化的戰爭，以及相信連恐怖主義與怨念都能被管理的社會，不是已讓人心鬱結，更造成馬哈地·賈維那種人的反彈嗎？巴納吉隱約想到，但他並未說出口。亞伯特再度坐回正面的椅子，看著巴納吉的眼裡則蘊含陰沉的光芒。

「你懂嗎？我們並沒有把戰爭當成食糧。就因為有財團與亞納海姆在操控戰爭，戰後的人類才能免去滅亡的命運，一路撐了過來。卡帝亞斯卻想破壞這層秩序，你正在幫他進行破壞。是埋在你心中的父親陰影，在驅使你與『獨角獸』行動。

你仔細想想。為卡帝亞斯守密有什麼意義？像你這樣的孩子就算抱著『盒子』不放，也不會有任何好處。只會讓自己與周圍的人都變得不幸而已。你最好把這當成是具有相同血緣者的最後忠告——」

「瑪莉妲小姐在哪裡？」

發出冷靜得連自己都感到意外的聲音後，巴納吉暫時噤了口。亞伯特一臉冷不防被人戳到痛處的表情，他立刻別過了視線，巴納吉則注視著對方，逼問道：「瑪莉妲小姐應該是和你一起到地球的，她現在人在哪裡？」突然變得忐忑不安的目光瞥向巴納吉，說道「這跟你沒關係」的亞伯特顯得語氣含糊。

「與其說這些，你更應該認清自己的立場——」

「我有在思考啊……！不過，這是靠我一個人的腦袋思考之後，就能做下定論的事情嗎？我想不是吧！？」

無意識動起來的手敲到桌面下緣，沉沉的聲響由桌底傳出。亞伯特微微退了身子，並將夾雜畏懼與狐疑的眼光投向巴納吉。

「到目前為止，與我有所牽連的眾多人們……包括幫助我的人、與我互相殺伐的人，全都幫忙造就了現在的我。即使是卡帝亞斯……即使是爸爸，也只是其中的一個人而已。」

巴納吉咬緊牙關，將緊緊握住的拳頭伸到了桌上。手銬的鎖鏈發出硬質聲響，不著痕跡地讓審問室的陰暗空間產生振動。

「就算是現在，我也能感覺到瑪莉妲小姐她的人就在很近的地方。不只是她，奧黛莉、利迪少尉、船長、羅妮小姐、塔克薩先生也一樣……雖然我不甘心，但你也是我能感受到的人之一。我得找出讓所有人都能接受的答案，才能為『盒子』的事做決定。因為我……」

必須盡到責任才行——「必須……才行」這樣的用詞，已經將自己與他人都束縛住了。那種異樣感在心中擴散，讓巴納吉險險將後半句話吞進嘴裡。說到底，這句話是自己心裡領悟到的想法嗎？巴納吉將意識集中在太陽穴一帶，但他沒有感覺到**那股脈動**，再度確認過這果然是自己的想法後，他試著重新思考，所謂的自己是什麼呢？

獨自的個體是成不了事的，這種不穩定的存在肯定連話語都編織不出。必須與父母產生關聯、與他人產生關聯，才能在認識世界的過程中，逐步建立出自我的存在……或者，該說是「發現」自我的存在。如果是這樣，會感覺到所有人都進入了自己的心中，就不會是錯覺，而原本的自己也不會因此被抹殺。在共鳴中逐步改變的，是被稱為「自己」的存在，而像這樣擴張的感性，或許正是所謂的新人類背後的真正本質。

所以爸爸才沒有說「做你該做的事」，而是在交代「你覺得該做的事，就去做」後，才把「獨角獸」交給了自己。同時，也將人類改變的可能性託付在自己身上——可是，如果連感受這些的心靈都能經由人為技術調整……？兜圈子的思考使得巴納吉不寒而慄，交握住發抖的雙拳。將沉默的目光投注在對方身上一會之後，低喃道「那就是束縛住你的詛咒……和強化人受到的洗腦一樣。真是悲哀」的亞伯特沒與巴納吉對上眼，逕自從椅子上站了起來。

「也罷。就算你不甘願，很快你就得硬著頭皮配合了。在時候到來之前，儘管去找你所謂的答案吧。」

帶著篤定的這番話，讓巴納吉汗毛直豎。讓投以質疑目光的巴納吉以視線糾纏了一陣，亞伯特將手伸向門把。

「傷腦筋。你實在被設計得太完美了。簡直到惹人嫌的程度。」

留下宛如要扎進巴納吉體內的一瞥後，亞伯特穿過門口。隨後帶上的門板發出異樣大聲的聲響，使得被獨自留在陰暗房裡的身心發出顫抖。巴納吉將交握的拳頭抵在額頭上，然後無力地趴向桌面。亞伯特的肩膀線條留在巴納吉眼底，那給他的印象與卡帝亞斯並非沒有相似之處，巴納吉因而感到一陣心酸。

※

『……能回收到一架「傑・祖魯」已經算幸運了。達卡發生的事情，也讓各殖民衛星的駐留艦隊逐漸集結到地球軌道上。「葛蘭雪」要盡早離開地球，在臨檢體勢變得完備前脫離絕對防衛圈。』

即使將米諾夫斯基粒子的散播濃度設定得較低，船隻航行於大氣中的通訊狀況仍舊十分惡劣。由於雜訊的影響，弗爾．伏朗托映於操控台通訊螢幕上的面具臉孔，顯得比平常更看不出表情。感到貼在眼尾的醫療膠布變得緊繃，斯貝洛亞．辛尼曼回了一聲：「是……」他可以感覺到，各自坐在操舵席與航術士席的亞雷克與布拉特，正隔著椅背靜靜地豎起耳朵。

『聯邦的監視態勢已經受到強化。這段通訊或許也正在被人監聽。感應監視器所接收的新座標，就由船長親口向我報告吧。』

「『獨角獸』落到了聯邦手上。我想敵人已經得知新的資訊才對。」

『儘管如此，將「獨角獸」回收的「拉．凱拉姆」卻顯得動作遲緩。似乎有發生某種意外，才讓他們錯失了新資訊。目前運氣仍站在我方這一邊。』

面具底下的嘴角扭曲露出笑意，伏朗托道出其判斷。集結新吉翁艦隊的他，是從旗艦「留露拉」俯視著地球的騷動，混入政界的吉翁後援者所做的報告，看來已在第一時間傳進了他的耳裡。只要搭上「拉．凱拉姆」的畢斯特財團越動用政治力，讓政府的高官為其效勞，透過政界管道流出的情報量自然也會越多。更何況，曾經從賈維企業收受利益的議員官僚，這時候都在檯面下受到調查，沒有人知道自己何時會被推出來究責，戰戰兢兢的空氣正四處瀰漫著。在不清楚明天會有什麼變動的情況下，人會因為不安而變得多話。哪怕聯邦率全軍整頓完臨檢態勢，要打通讓「葛蘭雪」一艘船逃離的門道，應該也並非難事。

不過，對於目前的辛尼曼來說，那並不是重要的事情。從那之後過了兩天半時光，聯邦軍對地球全土的戒備等級已提升至臨戰體勢。各地的吉翁殘黨等於已陷入關門大吉的狀況，受抄查而被剿滅的游擊組織也不只一兩個。即使是「葛蘭雪」，也得躲著衛星監視網在歐亞大陸上空奔波，才總算與「留露拉」成功進行通訊。所餘燃料撐不到三天，既然往後的補給已無著落，除了夾著尾巴逃回宇宙，他們也沒有其他的選項。但從剛才與伏朗托的對話中，辛尼曼聽出了與其他可能性相繫的情報。

待在宇宙的「留露拉」，並未接收到感應監視器的中繼訊號。換句話說，在現在這個時間點，握有「獨角獸」提示出的座標數據的，就只有「葛蘭雪」而已——將這項事實暗示出的可能性按在面皮底下，辛尼曼隔著螢幕，與伏朗托對上了目光。「那麼，『獨角獸』即使放著不管也無所謂？」面無表情的辛尼曼再度提出質問。

『當然會再派人捕捉其動向。畢竟也沒辦法保證，由「獨角獸」傳出的資訊會在這次就打住。為了接替「葛蘭雪」，我已經安排其他搭載有感應監視器的船跟監。船長只需要思考將資料帶回來的事就好。』

像是刻意囑咐的聲音，讓辛尼曼一瞬間閃過「想法被看穿了嗎？」的疑慮，將思考放空之後，他重新望向伏朗托。緊揪住不會顯示在螢幕上的船長席扶手，辛尼曼慎重其事地開口問道：「能向您請教一件事嗎？」

『什麼事？』

「上校為什麼會接納馬哈地．賈維的作戰？」

隔著操控台，布拉特與亞雷克都驚訝地把臉轉了過來。辛尼曼只持續注視著螢幕中的伏朗托。『你有不服？』戴著面具的臉如此質疑，辛尼曼頂回一句「沒有」，並且以眼神朝對方補充道：發問的是我。

『那的確不是高明的作戰。』隔了兩、三秒的沉默，伏朗托靜靜答道。『如果新吉翁參與作戰的事實公諸於世，我方會蒙受的損失也不算少。不過，船長哪，自三年前推落隕石以來，聯邦從未遭受這麼大的損害。我想確認的，是對聯邦一元統治抱持反感的輿論強度。』

「輿論的……強度？」

『宇宙居民自是不用多說，在地球居民之中，同樣也有吉翁的信奉者。但他們終究只能以反體制的態度，來宣洩平日的不滿。要是讓那樣的人們，見識到新吉翁單方面進行的殘殺又會如何？當這群人接觸到的並不是殖民衛星或隕石被砸下的消息，而是能在近距離內聽見人類慘叫的殺戮，究竟會有什麼反應呢……？趁著有「杜拜末裔」這項緩衝材能用的機會，我希望能先做確認。這是為了替往後得到『拉普拉斯之盒』的新吉翁定出指標。』

面具底下淺淺笑著的臉孔，與米妮瓦說道「他是個危險的男人」的聲音重疊在一起。這個瞬間，辛尼曼感覺到某種繃緊的心緒已然撐裂，原本搖擺的天平也傾向了一方，他厚顏地作出答覆：「原來如此，我了解了。」防眩護目鏡底下的眼睛閃過刺探的神色，短短告知一句『我等你回來』之後，伏朗托消失於螢幕之上。

雖說這也在辛尼曼的預料之內，但那張戴著面具的臉孔，的確已將良心上的苛責與遲疑都拋到了彼端，顯得毫不羞愧——而且還在部下面前，恬不知恥地講出「拿輿論做實驗」這般戲謔的論調。比起倦意，辛尼曼胸口滯留著更多漠然的寒意，手交抱著的他靠到了船長席的椅背上。「這樣好嗎？」布萊特拋來帶有深意的笑容問道。

「船長臉上根本就是一副不服氣的表情哪。」

「說過想知道伏朗托肚子裡藏了什麼盤算的可不是我，而是你才對吧？」

辛尼曼狠狠回瞪一眼，布拉特聳肩轉回正面。挪動了像是連操舵席都快裝不下的巨大身軀，問道「那麼，現在要怎麼辦呢？」的亞雷克跟著望向辛尼曼。辛尼曼閉上眼睛，喚回了方才壓下的思考，然後以船長的聲音宣布：「變更航道。」

「真方位一八二。一面避開監視衛星的眼線，一面航向南太平洋。」

咦地眨著眼睛的亞雷克透露出疑惑，在他旁邊彈響手指的布拉特則一副「果然如此」的調調。如果是為了航上宇宙而移動至赤道上空，在下令時並不會提到南太平洋這個詞。「不是要回宇宙嗎？」對於如此發問的亞雷克沒有多看，辛尼曼望向擴展於正面窗外的雲海。

「公主和瑪莉妲都還沒救回來，我們不能這樣就離開。」

「可是，光靠我們當前戰力——」

「你想回去啊？」你真的什麼都不懂耶，瞪著亞雷克的布拉特好似就要這麼罵出口。

「別說是瑪莉妲，上校對公主的事提都沒有提耶。」

恍然大悟地嚥下一口氣，原本以目光朝辛尼曼質疑「你是認真的嗎？」的亞雷克，也只好一臉無奈地把頭轉回了正面。辦不辦得到並不重要。自第一次新吉翁戰爭之後，「葛蘭雪」在動盪的世間一路將米妮瓦守了過來，對他們來說，要回去將她擱置不理的「帶袖的」陣營之中，這樣的選項**根本不可能存在**。米妮瓦、瑪莉妲，以及相當於「盒子」鑰匙的「獨角獸」。在腦中排列出不能割捨的眾多事物，辛尼曼將一句「事情有所謂先後順序」掛到嘴邊，並且搔起下巴上的硬鬍鬚。

「的確，現在的我們什麼也辦不到。畢竟所有的政府機構都提高了戒備等級。」

「那麼……」

「我們去搶回『獨角獸』。」

辛尼曼心意已決的語氣，讓亞雷克轉過了啞口無言的臉。「可以將那當成交換的籌碼，要聯邦把公主與瑪莉妲還來。既然他們還沒取得『盒子』的資料，這樣剛好。」朝著如此說道的辛尼曼，布萊特吹響口哨作出回應。

「這樣好，這才是葛蘭雪隊的本色。不過，要對『拉・凱拉姆』出手的話，這仗是有點硬。」

「還是值得一試。要丘尼克傾全力監聽衛星通訊，叫他別放過『拉・凱拉姆』的任何舉動。」

對方與我們一樣，不能永遠在天空飛。只要緊盯其動向，下手的時機就一定會到來。首先要蒐集戰力，如此想到的辛尼曼，在螢幕上叫出了南太平洋的海圖，跟著他聽見亞雷克問道「那小鬼要怎麼辦?」的聲音。

「當然要一起搶過來湊成套啦。那樣子商品價值也會比較高。對吧，船長?」

和坐視兩人互毆時一樣，目光中帶有深意的布拉特說道。回望了已燒烙在眼底的巴納吉・林克斯的眼睛，辛尼曼不悅地皺起至今仍腫脹著的臉龐，短短回道：「看情況。」臉上露出苦笑，布拉特躲到航術士席的椅背後頭，在航路變更的命令被複誦後沒過多久，映於窗外的雲海開始以急速朝橫向流去。

翻過呈三角錐狀的船體，「葛蘭雪」在雲朵上畫出廣大弧度，迅速朝南方海面飛去。脫離了「帶袖的」為其設下的欄柵，船速顯得飛快無比，只有燦爛照耀而下的太陽守候著他們的去向。

※

黑色「獨角獸」收容於懸架上的巨大身軀，光是存在於該處，似乎就足以讓周圍的空氣產生振動，其鬼氣逼人的程度，甚至令人聯想到傳承於古代東洋的妖刀。與並排在旁的「獨角獸」一樣，懸架周圍都拉起了禁止進入的繩索，由畢斯特財團派駐的專任整備士們，正圍繞在機體身旁。尚在調整中的傳聞似乎不假，滿載觀測機器的吊艙接舷於腹部，大批纜線則從駕駛艙蜿蜒而出，其樣相與其說是在整備，更適合以「實驗」兩字形容。仰望那副模樣，一邊不屑地撇下一句「聽說那個東西叫作『報喪女妖』」的，是華茲・史提普尼中尉。

「它是白色傢伙的二號機，先行對重力下運作的狀況做了測試。整天黏在機體旁邊的，好像是奧古斯塔新人類研究所的成員哪。」

「NT研？那不是早就被查封了嗎？」

在旁邊聽著的戴瑞．麥金尼斯中尉說。「就是沒被查封，那些人才會在這裡嘛。」如此回應的華茲，似乎抱持著對想像範圍外的事不多思索的主義。在兩人旁邊，靠在窄道扶手上的則是奈吉爾．葛瑞特上尉，看了他那端正的臉龐之後，利迪忍住嘆息，並且將視線挪回「報喪女妖」身上。從突出於MS甲板內壁的窄道看去，能同時將立於對面牆壁的兩架獨角獸型MS一起納入眼裡。

由於載滿承載量共計十二架「傑斯塔」的情況下，又收容了「德爾塔普拉斯」與兩架「獨角獸」，「拉．凱拉姆」的MS甲板似乎已經超載。除了艦首側深處的整修空間之外，還騰出用於格納噴射座的後部甲板，才總算容納下這些機體，而後部甲板更被載來「報喪女妖」的運輸機——德戴改佔去了莫大空間。結果，搭上戰艦的畢斯特財團一行人又表現得目中無人，甚而在甲板一角設置禁止進入的區塊，奈吉爾這些原本的乘員班底會產生反感，也是人之常情。來回於腳下的整備兵不時拋來別有含意的視線，艦內的空氣不友善到了極點。

若是有工作，倒也還能分散注意力，但在上一場戰鬥過於勉強的「德爾塔普拉斯」已被運至整修處，擔任專屬整備長的哈南正在進行全面檢修，她大有將機體完全解體之意，至少在座機重新組合為人型之前，都沒有利迪的工作，他只好像這樣跟三連星的眾人一起擺副苦瓜臉，並且朝長有獨角的特異機體乾瞪眼。應該帶個模型過來才對的，利迪在茫然間這麼想到。聯絡不到似乎已前往達卡的父親，更無法如願和幽禁於艦內的巴納吉見面，什麼都做不到的自己根本不知如何自處，利迪心想，不如乾脆背對這一切算了——

「少尉大人什麼都沒聽說嗎？」

絲毫沒察覺到利迪的心情，體格粗壯的華茲拋來與其體型相符的粗厚聲音。「那兩架黑白MS，難道和參謀本部直接對你下的命令沒關係嗎？」

「我不清楚。那些人也讓我覺得很火大。」

「你還這樣講。艦裡不是也下過命令，要確保那架白色的傢伙嗎？」

「我還聽說，它是從新吉翁的船出擊的耶。你的『德爾塔普拉斯』不是和它並肩作戰，一起收拾了那架MA嗎？要說你什麼也不知道，也實在太假了吧。」

戴瑞也順勢搭腔。忍住咂舌的衝動，利迪望向兩人，然而奈吉爾插口說道「那是UC計畫的MS吧？」的聲音，卻讓他的心跳怦然加速。

「就寫在肩膀上啊。」

靠在扶手邊的奈吉爾伸出下巴；朝他所指示的方向看去，覆蓋於「獨角獸」右肩的裝甲上，的確標示有「PROJECT UC」的字樣。「啊，真的耶。」戴瑞悠哉地附和，利迪則無力地靠到了牆邊。

「如果是配合這傢伙打造出來的，『傑斯塔』那亂高一把的性能就能得到解釋了。『傑斯塔』的任務八成就是跟在這傢伙旁邊，負責把小嘍囉收拾掉，而這傢伙的任務則是直搗敵人的核心……例如像新人類操縱的精神感應兵器一類的。」

聽到奈吉爾這番說得通的推測，埋怨道「什麼嘛，那我們不成了它的獵犬？」的華茲嘛起嘴。「不對吧？在預定中，我們原本是會當上這玩意的測試駕駛員喔。」戴瑞說。奈吉爾究竟對事情洞察到了什麼地步？對於利迪側眼窺探的視線未作理會，「沒當上搞不好是幸運哪。」三連星的隊長如此淡淡地開了口。

「這傢伙變成『鋼彈』時的機動力可不尋常。普通的駕駛員大概撐不了五分鐘吧。沒有從一開始就預設讓強化人搭乘的話，也不可能設計得這麼誇張。」

「強化人……」這麼低語的戴瑞臉上，突然失去了血色。「NT研那群人都陪在旁邊，我想不會錯吧。」奈吉爾若無其事地說著，順他的視線看去，利迪注視向「報喪女妖」的駕駛艙。從滿載於吊艙的觀測機器縫隙中，可以瞥見一道穿著全黑駕駛裝的人影。雖然長相被拉下面罩的頭盔遮著，苗條勻稱的軀體仍然可以從駕駛裝之上判別出來。儘管貌似纖弱，那副肉體卻散發著某種強韌，令人聯想到裝有彈簧的人偶。

是女人嗎？凝視著駕駛員那宛如機械般的身影，當利迪無意識地自扶手挺出身子時，有個體型正好與其互為對照的矮胖男子出現，擋住了他的視線。似乎是察覺到利迪的目光，亞伯特轉頭拋來帶有敵意的狠狠一瞥，並且摟著駕駛員的肩膀，將其帶到了駕駛艙深處。利迪原本以為他是亞納海姆電子公司的高層人物，其實他是名列畢斯特家的財團幹部。與叫作瑪莎的頭頭一起搭上戰艦的那名男子，已經將戰艦跟「獨角獸」都當成了私有物。老爸究竟在幹些什麼呢？利迪在內心暗自埋怨起來。先是讓畢斯特財團的人從旁插手，卻又沒對他作出任何的指示。這正好是一個將「盒子」從財團手中搶來，並且將世界由百年詛咒解放的機會。自己明明是為了償還馬瑟納斯家的罪業，才會拋下一切來到這裡——

「意思是說，要是當上了這個玩意兒的駕駛員，我們搞不好也會受到強化嗎……？」

注視著消失於駕駛艙門後的駕駛員背影，華茲悄然低語。強化人與廢人是同意詞，這一點早就以傳聞的形式流傳在駕駛員之間。那麼巴納吉又如何？如此思索過後，利迪甩了甩快要被沒有答案的疑問撐爆的腦袋，然後朝響徹於甲板中的機械驅動聲抬起頭。通往艦尾著艦甲板的巨大閘門，正緩緩地開啟。

因氣壓差而流動的空氣化成風，逐步流向了開啟的閘門縫隙。站在略長的頭髮隨風飄逸的奈吉爾旁邊，利迪看見由閘門另一端現身的小型噴射機。機翼下的可動式噴射引擎垂直豎起，被牽引車拖著的機體進入MS甲板之中。

「那是民機耶。」

「受不了，這陣子客人還真絡繹不絕。」

華茲與戴瑞傻眼般地說道。奈吉爾則不著痕跡地投以觀察的目光；感受到一絲的心慌，利迪與他一起俯視著全長約十公尺左右的小型噴射機。一面仰望並立於左右的大群MS，小型噴射機停止於甲板的中段，整備兵們隨即朝其跑去。機輪煞止，當機體側面的艙門一開啟，首先從舷梯下來的是著黑色西裝的男子，跟著一張熟識的臉孔便闖進了利迪的視野。

「米妮瓦……？」

讓怦然響起的心臟推了一把，利迪從扶手邊挺出半截身子。他能看見在西裝男子的前後包夾下，一名表情凜然的少女已走下舷梯。米妮瓦為什麼會在這裡？變成空白一片的腦袋浮現出疑問，利迪微微感到一陣暈眩。她應該在家才對啊。把她的安全當成交換條件，我才會來到了這裡。為什麼她卻得親自在此露面？還擺著那副緊繃的表情。簡直就像被人強行帶來一樣——

「奧黛莉！奧黛莉．伯恩！」

沒有叫出米妮瓦的姓名，證明利迪最低限度的理性仍有在運作。回神過來時已經放聲叫道的利迪，開始朝停在距艦尾約五十公尺處的小型噴射機揮起雙手，光是如此還不能讓他滿足，利迪隨即衝了出去。「怎麼回事？」「是他認識的人嗎？」背對著出聲交談的華茲等人，利迪一路跑到窄道的尾端。隔著固定於懸架的「傑斯塔」背影，能認出是米妮瓦的栗子色頭髮，已清楚地燒烙在利迪眼底。

為什麼要來？妳不能待在這裡。想要利用妳的惡意正在風起雲湧。從窄道盡頭探出身子，利迪喊道「奧黛莉！」的聲音被風吹散。捨不得將時間花在咂舌上頭，他隨即趕往距離最近的氣閘。要從窄道移動至甲板樓面，得先回到艦內通路搭乘電梯，或者是利用斜梯才行。以無重力環境為前提所打造出來的戰艦構造，從未像這個時候讓他感到如此痛恨。

※

突然感覺到有人在叫自己，米妮瓦抬了頭。

ＭＳ甲板的構造在任何戰艦中，都顯得大同小異。高約三十公尺，寬幅則大概有五十公尺的挑高空間中，固定在懸架上的ＭＳ正如同佛像一般地排列著。或許是經歷實戰的時日尚淺，許多機體的塗裝四處剝落，隨處可見焊接的火花迸散而下。一眼就能認出屬於聯邦軍的ＭＳ，肩膀有稜有角的軀體矗立在旁，覆有防風鏡的無表情眼睛則注視著對面的牆壁。

是自己多心了嗎？環顧四周，米妮瓦輕嘆一口氣，一項異樣的物體在此時闖入眼底，使她停下腳步。唯一拉起封鎖線的那端，照明燈正把某架ＭＳ額上的長角照得閃閃發亮——

「黑色的『獨角獸』……？」

黝黑發亮的裝甲上，聳立著一支黃金色的角，米妮瓦找不到其他詞彙來形容那架漆黑的機體。旁邊則有眼熟的白色「獨角獸」與其並列，散發出某種高貴氣息的面罩，正面對著空中。給人的印象之所以會比第一次見到時更為纖細，大概是立於一旁的黑色「獨角獸」過於猙獰的緣故。連面甲都施有黃金色裝飾的漆黑機體，其氣勢已經超出精悍而達到窮凶惡極的地步。與原本令人感受到某種調和感的「獨角獸」不同，它帶有一股拒絕對話的冷漠。它們開發的源頭恐怕是相同的，稱之為兄弟也不為過的兩架機體，表露的形象竟然會有這般的差異……

既然「獨角獸」在這裡，巴納吉應該也在艦內的某處吧？再度環顧起四周，米妮瓦被一陣喚道「歡迎您，米妮瓦·薩比殿下」的女性聲音叫住，她把臉轉回正面。只見讓幾名男子隨侍於背後，一名身穿淡紫色套裝的中年女子就站在眼前。

「我是畢斯特財團代理領袖，瑪莎・畢斯特・卡拜因。長途跋涉至此，您辛苦了。」

這麼說道，女性畢恭畢敬地行了一禮，然而她的眼神卻與口吻相違背，散發著一絲藐視的神色。這人是嫁進亞納海姆電子公司會長家門的畢斯特家之女。若記得沒錯，她應該是卡帝亞斯的妹妹才對。米妮瓦回想著從新吉翁出走前調查到的情報，這時候，自稱為瑪莎的女子緩緩踏出腳步，濃厚的香水味挑逗了米妮瓦的鼻子。

「您真的又年輕又美麗呢。雖然是在這樣的戰艦裡頭，但請殿下放心，我們會保護您的人身安全。」

「這事羅南・馬瑟納斯議員也明白嗎？」

被帶回宅邸之後，連和羅南會面的機會也沒有，米妮瓦就讓人送上了飛機，並且一路被載到此處。儘管知道飛機是畢斯特財團派來的，她卻不知道羅南與財團間有著什麼樣的協議，也全然不知自己再度被帶到聯邦艦艇上的理由。察覺到自己就連這艘戰艦的名稱也不清楚，米妮瓦慎重開了口，然而回道「這當然」的瑪莎臉上，做作的笑容卻沒有絲毫動搖。

「我們與羅南議員正為了同樣的目的在行動。這應該也是殿下您本身的期望。」

「我的期望……？」

「我們要封印『拉普拉斯之盒』。」

直視著不禁嚥下一口氣的米妮瓦臉龐，瑪莎搽有口紅的雙唇扭成了笑容的形狀。「我聽說，殿下也是為此而離開新吉翁的。我能向您保證，會招來災厄的『盒子』，將由財團安置於無人能觸及的場所。無論是之前，或是此後。」

舉手投足間散發著演技，瑪莎行禮時視線朝上，射向了米妮瓦。這女人很危險——如此喊叫的本能讓身心緊繃，米妮瓦緊緊握住雙拳。

※

『……聽說「盒子」的鑰匙就交付在那架「獨角獸」身上。你們也收容了它的駕駛員嗎？』

『是。他目前正在醫務室靜養。』

才以為空氣忽地產生震盪，一道聽過的聲音隨即傳入耳朵。巴納吉橫躺於床鋪的身軀頓時彈起，他轉頭望向牆上不知已於何時點亮的通訊面板。

充作收監室的房間原本似乎是軍官用的個人房，床邊設置有十吋大的螢幕。從那裡看見聲音主人的身影後，巴納吉感覺到，自己嚥下的一口氣變得難以吐出。

『醫務室？他受傷了嗎？』

『那名少年並無大礙。他是偶然搭上「獨角獸」的民眾，但卻具有駕駛天分與勇氣。若您希望，在這之後可以安排他與您見面。』

不認識的女性聲音中斷後，朝對方回道『麻煩妳』的奧黛莉再度踏出腳步。被安裝於某人胸前的隱藏攝影機追著她的身影，栗子色的頭髮在螢幕中搖曳著。映於周圍的光景，肯定就是這艘「拉・凱拉姆」的ＭＳ甲板。她——奧黛莉・伯恩搭上了這艘戰艦。「奧黛莉！」如此叫出聲音，巴納吉將手伸向通訊面板的通訊鈕。重覆按著沒有反應的按鈕，他對螢幕中的奧黛莉喚道：「是我，我是巴納吉啊！」

「不可以，奧黛莉。妳不能待在這裡！奧黛莉！」

奧黛莉頭也不回地走去。畢斯特財團的部下包圍在她身邊，遮住了穿著白色女用襯衫的背影。一拳掄向螢幕後，跳下床的巴納吉衝向房間門口。猛敲被鎖住的門板，他放聲叫道：「誰來開個門！放我出去！」

敲過好幾下之後，鎖頭開啟的聲音響起，自動門橫移打開了。巴納吉反射性地後退，看到站在門後的男子臉孔，他愣然地呆站在原地。

「我說過了。就算不甘願，之後你也得硬著頭皮配合。」

沒別開對上的目光，亞伯特走進室內。巴納吉先看向螢幕中的奧黛莉，再重新將視線轉回亞伯特身上，他擠出顫抖的聲音說道：「難道……」

「為了救她，你才會駕駛『獨角獸』一路來到這裡。那麼，這次你也應該會為了救她，而和我們合作。」

「卑鄙！」

「隨你怎麼說。我們的立場只得這麼做而已。」

像是要堵住去路地站在門口的亞伯特背後，有財團的部下們正朝室內寄以觀望的視線。一切都是自己招來的——這樣的理解湧上心頭，巴納吉感覺到膝蓋開始發抖，「讓我和利迪先生——利迪少尉見面！」他說出腦裡忽然出現的念頭。

「那個人絕不會認同這種做法。奧黛莉應該正在他家接受保護才對……！」

「沒用的。我們已經和馬瑟納斯家談妥了。米妮瓦殿下將改由財團來照顧。」

「你們談了什麼!?這就是大人該做的事嗎！」

「是啊。多虧有像你這樣的小孩來攪局，大人們全都吃了不少苦。你多少也要體諒我們吧。」

亞伯特不同於以往的強硬目光，讓說不出話的巴納吉雙腳搖晃起來。瞪著啞口無言的巴納吉，亞伯特繼續說：「本著具有相同血緣的立場，我只給你一項忠告。」

「卡帝亞斯的爸爸，也就是我們的祖父，是被身為財團宗主的曾祖父所殺的。你懂這句話的意思嗎？」

硬在嘴角擠出笑容，亞伯特將臉逼到巴納吉面前。巴納吉被推回房間深處，坐到床上。

「這就是畢斯特家的血統。在這個被詛咒的家系之中，你和我都不過是一段過場罷了。別認為我們是親人，你應該捨棄這種天真的想法。即使得父子相殘，只要是為了守護『盒子』，畢斯特家的人也都在所不惜。」

本身也曾對父親痛下毒手的目光，正扭曲地朝巴納吉俯視而來。一瞬間，被壓迫到極限的某種情緒發出迸裂的聲響，巴納吉覺得胸口頓時涼了半截。「將拉普拉斯程式的資料交出來。這樣你就可以獲得自由，她也能夠得救。」亞伯特如此開口施壓。回望那冒出血絲的眼睛，巴納吉垂下臉，並且在意識到自己的動作之前，微微點了頭。

亞伯特安心地呼出氣來，朝門口喚道「喂」之後，巴納吉能感覺到他向後退了一步。原本站在通路上的三名男子走進室內，幾雙穿著黑皮鞋的腳出現在巴納吉視野中。同時也看見其中一人取出手銬，巴納吉自己伸出了雙手。等著男人接近，在手腕被揪住的前一刻，巴納吉利用起身的勁道朝對方肚子賞了一記頭槌。

呃地低吟出來，男子被撞飛到後頭。剛好從背後接住他的亞伯特，則是一屁股跌坐在地上，財團黑衣部下的陣勢鬆懈了幾許。穿過立刻撲身過來的黑衣部下身邊，放低頭部的巴納吉衝向門口，並且以前傾的姿勢出到房間外。「你這傢伙……！」背對著亞伯特低喃的聲音，巴納吉一股腦地關上門。

他沒有鎖門的空閒。「喂，你站住！」怒喊的聲音響徹於通路，腰際套著白色槍帶的警衛朝巴納吉追來。巴納吉死命狂奔。靠著被帶來時的記憶，他在第一個十字路口拐向右，只求能前往電梯所在的方角。

通訊面板的螢幕上，有照到ＭＳ懸架的基座部分。奧黛莉是跟聯絡機一同被收容於ＭＳ甲板，她現在一定還待在甲板的底部。去了之後又能做什麼？思考根本無法運作，總之巴納吉先按了電梯按鈕，「別讓他逃了！將人抓回來！」亞伯特的聲音隨即在背後響起。判斷出自己沒時間等電梯抵達，巴納吉趕往通路邊的斜梯。

巴納吉一口氣衝下正如同「斜梯(leiter)」這個詞的含意，坡度極陡的階梯，來到了下一層甲板。警報聲同時大作，待在通路的兩名乘員訝異地將臉轉向巴納吉。「喂……」出聲的男子才正要舉手，就被撞飛出去，趕在怒罵聲傳來前，巴納吉又滑下下一道斜梯。在好幾陣腳步聲逼近的當頭，他一口氣縱貫七層份的甲板，跑到了理應通往MS甲板的通路。

空氣微微流動著，隱約飄來的機油臭味，告訴了巴納吉MS甲板的所在。待在該處的奧黛莉的心跳、宣告一切開始的手心感觸，乘著空氣傳來，儘管被警報與複數人聲所追趕，他依舊只顧猛衝。數度在十字路口拐彎，然後從T字路盡頭轉向右的瞬間，巴納吉差點與對面跑來的人影撞在一起。

「你是……!?」

為了避免迎頭撞上，閃至後方的青年朝巴納吉睜大了眼睛。「利迪先生……」一瞬間低喃出口，追兵的腳步聲又讓巴納吉回頭，他立刻揪住利迪的制服，將對方拉到自己身邊。

「利迪少尉，奧黛莉來到這艘戰艦了。畢斯特財團想把她當成人質。」

「人質……!?」嚥下一口氣的利迪抬起下巴。喊道「等等！」「喂，抓住那傢伙！」的聲音從通路後頭傳來，巴納吉朝利迪投以拚命的目光。就賭在你身上了，是你的話，一定能明白才對。隔著MS交會的感觸被巴納吉當成依靠，他向咬緊牙關的利迪注視了一秒。褐色的眼睛垂下，利迪將苦澀的表情背向巴納吉。

「……你去吧。」

用著勉強能聽見的音量低喃後，利迪取出設置於牆邊的滅火器。「直走就是MS甲板。

動作快。」利迪如此交代，巴納吉連回禮都來不及，便已拔腿跑去。追兵的腳步聲逼至跟前，滅火器噴射的聲音重疊於其上。穿透警衛們動搖的叫聲，怒吼道「你快點去！」的利迪聲音響徹通路，從白色煙霧中傳進了巴納吉耳裡。

受流動的空氣推動，滅火劑的白色煙霧自身後逼近。在被追上之前，巴納吉開啟氣閘，突然現於眼前的廣大空間讓他一瞬間停住腳步。因臨時響起的警報而愣住的整備兵、行走於軌道的牽引車、約從三十公尺高的天花板垂下的起重臂。一面也將佇立的ＭＳ群納入視野，巴納吉朝大得嚇人的鏤空孔穴環顧了一圈。由他所在的位置看去，相當於正對面的內壁底下，可以望見身穿黑色西裝的團體正快步移動。在魁梧男子們的包圍下，有一道穿著白色女用襯衫的纖弱背影，鮮明地浮現於巴納吉眼中的，唯有那道挺直背脊走去的身影。

「奧黛莉！」

傾全身的力氣化作聲音，巴納吉吼出。止住了腳步，回望過來的奧黛莉與他對上目光。儘管身影的大小連食指指頭都不到，巴納吉仍清楚地看見了對方的表情。翡翠色的眼睛大大睜開，巴納吉甚至能看到映於她眼中的自己。

「巴納吉……！」

嘴型如此動著，奧黛莉朝巴納吉踏出腳步。周圍的男子立即上前將她擋下，被架住的白

襯衫身影讓黑色西裝掩蓋，消失了蹤跡。一名不認識的中年女性不悅地望向巴納吉，奧黛莉掙扎叫道「竟敢如此無禮，放開我」的聲音漸漸遠去。看見她被拖進內壁的氣閘後，巴納吉眼裡再也放不進其他東西。距離正對面的內壁頂多四十公尺。無意識地進行目測的身體蹬了地板，手掌像是要扒開地板一般揮動，巴納吉拔腿狂奔。

霎時間，巴納吉往後頭伸出的右手被揪住，他遭人猛力拖了過去。一瞬間浮在空中的身體撞到背後的牆壁，沉沉的衝擊閃過後腦杓。無法理解究竟發生了什麼事，巴納吉伸手摸向麻痺的腦袋，並且在昏沉的視野中捕捉到穿著黑色駕駛裝的人影。

清一色黑的布料上有著金色線條縱橫於其間，襯托出穿著者本身的苗條身軀。護甲一般覆蓋於胸口的背心上，同樣有金色線條勾勒出輪廓，在左胸上的，則是畢斯特財團的獨角獸圖騰。簡直就和「獨角獸」的專用駕駛裝一樣——而且還是將光明面與黑暗面互為反轉，透露出魔魅形象的黑色款式。沒有餘裕多去思考那個所象徵的意義，隔著立於面前駕駛裝的肩頭，巴納吉一股腦地想要尋找奧黛莉的身影。他設法要將腳伸出，但彈簧一般伸來的手掐住了他的喉嚨。不到一秒，被推到後頭的身體又再度讓人掄向牆壁。

有如鉗子般一動也不動的手，正漸漸地堵住巴納吉的氣管。受窒息的恐懼所驅使，巴納吉胡亂動起手腳，試圖逃脫。駕駛員被頭盔罩著的頭部絲毫不為所動，從那纖弱身軀難以想像的巨大力道，依舊將巴納吉抵在牆上。當揮動的手臂打在頭盔上，面罩的開閉裝置隨之啟動，一對熟悉的藍色瞳孔闖入了巴納吉的視野。

「瑪莉妲小姐……!?」

就像是直通深海的蔚藍瞳孔底下，似乎有某種情思顫動了一瞬。不會錯，與那架黑色「獨角獸」對峙時，巴納吉也覺得自己有聞到她那甜甜的體味。感覺到掐在脖子上的手鬆緩了力氣，巴納吉叫道：「瑪莉妲小姐，是我！巴納吉．林克斯！」在他趁勢抓住對方的肩膀，想要將頭盔中的臉扳近自己的瞬間，瑪莉妲抹消了短瞬的動搖，眼中透露出殺氣。

比最初見面時更為昏暗，那對深邃的孔穴令人聯想到洞窟——當巴納吉毛骨悚然地想抽身時，已經為時已晚，瑪莉妲的膝蓋猛頂向他的胃，一股好似要貫穿背脊的衝擊搖撼了他的全身。氣力自雙腿流失，一邊癱坐在地，一邊擠出聲音喚道「瑪莉……妲……」的巴納吉伸手揪住駕駛裝。叉開雙腳而立的瑪莉妲紋風不動，就在兩人四目相交，再度感覺到對方眼底有某種情思顫動的那一瞬間，吼道「普露十二號！」的聲音傳進巴納吉耳裡。

「別讓那傢伙逃掉，抓住他。」

站在氣閘門口的亞伯特氣喘吁吁，肩膀隨呼吸而起伏著的他怒聲下令。瑪莉妲俯視著巴納吉的瞳孔又變成陰暗的孔穴，掐在他喉嚨上的手也恢復了勁道。重新被抵到牆上之後，巴納吉用兩手緊抓瑪莉妲的手腕。瑪莉妲小姐，請妳醒醒。奧黛莉——米妮瓦公主就在那裡。以渾身的意念呼喚對方，巴納吉希望在瑪莉妲眼中追尋曾一度交觸的思維，然而擴展於眼底的，卻只有光線無法照入的洞窟而已。巴納吉的手被輕易扯開，手臂也讓人制服住，瑪莉妲隨後便將他打趴在地上。

「巴納吉！」奧黛莉呼喚的聲音隱約傳來。臉上看不出任何表情的瑪莉妲站在眼前，冷冷地睥睨著趴在地板上的巴納吉。那對眼睛與黑色「獨角獸」的重合在一起，巴納吉緊緊咬住嘴唇。將思維凝聚在遠去的奧黛莉氣息上，他鼓起僅剩的所有力量，把那化成聲音吐出。

「奧黛莉！」

沒有回應。被頭上伸來的幾雙手拖起，巴納吉讓人帶離MS甲板。沒露出任何反應，身穿黑色駕駛裝的瑪莉妲像人偶一般地站著，她的眼睛始終留在巴納吉的視野一角。

※

號稱在以往覆蓋了地表百分之十四面積的熱帶雨林，其佔有率一時間也曾銳減至百分之三，據說進入宇宙世紀之後，此數據已回升至百分之六。這項成果需歸功於自舊世紀以來持續推行的暖化對策，以及在宇宙移民開始後正式上軌道的造林事業。然而，於此同時，靠採伐林木維生的土著也因而失去了工作。就連足以更換職種的教育基礎都還沒打下，人們即使想換工作也找不到差事——成為「過剩人口」的這群人，自然被率先送去了宇宙，並且住到不會為飢荒或水災所苦的殖民衛星之中。無關於當事人的意識，文明而具備高教育水準的人們釋出的善意，圍繞在他們身邊。

而如此受到保護的熱帶雨林之一——叢生於新幾內亞東部的叢林地區，又在十七年前重新住進了所謂「過剩人口」的後裔。位於月球背後的殖民衛星居民，換言之，也就是被遺棄在離地球最遠位置的人們，在穿上名為ＭＳ的鎧甲後降臨至此，並與分散於所有大陸的同胞們協力，參與地球侵略作戰的一環。但大多數部隊都無法守住過度延伸的戰線，更無法如願回歸故國——吉翁公國，只能落得曝屍於叢林各處的下場。

成為公國軍主力的「薩克」、在地球前線基地開發的「古夫」，以及水陸兩用機「葛克」。獨眼巨人們在過去曾踏破叢林、與聯邦軍展開死鬥，如今卻逐步被樹林與青苔埋沒，持續腐朽的駕駛艙則成了毒蛇棲息的巢穴。這裡對廢棄物回收商來說固然是座寶山，但自終戰以來，沉睡此處的ＭＳ遺體從未發生過遭人魚肉的事例。這是因為曾經有以假亂真的情報指出，核融合反應爐在這一帶爆發過，而讓輻射能散佈各地的緣故。

實際上，那全是為了不讓他人靠近此地的手段，以往的戰場早讓蒽鬱茂密的綠意覆蓋已久。第一架「薩克」降落在這塊土地的那天——從公國軍的第三波降落部隊推進至南太平洋一帶算起，過了十七年一個月又十五日的夜晚。恐怕是最後殘存者的兩架「薩克」，正走在叢林裡。尺寸相當於小貨車的腳板踏響紅褐色土壤，也讓結構多層的樹海窸窸窣窣地發出聲響。這一帶的樹冠高達三十公尺以上，因此就算是身高十七公尺的巨人，也不至於冒出頭來。由上空無法窺見兩機移動的軌跡，只有清夢受擾的鳥兒沿其路徑飛出樹梢，吱吱喳喳地讓陰森的啼聲在月夜底下響起而已。

走在前頭的「薩克」是型號MS-05L的最初期薩克，機體背後扛著巨大的副發電機，手持的長槍身光束步槍正是由其供給能源。於大戰末期少量生產出的狙擊型薩克，在同機種的「薩克I」亦稱「舊薩克」之中，可以歸類為最新的機體，但如今已成為古董的事實仍舊不會改變；而跟在後頭的MS-06K「薩克加農」，則同樣是不具可動式框體的第一世代MS，裝備於右肩的加農砲頗具威嚴，反而讓人感覺到時代的久遠。由於兩架機體都是在線性座椅開發前出現的產物，即使形容得含蓄，乘坐的感覺也絕對稱不上舒適。理所當然地，它們也都沒有採用全景式螢幕，而是靠平面式螢幕來進行觀測，駕駛艙周圍共有四片平面式面板。

在其中一塊螢幕上，正照出被雲脈繚繞的新月。周遭則有滿天閃爍的星辰，若是凝神望去，似乎也能看見發亮的殖民衛星群，但只有位於月球背面的故國——現在已被更名為吉翁共和國的ＳＩＤＥ３，卻怎麼也無法窺見。「好遠哪……」如此低喃，約姆．卡克斯瞇眼望著在群樹空隙間若隱若現的月亮。『你說什麼？』無視於隔著無線電反問的坎德爾，卡克斯讓睽違三年握到的操縱桿感觸慢慢滲進手掌。主發電機的律動傳達到指尖，在仍然活著的「薩克Ｉ」將呼吸傳進體內之前，卡克斯踩下煞停踏板，讓機體停住了腳步。

「在這一帶就行了吧。要是離基地太遠，回去時反而麻煩。」

一面仰望籠罩於頭頂的樹冠，卡克斯對無線電進行呼叫。被視為輻射能污染區域的這一帶，並沒有他人的目光。在據稱育有全世界四成物種的樹海裡，只有從太古往昔就未曾改變的夜行性動物們，正讓啼聲迴盪四周。後續的「薩克加農」停下腳步，站到卡克斯機的左後方之後，坎德爾哽咽的一聲『是……』從無線電傳來。

『太遺憾了。好不容易留存到現在的機體，竟然得由我們親手埋葬……』

「這也是不得已哪。不管是我的狙擊型薩克，還是你的加農型薩克，在現在都只是會走路的古董了。既然也找不到人認領，就只好擱在這裡啦。」

『是這樣沒錯……但它們明明都還能動。』

「如果沒得補給，它們遲早也會動不了。明明已經好幾年沒開了，光是能走到這裡，你就該感到慶幸啦。」

從操縱桿上放了手，卡克斯撫摸起前方的操控台。「要是能賣給武器迷的話，大概可以賣個挺高的價格吧……不過，這傢伙應該也不會情願被人當成玩物。」如此自言自語起來，卡克斯以此為契機，解開了座椅的安全帶。他從預備零件櫃取出高性能的塑膠炸藥，並將連接倒數裝置的雷管插進裡頭。把那裝設到操控台底下之後，卡克斯關掉主發電機的電源燈，然後打開駕駛艙門。

悶熱的溼氣包覆住全身，年過五十的肌膚代謝速度已經變慢，卻也在這時流出了汗水。只要引爆炸彈，整座駕駛艙就會報銷，「薩克I」也將陷入等同死亡的狀態。拉出上下機體用的升降索，卡克斯落腳在腹部的雙重裝甲上，並且朝愛機說道：「你可別怨我喔。」

「都怪也不知道是哪來的笨蛋在達卡放起煙火，才會搞得聯邦那些走狗都殺氣騰騰的。我們也只好跟著溜之大吉啦。我也很想將你們一起帶走，但從贊助者的說法聽來，犧牲品好像是必要的哪。」

將腳擱到鋼索的鐵環上，卡克斯啟動倒數裝置。擺在座椅上的計時器開始倒數，在燈源熄滅的駕駛艙之中，突破五分鐘大關的紅色數字顯得格外醒目。

「我們的贊助者想討好聯邦的那群走狗，所以得幫他製造收拾吉翁殘黨的證據才行。相對地，那些人也會放我們一馬。唉，真丟臉。明明一起從祖國過來，還活到了現在……」

身為贊助者的反地球聯邦組織——艾格姆，只願意認領第二世代以後的機體，而那些機體都已藉由各式各樣的手段運離新幾內亞了。現在正是吉翁殘黨在地球上的滅亡前夕，一直以來都是南太平洋最大據點的辛布基地，也迎向了它的最後——與漏夜潛逃幾乎相去無幾，這樣的閉幕方式實在太過難堪，但卡克斯並無責備艾格姆那群人的意思。

志在打倒聯邦政府的艾格姆上頭，有著希望讓地球軍維持於現狀的軍需產業，而國防議員則是透過軍需產業的獻金來操控政治。反政府勢力會看準議會開始審查預算的時期，發動出局部的恐怖攻擊事件，藉此讓編列的預算上修，就這層意義而言，艾格姆與吉翁殘黨等於都仰著聯邦政府的鼻息。依靠這種方式養活部下，一路躲躲藏藏地打著吉翁殘黨名號的虛偽戲碼，終於也要在此告一段落了。失去了可以回歸的祖國，能作為依靠的，只剩下復興吉翁的信念——不對，有東西能相信的傢伙，老早就已經死透了。墮落成受人雇用的恐怖分子，還拖著因叢林溼氣而變得行動遲緩的身軀苟活，這名男子現在終於能清算過往的虛偽。就只是如此而已。

這樣的狀況，之於待在宇宙的「帶袖的」也沒有多大差別。達卡事件或許就是預知到即將滅亡的他們，所點燃的最後一道煙火。不管怎樣，與聯邦的共生關係就此告結之後，各地受雇的恐怖分子也會面臨全面性的失業潮。如果吉翁共和國將在宇宙世紀0100解體，吉翁的名義也會完全消失，自己這些人或許就只能逐步化為貨真價實的亡靈了。「原本也是可以有個轟轟烈烈的結局哪。」從苦澀的胸口中擠出心聲，卡克斯將苦笑著的臉背向駕駛艙。

「先是有迪拉茲紛爭，再加上兩次的新吉翁戰爭。明明就有這麼多機會讓你出風頭，也不知道為什麼，我都沒能趕得上送死。坎德爾就快生第三個小鬼頭出來了哪。在降落作戰時，那傢伙還是個流鼻涕的小夥子，現在已經是個有模有樣的老爸囉。也難怪我跟你都變老了……」

囤積出贅肉，厚著臉皮苟活的中年男子臉龐，正反射在熄滅的螢幕面板上。蟲子嗡嗡作響的翅膀聲掠過耳邊，卡克斯賞了自己臉頰一個耳光，忽然間感到羞恥得發抖，他垂下目光。「拜啦。先到那邊等我吧。」短短告別後，卡克斯離開駕駛艙。呼叫信號響起，坎德爾叫道『隊長！接收暗號中。是從空中發訊的』的聲音傳來時，卡克斯正好要將手伸向升降裝置的按鈕。

「從空中？是聯邦的人在巡邏嗎？」

卡克斯立刻將上半身伸進駕駛艙，並且按下通訊鈕。若是這樣，就比預估的還要早。聯邦應該是從明天才會開始進行搜索。靠著輻射污染的假情報讓人遠離，他們一直以來都躲在這一帶，卡克斯不認為偵察機會在這個節骨眼突然冒出來。一面後悔自己關掉了總電源，他隔著「薩克I」的側腹望向坎德爾的「薩克加農」。『不，不對。這個是……』如此低喃之後，坎德爾倒抽一口氣的動靜隔著無線電清楚傳來。

『這是吉翁公國軍的暗號。是第三次降落作戰時使用的編碼！』

卡克斯一瞬間停止的心臟，又開始劇烈地蹦跳起來。他拿起擱在座椅上的耳機，將耳朵湊了上去。類似古早摩爾斯電碼的聲音，正透過鼓膜搖盪他老舊的腦區記憶。在十七年前，牢記於腦袋裡頭的密碼。當時的自己曾與MS一起被裝進降落用膠囊(HRSL)，直到被射到低軌道之前，都一直聽著那樣的聲響。在恐懼和興奮之中規則地響著，這是只有當時才聽得見的密碼——！

「請……給予協助……要給……聯邦好看……？」

無意識地在判讀時說出口，這句話的字音又讓卡克斯的心跳再度加速。同時間，近似風聲的引擎聲響由上空經過，卡克斯隔著樹梢望向天空。新月正照下細而銳利的光芒，在月光之前，一個拖著噴射煙的小點橫越而過。那是關掉航空燈號的運輸機——不對，從縱長至極的形狀來看，應該是垂直離陸型(VTOL)的地球往返船。

『隊長……』坎德爾發出迷惑的聲音。反射性地命令「封鎖無線電。保持待命」後，卡克斯持續望著航行於夜空的船隻。那艘船用了地球侵略作戰時的密碼呼叫，恐怕是新吉翁從宇宙派來的船。腦袋還不能思考那會帶來何種影響，卡克斯決定先將炸彈的倒數裝置切掉。剩餘時間不到兩分鐘的數字發出「嗶」的一聲停住，卡克斯撲通撲通響著的心跳聲在「薩克I」的駕駛艙縈繞不去。

2

「特林頓基地？」

那是個沒聽過的名稱。亞伯特不禁在嘴裡重複了一遍，瑪莎則好似嫌麻煩地答道：「沒錯。那裡是位於澳洲的聯邦軍基地。」

「在遭受到吉翁殘黨的襲擊之後，政府中央似乎就忘了有那塊地方。基地周遭全是無人的荒野，就算讓『拉．凱拉姆』走一遭也不會太醒目才對。我們要從那裡搭船上宇宙。」

瑪莎沉沉坐在剛換上全新椅套的沙發上，呼出一口氣。「地中海的假期要延後囉！」頭靠上椅背的她邊說邊朝亞伯特送來一陣秋波，臉上的美豔神情直讓人打哆嗦。自從把米妮瓦．薩比叫來這艘戰艦後，她便露出了勤於修飾本身妖豔的跡象。嚥下一口唾液，亞伯特用著鯁塞的聲音回道：「我們不是要搭這艘戰艦上宇宙嗎？」

「想要找『盒子』，總不能靠這艘與羅南互通聲息的戰艦吧？再說，看來布萊特艦長也是隻不好應付的老狐狸。得設法讓『拉．凱拉姆』留在地球上才行。」

如此說完，瑪莎像是連多談都覺厭煩地閉上了嘴巴。要說邊長五公尺，並且與寢室分隔開來的房間格局也好，或者是舖滿地板的絨毯也罷，此情此景都像是女社長剛結束一日勞頓，回到高級套房中歇息的模樣。不過，這裡當然不是旅館。設置在「拉·凱拉姆」一角，有特殊訪客乘艦時才會用到的這間貴賓室，由小小的舷窗看出去，還能從一千公尺的高空俯視擴展於眼底的印度洋。面對瑪莎使用司令室的要求，布萊特艦長最後安排的是這個房間。既然司令兼艦長的布萊特是待在艦長室，恆常保持空房的司令室應該讓誰用都無妨，但這對軍方來說或許是個嚴重的問題。儘管瑪莎與布萊特之間的對立，已逐漸讓艦內乘員司空見慣，若要說兩人的衝突就是從房間使用開始的，其實也沒錯。

根本說來，造成瑪莎疲勞與焦躁的原因並不在這上面。「那麼，進展如何？」瑪莎停止搓揉眼頭，隨著問話拋來銳利一瞥，嚇得亞伯特肩膀一顫。

「這個……他堅持，要是我們不釋放米妮瓦殿下，他就不會提供正確的資料。」

「花了兩天時間，還是什麼進展都沒有嗎？真沒用。」

皺起眉頭，瑪莎把手伸向桌上的咖啡杯。將米妮瓦·薩比充作人質經過兩天，若是從回收「獨角獸」那天算起，則已過了四天，亞伯特對巴納吉進行的審問等於是一無所獲。他只得低下頭，不時以上揚的目光窺探瑪莎的神情。

「搞不好下一個指定的座標在宇宙，也是他隨口亂編的吧？我可不想被拖著到處瞎跑喔。」

「嗯……可是看見米妮瓦殿下的臉這件事，似乎對他造成很大的衝擊。我覺得他應該沒有亂編說詞的餘裕才對。再怎麼逞強，終究也只是個孩子——」

「他可是卡帝亞斯的小孩喔。你別忘了這一點。」

用強硬語氣打斷對方後，瑪莎有些粗魯地擱下咖啡杯。陶器碰撞的聲音穿進耳裡，亞伯特慌忙將目光垂到地上。

「又頑固、又倔強，還擺出像是一肩扛起世界的臉……你遺傳到你母親的特質，但那個叫巴納吉的孩子，簡直就像卡帝亞斯的複製品呢！明明他們一直都是分開來生活的，真是不可思議。」

為這番話作結時，瑪莎的聲音越變越小，隨即便從沙發站起身。她走向舷窗，俯望即將迎接黃昏的海面。纖瘦的背影浮現於夕陽之中，長長的影子則拖到亞伯特的腳邊。

「不過，或許他也沒有說謊。『拉普拉斯之盒』在宗主賽亞姆手中的可能性很高。畢竟我也不覺得祖父的冰室會設置於地球。」

賽亞姆·畢斯特的冰室——設置有冷凍睡眠裝置的房間所在，只有財團領袖與宗主直屬機構的少部分人知道。宗主直屬機構與財團是不同的組織，慣例是由財團領袖統掌營運及管理，在領袖身亡的現今，瑪莎也沒辦法與其取得聯繫。卡帝亞斯死後，瑪莎曾對回收到的資料徹查，但別說是冰室所在地，就連與宗主直屬機構聯繫的一絲絲管道都沒發現。隱密到這種程度，難免讓人推測「盒子」正是藏匿在宗主隱居的地方；亞伯特與瑪莎心中幾乎已如此確信。

只要無法獲得宗主的認定，並知曉關於「盒子」的實情，就無法被承認為正式的財團領袖——這對瑪莎同樣是一個問題。瑪莎單靠阻止「盒子」外流的論調取得家族的首肯，而坐上了代理領袖的位子，然而對於她強硬的行事風格產生反感的財團理事，卻肯定不只一位。加上宗主賽亞姆早察覺卡帝亞斯死亡的真相，連此時此刻在內，也難保他不是正在策動驅逐瑪莎的計謀——亞伯特膽寒地望了眼前的背影。或許是自覺到本身立場如履薄冰的緣故，瑪莎為陰影籠罩的背影看來比往常緊繃。

「還得進行軌道計算呢。我是巴不得在離開地球之前先問出正確座標……哎，也罷。反正他總要陪我們走到最後。一路上就讓米妮瓦公主同行，慢慢將他說服吧。」

短暫的懦弱已從瑪莎回望過來的臉上抹去，取而代之的是精明的笑容。伸及腳邊的影子嗖地遠離，感覺到具隔離感的空氣一如往常地降臨後，亞伯特怯生生地開口道：「關於這件事……」

「如果也要讓『報喪女妖』與檢體上宇宙，我想最好不要讓她跟巴納吉或米妮瓦殿下坐同艘船。」

「為什麼？」

「他們都認識受調整前的檢體。若是長期與其接觸，恐怕會對檢體的精神造成負擔。班托拿所長也有報告，似乎已經出現了那樣的徵──」

「亞伯特。」

像是在取笑小孩逞能的舉動似地，瑪莎臉上浮現帶有憐惜之意的苦笑，使得亞伯特沒能將後頭的話說完。「就我聽來，你不像在講『檢體』，而像在關心『情人』呢。」緊接著說出的語音，讓亞伯特感到全身突然熱了起來。

「對她的袒護要點到為止。會把你設定為MASTER，是因為資料指出，異性比較容易對其進行掌控的關係。只要將她腦中的記憶歸零，這層關係也就結束了。你應該懂吧？」

瑪莎走向亞伯特，金髮跟著發出沙沙的聲音，強烈的香水氣味亦隨之湧上。是夜晚的氣息──就在亞伯特這麼思考的瞬間，瑪莎的指尖碰觸到他的下腹部，低語「要是你喜歡玩洋娃娃，倒也無所謂」的聲音也穿進他耳裡。

「不過，這樣好嗎？她只有嘴巴能用喔。」

感覺才剛朝肚臍之下聚集的那股壓力，全因為這一句話雲消霧散了。亞伯特不自覺地從原地抽身，瞪也似地望向瑪莎。「你醒醒吧！」然而對方的嚴厲訓斥聲，就像朝他臉上賞了一巴掌。

「如果一號機是獨角獸，身為二號機的『報喪女妖』就是獅子。和那幅織錦畫所象徵的一樣，牠們是守護『盒子』的成對野獸。你是畢斯特財團繼承人，就得讓牠們聽命於自己才行。」

在現已移建至「墨瓦臘泥加」的畢斯特宅邸深處，綻放沉重存在感的織錦畫「貴婦與獨角獸」凝聚成像，為亞伯特就要沸騰的腦袋澆了一盆冷水。甚至連一瞬前湧上的怒火，都因而變得曖昧不明，亞伯特悄然低下頭。

「要是不能讓牠們服從，到時你只會落得被生吞活剝的後果。像現在『獨角獸』即使掛著鎖鏈，也還是不停地在撒野。如果不想輸給弟弟，至少你絕不能將獅子放手。」

弟弟。這麼一個與自己無緣，卻又倍感真實的字眼扎進亞伯特心裡，使得留在胸口的最後一絲反駁也隨之溶解。受壓抑的身心化作石塊，亞伯特一面體會漸漸陷進地板的感觸，一面低吟般地答道：「……是。」以鼻呼出一口氣作為回應，瑪莎將顯得已經沒有事情要交代的臉轉到無干的方向。

來到房間外，能看見瑪莉妲・庫魯斯就守在門口。因為凝視著自己的蔚藍瞳孔而噓下一口氣，亞伯特將目光避開，然後在通路上邁出腳步，背對著瑪莉妲詢問道：「……妳沒事了嗎？」

「是的。我請班托拿所長做了處理。」

隨侍在亞伯特的右斜後方，瑪莉妲毫無抑揚頓挫地回答。從直接和巴納吉接觸後過了兩天，她的腦波曾一度紊亂到差點無法與精神感應裝置同步的程度，儘管症狀現在已逐漸和緩，但出現頭痛的頻率仍明顯地增加中。瑪莉妲接受的終究只是與藥物併用的催眠處置，班托拿表示，若要正式進行「調整」，還是必須施行外科手術；而在抽不出時間動手術的情況下，也只能定期針對症狀進行療程，來緩和排斥反應造成的頭痛而已。

但是，連對腦袋都動刀之後，究竟她還能保持自我嗎？不，如果每個人的精神都能用這種方式改寫，那根本沒有讓她保持自我的必要。就像瑪莎取笑的一樣，自己是被沒有意義的想法給束縛了——一邊如此自覺，亞伯特隔著自己肩膀，望向穿著畢斯特財團立領上衣的瑪莉妲。雖然已經被藥理催眠封住原本的意識，瑪莉妲表現得卻不會像夢遊症患者那樣的無助，腳步感覺上也與一般人相去無幾。然而，回望著亞伯特的眼中卻連一絲情緒也沒有，看來只像是空洞的兩顆玻璃珠，實在很不自然。

亞伯特覺得，那是人偶的眼睛。那時候曾伏在身上掩護自己的蔚藍眼睛，那對混有堅毅與溫柔的女性眼睛，現在並不在這裡。再三確認這點的胸口感到鬱悶，亞伯特在通路中間停下了腳步。他望向同樣止步的瑪莉妲，然後又立刻別過目光，擠出發抖的聲音說道：「……難過的時候不要硬忍。」

「只要有一點不適，就和我報告。」

「是。」

「『報喪女妖』並不是普通的ＭＳ。要是不能恆常發揮出完全的性能，也會對機體的評價造成影響。」

「是。我會盡力做到最好。」

玻璃珠般的眼睛絲毫沒有動搖，瑪莉妲淡淡地作出回應。玩洋娃娃——瑪莎的聲音在腦海中浮現，一股無可奈何的煩躁忽然竄上心頭，亞伯特粗聲大吼：「妳到底懂不懂……!?」

「覺得難受的話就直說。如果妳說妳沒辦法繼續駕駛，我也會要他們把妳換下來。」

亞伯特不自覺地揪住瑪莉妲的上臂，並窺探那對好似昏暗洞窟的眼睛。瑪莉妲退也沒退，毫無動搖的眼睛只眨了一下。

「假如妳有那個意思的話，即使要我把妳帶離這裡也是可以的。妳要多為自己想想，我——」

「這是命令嗎？」

讓全無情緒波動的目光與聲音將回一軍，亞伯特的手沒了力氣。重新抓住怎麼抓也無法掌握住的瑪莉妲手臂，「我不是這個意思……！」亞伯特話才說到一半，然而第三者問道「那女人就是『報喪女妖』的駕駛員嗎？」的聲音，卻讓他怵然心驚。

回頭望去，見到的是利迪．馬瑟納斯站在十字路口轉角的身影。「真傻眼，這樣的女孩竟然會是強化人。」放話的同時，利迪板著臉朝亞伯特走近。這人從什麼時候就站在那邊看了？亞伯特忍住咂嘴的衝動，像是要擋下針對瑪莉妲的視線那般，他轉身面對利迪。

「她八成是被擄來的孤兒吧。畢斯特財團也有做人口買賣的生意嗎？」

「利迪少尉，你有何貴幹？」

一邊用手制止有意擺出格鬥架勢的瑪莉妲，亞伯特一邊對眼前的軍官制服投以拒絕其繼續靠近的眼神。隔了約兩公尺的距離，利迪停下腳步，厲聲說道：「我希望與米妮瓦．薩比見面。」

「五分鐘就好。我是將她帶到地球的始作俑者，有些事我想和她確認。」

「我應該已經說過了，辦不到。目前米妮瓦殿下正受到財團的保護，哪怕是馬瑟納斯家的公子，我們也不能允許殿下與聯邦的一介軍官進行面談。」

「那麼，讓我見巴納吉也行。」拳頭底下透露著硬忍住的怒氣，利迪繼續低聲說道：「我有從參謀本部直接受命。對於在這艘『拉・凱拉姆』上頭發生的事，我有義務調查並回報上級。身為民眾的你們沒道理對我下指示。」

「很遺憾，這個我也不能允許。若要就權限來談，我們則是受參謀本部總長的委託在行動。你想申請面談，請先獲得上級的同意。」

看著利迪語塞的表情，亞伯特腦裡湧上一股嗜虐的情緒。止住的雙腳再度動起，走過利迪身旁的亞伯特補了一句：「首先，家庭問題本來就不是軍方該插手的吧？」

「巴納吉・林克斯是前財團領袖卡帝亞斯・畢斯特的兒子。雖說是側室之子，他仍然繼承有畢斯特家的家名。」

「巴納吉是畢斯特家的人……？」

愕然。一如這個詞所形容的樣相，利迪繃著臉，將睜大的眼睛朝向了亞伯特。前天上演脫逃劇碼時，這男人曾打算幫助巴納吉逃走。環繞在「盒子」周圍的問題是一回事，要是他對幾次並肩作戰的巴納吉已萌生戰友的情感，這項事實又會為他的心境帶來何種變化？亞伯特獰笑著扭起嘴角，裝模作樣地強調：「你也明白吧？」

「這是一項八卦題材，與『盒子』和『獨角獸』都無關。他的存在本身就是家族的恥辱，我也希望外人可以少過問幾句哪。」

看著腿軟退至牆際的利迪表情，亞伯特覺得自己多少出了口鳥氣。他打算帶瑪莉妲離開現場，但忽然傳出的低沉笑聲又讓他再次停住腳步。

利迪背靠牆壁，前彎的身軀則微微顫抖著，喉頭更發出咯咯的笑聲。他的笑聲逐漸變大，直到生硬的哈哈笑聲迸出，「這還真絕啊！」帶著笑意的語音接著敲進亞伯特耳裡。

「我竟然和百年來的宿敵彼此救來救去……就算是『盒子』造成的因果，未免也設計得太妙了，真是一個大笑話。」

苦澀的笑容染上陰沉的神色，利迪隨即將發抖的拳頭掄向牆壁。感到一陣令人心冷的寒意，亞伯特皺著眉問道：「這是什麼意思？」「去問賽亞姆・畢斯特！」厲聲回答的利迪臉色大改，同時將變得險惡的視線拋向亞伯特。

「一百年前，你們的宗主到底幹了什麼，又是如何將『盒子』拿到手，建立起財團的？知道這些事之後，你肯定也只能乾笑而已。」

抱持的忿懣甚至也從利迪肩頭滲出，不等對方反問，便轉身離去了。讓亞伯特驚訝的，不只是對方預料外的反擊，感覺到有某種更根本的衝擊在搖撼內心，他與不發一語的瑪莉妲一同目送著那道背影。

財團的歷史，是從賽亞姆入贅成為畢斯特家女婿開始的，這一點亞伯特當然也記在腦子裡。但是財團發展的基礎——亦即賽亞姆將「拉普拉斯之盒」拿到手的經過，與「盒子」內容物同義，屬於機密事項。外人沒道理會知道，家族內的人也不會放在心上。畢斯特財團是既有的巨大體制，「盒子」這項受供奉的聖物在平時完全不會成為話題，而關於身為宗主的賽亞姆，同樣也不會有人提及。從賽亞姆自財團領袖的位子退任之後，亞伯特就沒有和他說過話。在盛大的退休典禮舉行之際，亞伯特也只是以直系曾孫的身分被介紹給他認識而已，但那也已經是幼時朦朧的記憶了。

儘管如此，利迪的口氣卻像是認識賽亞姆一樣。他把畢斯特財團叫成百年來的宿敵，還叫亞伯特去了解賽亞姆獲得「盒子」的經過。生為聯邦政府首任首相的後代，他也隱瞞著某些不為人知的祕密嗎？亞伯特一方面在曖昧間感到理解，一方面也感覺身上正湧現一股不明所以的寒意，他神情慄然地凝視著那一道逐漸離去的背影。

——難道那傢伙知道「盒子」裡裝著什麼？

※

映於第二通訊室螢幕上的女性年約二十餘歲，美艷的程度甚至令人懷疑「風情萬種」這個字，是否是專為她而存在的。儘管相貌端正，卻容易讓人錯認為有機可乘的部分特別吸引人。或許這就是合男性所好的一種典型。

『我是貝托蒂嘉・伊魯瑪。在此代替羅氏商會的史蒂芬妮資深經理，來向您報告之前委託事項的調查結果。』

雖說如此，帶綠色色澤的瞳孔卻蘊含著不會輕易讓人親近的堅毅光芒。女性作出嫻熟到家的敬禮姿勢，讓布萊特感覺自己氣勢上被壓倒了。「嗯，拜託妳了，貝托蒂嘉。」一面回禮，布萊無意義地環顧起無人的通訊室。

「沒想到報告的人竟然會是妳。妳現在是在羅氏商會工作嗎？」

『我並不是專屬於羅氏的員工。請您把我當成獨立的雜務幫手就好。』

用手撫弄了修齊成短髮的金髮，貝托蒂嘉露出有些生硬的微笑。『靠著在卡拉巴的緣分，史蒂芬妮資深經理對我很照顧。凱・西登先生也常常在這裡出入喔。』

「喔……聽來裡面妳我都認識的人還真不少。」

也生硬地笑笑之後，布萊特說道。兩人之所以都無法坦率表達笑意，或許是因為他們在彼此身上看見了名為阿姆羅·雷的巨大缺憾。一年戰爭後，使得地球聯邦軍一分為二的內亂劇碼——「格利普斯戰役」中，布萊特加入的是反地球聯邦政府的幽谷(A.E.U.G.)陣營，貝托蒂嘉則是以幽谷的後援組織「卡拉巴」一員的身分奮戰。卡拉巴是將活動的據點設置於地球，因此待在宇宙的布萊特與其並無直接的交流，但唯有貝托蒂嘉的事情，布萊特曾無意間從同樣參加卡拉巴的阿姆羅·雷口中聽過一些。

以掃蕩吉翁殘黨為號召擴張勢力，一時間曾叱吒聯邦軍的極右派軍閥——迪坦斯垮台後，相當於反叛軍的幽谷與卡拉巴的職責自然也已了結。兩個組織都為聯邦政府所吸收，在組織自然消滅的過程中，布萊特等具有軍籍者雖然得以復歸正規部隊，像貝托蒂嘉這般來自民間的參加者，卻大多就此失去了消息。有人對遭體制所吸收的幽谷感到失望，便轉換跑道加入游擊性質的反政府組織；布萊特更聽說有不少人靠著當年結交的知己，持續做販賣情報的生意。他心想，貝托蒂嘉應該就是後者的典型。格利普斯戰役爆發時，將大本營設在新香港的羅氏商會正是卡拉巴背後的最大贊助者。既然貝托蒂嘉與會長的女兒羅·史蒂芬妮有私交，理應不愁找不到工作才是。

然而，無關於此，布萊特也可以想像到，與阿姆羅這樣的男人扯上關係，八成讓貝托蒂嘉遠離了規矩過活的世界吧。阿姆羅．雷一方面被讚揚為一年戰爭中的王牌駕駛員，在戰後卻成了遭人忌憚的新人類思想體現者，生活在半受軟禁下。在迪坦斯勢力抬頭的過程中，讓身心鬱結的阿姆羅再度奮起的不是別人，正是貝托蒂嘉。這些事布萊特都是從阿姆羅本人口中聽說的。重新朝螢幕中那對眸子投以觀察的視線，布萊特說道：「阿姆羅上尉的事很讓人惋惜。」

雖然這句沒神經的話語會觸碰到舊傷口，但是如果這樣就能讓對方產生動搖，布萊特便可以肯定，對於貝托蒂嘉的工作能力最好不要全面寄予信任。明白自己正做著狠心的事情，布萊特隱藏住罪惡感，並隔著螢幕若無其事地注視起對方的臉色。貝托蒂嘉只露出一瞬刺探的眼神，隨後便忽地嫣然一笑，回以毫無牽掛的聲音：『是阿姆羅中校才對吧？』

「啊，妳說得對。抱歉。」

『您不必特地為我著想，因為我與他曾深切地相愛，然後便分手了。聽說他在「夏亞之亂」中戰死時，我是難過了一陣……不過，他的遺體並沒有被人發現，不是嗎？』

「是啊……」

『與宿敵夏亞決鬥後下落不明，這樣的結局不是很適合身為浪漫主義者的他嗎？直到現在，我有時候仍會覺得，他應該還活在某個地方。即使我們失去名為阿姆羅的人類軀殼，他的心應該也已經融入宇宙，我是這樣認為的……』

好似望向遠方一般地，貝托蒂嘉瞇起眼，布萊特覺得這番話並不是她逞強講出的。成天在「白色基地」哭喪著臉的彆扭鬼，已經變成讓女性露出這種表情的男人了嗎？忽然被感傷所惑，布萊特也將目光望向遠方，而貝托蒂嘉笑著說出的一句『和阿姆羅說的一樣，您真的常常在操心呢』，反讓他吃了一驚。看見對方臉上透露的訊息，布萊特明白自己的心思已被看透，他只得讓淺薄的思慮付諸流水，苦笑著回道：「這個我承認。」

「所以，我也才會像這樣和妳講著話。回應得這麼快，看來羅氏商會也對畢斯特財團的動向有所警戒吧？」

開始與羅氏商會聯繫，並委託他們調查與這次事件有關的情報，是在兩天之前——時間點就在米妮瓦．薩比這名意外的訪客造訪「拉．凱拉姆」，「獨角獸」駕駛員引起脫逃騷動之後。如果不是原本就有在進行調查，實在無法說明對方的回應為何能如此迅速。面對探口風的布萊特，貝托蒂嘉，則是答以極為乾脆的承認：『是啊，至少在地球上，羅氏商會與畢斯特財團是分庭抗禮的兩大財團嘛！』

『檯面上，「有錢人懶得花力氣互鬥」，但檯面下可就有許多花樣了……關於「拉普拉斯之盒」，羅氏家族似乎也是從以前就知道它的存在。畢斯特財團擁有盒子，所以得避免與其衝突——這在羅氏家族間算是近乎迷信的不成文規矩。史蒂芬妮小姐沒有和我說得很清楚，不過商會從前似乎曾和財團發生過鬥爭而得到慘痛經驗。這次的事件，是從財團前領袖卡帝亞斯・畢斯特在獨斷下，打算讓「盒子」外流開始的。』

貝托蒂嘉開始為布萊特講解事情的經過。圍繞在卡帝亞斯之死周遭的負面傳言；就任代理領袖的瑪莎企圖回收「盒子」；羅南代表的移民問題評議會想趁機將「盒子」拿到手，為聯邦在吉翁共和國解體後的支配體制奠基；而人稱「帶袖的」的新吉翁殘黨背後，則帶有吉翁共和國的影子……

『針對率領「帶袖的」的弗爾・伏朗托與吉翁共和國間的關係，我們並沒能追查清楚。傳聞中，達爾西亞前首相底下的人脈是有在活動，但這方面的情報管制得實在太嚴……』

「我在報告中讀過，據說在共和國內部，戰後的世代已經開始竄起，國粹主義正逐漸在復活。在SIDE6也出現湧護新吉翁艦隊的動向，真棘手。」

『儘管如此，聯邦在爭奪「盒子」的權力鬥爭中，卻沒辦法表現得砲口一致。』

「是啊，畢斯特財團的瑪莎，以及移民問題評議會的羅南，兩個人各自都想將軍隊當成私物運用，再加上企圖顛覆體制的『夏亞再世』……令人不得不體會到時代的變遷哪。」

或許是聽出了布萊特末尾一句的絃外之音，貝托蒂嘉蹙起她端正的眉。過多情報讓布萊特感到腦袋沉重，一頭靠在椅背上，他夾雜嘆息地吐露道：「我沒說錯吧？」

「就不提一年戰爭吧，包含迪坦斯或過去的吉翁殘黨也一樣。先別管行為是否讓人贊同，但他們都具有本身的思想。以往發起的戰爭，是起因於人們想對聯邦這項體制以及人類立身處地的方式提出異議，然而這次的事件卻沒有思想。我是不清楚能顛覆世界的『盒子』到底是什麼東西，但可以想見的是，其中只有誰能獲得『盒子』，誰就可以掌權的私欲而已。也就是說，政治的季節已經結束，唯有利益與權力才能推動寒冷的世界，這樣的世代來到我們眼前。所以個別的統治才會跟著失序，也導致達卡事件那樣的慘劇發生。」

『我能明白您的意思，但這種思考方式我沒辦法接受。您這話好像是在說：只要具有自己的主義，發動戰爭也沒關係。』

聽見這句直截了當的反駁，布萊特感覺像是讓人戳了一下腦袋。『不好意思，我是個多話的女人。以前阿姆羅也常提醒我這個毛病。』一邊說道，貝托蒂嘉隔著螢幕拋來的目光中，卻毫無撤回前言的意願。布萊特驚覺，會將過去美化並恬不知恥地批判現在，或許正是自己上了年紀的證據。「不，是我發言思慮不周。我內人也常數落我這點。」一方面為自己緩頰，布萊特同時也對本身觀念中顯現的老態小小吃了一驚。

「總而言之，感謝妳告訴我這些。這樣多少就能對往後的事做規劃了。麻煩也替我問候史蒂芬妮資深經理一聲。雖然要還這份人情，似乎不是那麼容易……」

『面對聯邦自家的爭端，羅氏商會也不能抱著隔岸觀火的心態來看待，所以我想您是不必太過在意……不過，您打算怎麼做呢？』

「不好辦哪。為了防止像達卡那樣的事件再度發生，我也想讓爭奪『盒子』的風波盡早結束……但要在財團與評議會之間選邊站，實在也沒意思。根本說來，要是讓畢斯特財團的人上了宇宙，『拉‧凱拉姆』就會失去介入事態的手段。」

上頭已經發下命令，將財團的人送到特林頓基地之後，「拉‧凱拉姆」得留在地球防範恐怖攻擊。這八成是瑪莎對參謀本部做的指示。能推翻眼前局面的只有羅南‧馬瑟納斯一個人，但他卻依舊毫無音訊。就連米妮瓦‧薩比這張不得了的底牌，似乎也是從羅南身旁送來的。就目前的局勢看來，評議會手中的籌碼已經全被財團奪去，而利迪少尉的憔悴模樣，則證明了這並非故弄玄虛的策略。

遭到畢斯特財團全面封殺，羅南兒子的堅毅目光也已失去目標。在所有事都發展得出乎意料的狀況下，承受最大壓力的說不定正是利迪。照理來說，如果能讓繃緊的肩膀放鬆點，他應該也能靠天生的才智找出對策才是……

『就連單艦從吉翁勢力中突圍的「白色基地」艦長，這次也得舉雙手投降了嗎？』

「局勢險惡哪。現在的事態不比當時單純，被人拱上司令這職位之後，隆德・貝爾等於全成了人質。要單艦突圍也實在太——」

夾雜苦笑地回答的瞬間，布萊特感覺有陣電流閃過腦袋。單艦突圍……布萊特心裡複誦，為了不放過這一瞬的靈光而讓思考運作起來，對於朝自己投以嚴肅目光，呼喚『布萊特艦長』的貝托蒂嘉，他顯得心不在焉。

『我現在要說的話，與羅氏商會並沒有關係。請您當成是我自言自語……昨天早上，有艘在南太平洋航道上的不定期船隻脫離預定行程，斷了消息。』

看見對方緊繃的臉孔，布萊特明白這絕非一樁小事。把驗證著靈光一現的思緒擱下，他問道：「上頭載的東西是？」『是吉翁殘黨的ＭＳ。』即使已做好覺悟，貝托蒂嘉回答的聲音，仍然讓布萊特感到心跳加速。

『為了躲避針對達卡事件的報復行動，有支部隊逃離了新幾內亞的據點。照原本的預定，那艘船是要航向非洲才對，現在卻露出南下至澳洲的形跡。』

澳洲——特林頓基地所在的大陸。若提起昨天早上，正好與戰艦獲命改變航向的時間點一致。『當然，並沒有確實的證據能指出這與「拉・凱拉姆」的動向有所關聯。』如此接著說道，貝托蒂嘉從螢幕那端拋來若有深意的眼神。
『但是，兩者在時機上的一致讓人很在意。請您留心。』
「我明白了。羅氏商會有在斡旋讓殘黨軍逃脫的生意嗎？」
『是沒有直接扯上關係，但也沒辦法撇清就是了。』
「這樣嗎……抱歉，讓妳喪失了對羅氏商會的道義。」
『請您別在意。因為不想讓阿姆羅過去搭的戰艦受到傷害，我才會在這裡自言自語。』
在笑容底下藏著走鋼索的緊張感，貝托蒂嘉坦白說道。不知道該說是感激不盡或備感歉意，心中一瞬間湧上一股複雜情感的布萊特，隨即將目光移到了開拓在眼前的新希望，並試著把先前的靈光一現與那重疊。
貝托蒂嘉完全沒有觸及米妮瓦・薩比的事。要是她與羅氏商會都對這一層毫不了解，很難想像吉翁殘黨的企圖是要將米妮瓦奪回。這樣一來，對方的目標就是「獨角獸」。在達卡追丟後，就掌握不到消息的「葛蘭雪」同樣也要考慮進去。如果他們有意奪取「獨角獸」、如果在沒有像樣戰力的條件下，他們正守候著襲擊「拉・凱拉姆」的時機，或者——
「……或許還是會受到傷害。」
不自覺地說出口，布萊特的目光落在螢幕前的操控台。貝托蒂嘉則不解地偏了偏頭。

「不，我不會讓這艘『拉・凱拉姆』沉沒。是不至於沉沒，不過……」

這是鋌而走險的步數，但只要進展順利，就有可能對財團與評議會先發制人。倚靠著照進思緒中的一線光明，布萊特起身。在螢幕的另一端，貝托蒂嘉眨眼的神情看起來就像個少女一樣。

※

「……奧黛莉・伯恩。即使是用來當假名，聽起來還真是悅耳呢。那部電影我也有看喔。」

瑪莎說著，緩緩坐到對面座位上，米妮瓦從她的舉手投足間可以看出，這個女人深知禮節是保護自身的武器。在這兩天之間，瑪莎戴在臉上的面具已剝下一層、兩層，開始露出她傲慢的本性，但那洗鍊的身段仍要求對方回以同等的禮節。米妮瓦握緊擱在膝蓋上的拳頭，並將沉默的目光朝向瑪莎。米妮瓦的危機意識告訴自己，要是不這樣在身上使力，就會被瑪莎的步調所吞沒。

穿著白色侍者服的軍官室人員，正依序在兩人對坐的桌子上湯。正因為是隆德・貝爾的旗艦，「拉．凱拉姆」司令室裡頭備齊的是頂級的家具。八人座的餐桌是貨真價實的橡木製品，刀叉、餐具一類也都統一為一流的名牌貨。之於有時也會成為外交舞台的艦艇，招待特別貴賓用的司令室，其實也是一項重要的「裝備」。要說經過良好教育的侍者也好，上頭找不到一粒灰塵的絨毯也好，都能窺見司令或艦長級的體面，但是目前這兩者都不在這個房間裡面。

待在房裡的只有瑪莎與擔任她護衛的財團黑衣部下，外加兩名侍者，「拉．凱拉姆」的幹部乘員則一位都沒有。基於禮節的招待不過是形式上的互動，流動在這裡的空氣等同在進行審問般凝重。眼前湯品散發的芬芳裡也蘊藏目不可視的惡意，折磨著米妮瓦。這恐怕是高級飯店所用的調理包吧，不過米妮瓦禁食兩天的身體並無法消受。只要一鬆懈，她覺得身體隨時可能會向前倒下——

「請用。」

露出看穿對方心思的笑意，瑪莎說道。米妮瓦屏住呼吸，將看來好似營養聚集體的湯品排除在視野之外。

「來到這裡以後，您都只有喝水而已吧？這樣身體是撐不住的喔。畢竟您的身體並不是您一個人的——」

「我沒有接受敵人施捨的意思。」

打斷對方的聲音，使得侍者為玻璃杯倒葡萄酒的手顫然一震。站在房門旁的財團男子也朝房裡拋來緊張的目光，但瑪莎的臉色絲毫沒有改變。「真叫人意外。」說這話時，未曾停止微笑的瑪莎一邊以葡萄酒就口。

「對於處置『盒子』的方式，應該已經向您說明過了。我們自認是和陛下站在同一邊的喔。」

「那麼，為什麼你們要拘禁巴納吉．林克斯？」

「他有奪取『獨角獸』以及參與恐怖攻擊的嫌疑。現在更打算從艦內脫逃，會拘禁他是當然的。」

「那瑪莉妲呢？她是我的部下。要是妳聲稱與我站在同一陣線，我希望妳將人交還給我。」

將酒杯擱回桌上後，瑪莎朝門口瞥了一眼。財團黑衣部下點頭打開房門。被催促離開的兩名侍者穿過門口，等跟著走到房外的財團黑衣部下帶上門以後，瑪莎再度拿起酒杯。承擔起房裡變成兩人獨處的空氣，瑪莎一邊在掌中搖晃著色澤與口紅相同的液體，一邊緩緩開口說道：「即使殿下這樣希望，她應該也不會聽從才對。」

「瑪莉妲中尉……普露十二號目前正在我們手下工作。這是她自己的意思。」

「意思?你們硬對她進行再調整,還真敢大言不慚地——」

「沒錯,我們對她做了調整。就像過去新吉翁所做的一樣。」

換下表面的微笑,瑪莎冷酷而尖銳的目光與聲音扎進米妮瓦胸口。米妮瓦沉默下來。她想起曾輕而易舉地制服逃亡的巴納吉,而且看見自己時也沒有任何反應的那對藍色眼睛。那空洞的眼神,就和瑪莉妲剛被「葛蘭雪」收容時一樣,像是個斷了線的傀儡——將剩下的葡萄酒一飲而盡,講嘴唇擠成笑容形狀的瑪莎說道:「米妮瓦公主,您就別粉飾太平了。」

「創造出那悲哀生物的並不是我們,而是你們。我只是解放了她內心的想法,並給她報復的機會而已。」

「報復……?」

「對,我要讓她向製造出自己的世界報復、向由男性邏輯所支配的世界報復。」

瑪莎單手舉起空酒杯,然後繞過餐桌,走向了米妮瓦這邊。忍下憤而離席的衝動,米妮瓦依然將臉朝向正面。

「米妮瓦公主,您也是被害者之一喔。男人們的邏輯建立出聯邦與吉翁的對立,這套邏輯也將您綁在不存在的王位上。儘管如此,卻沒有人願意傾聽您所說的話。只要把『拉普拉斯之盒』吊在他們眼前，那些男人馬上會像發情的公狗一樣渾然忘我。」

瑪莎將臉湊到米妮瓦耳邊，低語著「妳不覺得這很醜陋嗎？」的聲音，伴有混著葡萄酒味的鮮明口臭。猶如被蛇纏身的感觸，讓米妮瓦全身起雞皮疙瘩。

「就這點來說，您身上則有與生俱來的氣質。米妮瓦公主，您要不要與我聯手？我不會讓您為難，也可以保證追隨您的吉翁殘黨的立場。」

「與妳，聯手……？」

米妮瓦不自覺地回頭，注視起幾乎已經要貼在肩上的那張臉。回望了懷疑自己神智的那道目光，瑪莎抽回身子，撇下一句「要是讓男人來掌舵，人類遲早會滅亡」，繞到米妮瓦的背後。

「這顆星球現在已經殘破不堪……為了不讓同樣的過錯重演，必須要由女人的感性來治世才行。許久以前曾有所謂的女權運動，但那是基於男性邏輯進行的權利鬥爭。我所追求的東西不同。因為只要順從生物的原理與原則，掌握社會主導權的自然就是女人。」

瑪莎把玩著空酒杯，另一隻手則繞到了米妮瓦肩膀上。一邊為對方手上傳來的寒意起了雞皮疙瘩，米妮瓦將目光落在就要冷掉的湯上面。

「追根究柢，人類的生物雛型都表現在子宮這個袋子的連鎖裡頭。男人只是負責把種子注入其中的角色。除此之外，即使將他們說成就生物學而言毫無價值的異物，其實也不為過吧。所以男人才會喜歡誇示自己。他們打著堂皇大義或思想主義，想在世界之中找出本身的價值，結果就掀起了戰爭。

一直以來，人類想在與自然的對立找到自我價值的傲慢，都允許著男人們的恣意妄行。差不多得回歸原本的面貌了。為了讓飛到宇宙的子宮連鎖也能遍及一萬光年遠的彼端……」

「瑪莎夫人，妳有孩子嗎？」

打斷的聲音，讓瑪莎擱在米妮瓦肩膀上的手指抖了一下。「有兩個，怎麼了嗎？」聽見對方回答時的生硬語氣，又讓米妮瓦得到令自己心寒的心證。「是妳自己懷胎生下的小孩嗎？」米妮瓦以談及私事的語氣詢問。

「……您這是什麼意思？」

「我並不了解所謂的母親是怎樣的人物，因為在我懂事之前，她就已經過世了。但我沒理由地還是能記得母親的氣息。只要是成為母親的女性、具有成為母親資質的女性，任何人都會散發出那種溫柔的氣息。從妳身上，我感覺不到母性的特質。」

瑪莎的臉色明顯改變，整個人踉蹌地後退一步。看著襯托出身材曲線的套裝，也確認到她為了不讓人察覺年齡，明顯付出最高努力的肌理，米妮瓦心寒地暗自嘀咕——果然沒錯。

一方面扮演著伶俐的策士，這個女人卻帶有一種幼稚的味道。宛若少女的理念與怨念，使她從根本開始腐敗，感覺就像喪失了某項東西而徒增年歲一樣。講述對人類的認識，卻又不了解人類，也不打算理解。瑪莎也是這種假道學的改革者之一。米妮瓦站起身，認為已無必要膽怯的目光則望向正面。瑪莎想站穩腳步卻無法如願，又向後退了一步，米妮瓦直直地看著她顯露出怒意的眼睛。

「一邊否定男人的邏輯，妳卻用那種方式征服瑪莉妲。要說那是女性絕情的特質倒也可以，但用藉口為自己正當化的智慧，就活脫脫是男性的作風了。妳並不是自己口中所講的那種女人。當然，妳也不是男人。妳只是用男人的口氣，一意孤行地發揮女人的殘酷而已。真是個把不上不下當武器的狡詐之徒——」

話講完之前，有某樣東西擦過米妮瓦的臉，劃過空氣的銳利聲音傳進她耳裡。玻璃破裂的尖銳聲響在背後響起，似乎是察覺到狀況有異，財團黑衣部下大動作地開了門。米妮瓦注視著瑪莎，一動也不動。將酒杯砸向對方的手還微微發抖，瑪莎也持續將視線擺在米妮瓦身上。

「什麼事都沒有，你們出去。」

臉動也不動地朝部下喝斥一句，瑪莎交握仍留有一絲顫抖的雙掌。貌似疑惑的男子環顧完室內，又從房裡退了出去，當關門聲響起時，瑪莎已經取回部分的冷靜。她撥起頭髮，低語「反讓妳將了一軍呢！」的臉上浮現苦笑，米妮瓦則微微地呼出一口氣。

「原本大意地以為妳只是個小丫頭，看來是我低估妳了。能將『獨角獸』駕駛員哄得一愣一愣的本事果然不是假的。」

「我也低估妳了。原來妳也有像女人的地方呢。」

背對著砸在牆壁而粉碎的酒杯，米妮瓦照實講出自己的想法。收去苦笑，眼底再度露出怒意的瑪莎垂下頭，呼出一陣熱熱的鼻息。「彼此彼此，對妳高傲的自尊，我是該表示敬意。」夾雜著嘆息說出這句話，瑪莎將遮住額頭的髮絲纏上指間。

「不過，那份自尊是會殺人的，妳明白嗎？妳剛剛已經從仰慕妳的吉翁殘黨身上剝奪了未來喔。與畢斯特財團共存，是他們唯一能擁有的未來。女人明明是守護家園的角色，我看妳才不是女人吧？」

儘管米妮瓦已有防備，話語化作毒箭穿透胸口的衝擊卻依然不變。似乎是注意到了米妮瓦握緊雙拳的動作，瑪莎擦有厚厚口紅的嘴唇擰笑著扭曲起來，說道「失禮了，我要做個訂正」的她邁出腳步。

「能靠自尊讓男人喪命，也是女人的本事。妳儘管成為一個好女人吧。最好也將那個巴納吉・林克斯當成自己的肥料。」

錯身而過地拋下這句，瑪莎走向門口。忍住想回頭反唇相譏的衝動，米妮瓦呆站在原地。門板被打開，然後帶上，原本充斥於室內的瑪莎身上的毒氣隨之消失，取而代之地襲向米妮瓦全身的，是沉重的虛脫感。

無法立刻呼出氣來，米妮瓦俯望桌上那盤涼掉的湯。之前備感飢餓的肚子已經停止作響，只感到口渴的她將手伸向了結露的水杯。發抖的指尖不聽使喚，胡亂倒進杯裡的水濺到外頭。將桌巾濡濕的水從桌子邊緣流下，一滴一滴地掉在椅子上。

我不會後悔，應該是這樣的。注視著滴落的水滴，如此說服自己的米妮瓦心中，有陣認識的聲音正在迴響，那是陣喚著奧黛莉的少年聲音。兩天前驚鴻一瞥的那張臉，比起最後一次看到時變得更成熟了。曬黑而讓人覺得可靠的那張臉，在叫喚時只望著自己。就在這艘戰艦的某處，他也成了被囚之身。背負起沉重的祕密，獨自在掙扎。他沒有依靠任何人，也沒有獲救的指望。直到能讓他信任的某人說出「已經夠了」為止，他會繼續奮戰下去。

但是，那就等於敗北。即使對方只是想在回收「盒子」以後，讓局勢恢復原狀而已，米妮瓦也絕對不會朝毫不羞恥地從瑪莉妲身上抽去靈魂的那群人屈服。米妮瓦既不能、也不想讓事情如瑪莎那種女人所願地發展。我希望你撐下去，如此朝心中的巴納吉打氣，米妮瓦同時也想起瑪莎方才講的話，並因此感到震驚。能靠自尊讓男人喪命，也是女人的本事——受不想附和瑪莎的私心所促，自己正打算眼睜睜地看著巴納吉，以及吉翁的同胞們喪命。

那麼，又該怎麼辦才好？吐出幾不成聲的聲音，身體沒了力氣的米妮瓦將手扶上桌面。按捺住湧上喉頭的感情，她抓緊濡濕的桌巾。水分從指頭的縫隙間滲出，水滴滴落的聲音在司令室響起。

※

水滴悄悄滴落的聲音，正規律地刺激著鼓膜。將擱在眼睛上的手臂略為挪開，巴納吉望向聲音傳來的方向。化作禁閉室的軍官房間一角，有新的水滴從洗臉台的水龍頭滴落，也讓留有奇妙餘韻的聲響迴盪在陰暗的室內。

「奧黛莉．伯恩……你這樣看待她就行了。米妮瓦．薩比並不在這裡，你看見的，是個底細不明的女人。所以你要怎麼處理都可以，一切都由你決定。」

水滴聲和之前聽到的亞伯特聲音混在一起。失去關緊水龍頭的氣力，巴納吉重新將手臂擺到仰臥的臉上。

「被你叫成瑪莉妲的女人也一樣。視你配合的狀況，要放她自由也是可能的。我不會再逼你。你得自己去想，怎麼做才是最好的。」

巴納吉想過了。而且，也告訴對方新指定的座標是在宇宙。但更詳細的內容要等奧黛莉被釋放，他才會講。如果想知道正確的座標，就先讓奧黛莉回新吉翁——巴納吉非常清楚，這是一項吃虧的交易。從亞伯特放話之後已經過了兩天。雖然巴納吉在那之後也數度遭到威脅，但對方在這半天來卻毫無音訊。他想，或許那群人正準備上宇宙。實際上，戰艦的確也在移動。映於通訊面板上的外部監視影像中，能看見由右而左緩緩流動的黃昏海面。

昨天從雲朵的縫隙間，巴納吉曾看到疑似沙漠的地平線。那恐怕是非洲大陸吧。在那塊非洲的大地上，他曾與辛尼曼一起在死境徘徊，並且與羅妮認識。羅妮現在在做什麼呢？巴納吉茫然地想到。與那架ＭＡ對峙時，他覺得自己有聽到羅妮的聲音。羅妮最後的思惟闖進他心中，叫他朝怨念的根源開火——

令人心驚的汗水陣陣流出，讓橫躺於床上的身體變冷。巴納吉不想去思考。就算花心思去想，他也什麼都辦不到。不管這艘戰艦是要去哪，自己遲早會被帶上宇宙。在奧黛莉被挾做人質的情況下，巴納吉將被迫為尋找「盒子」的那些人領路。他沒有自信能永遠保持緘默。有種預感告訴巴納吉，下次再看到奧黛莉，他可能就會把所有事都供出——即使奧黛莉並不希望。即使這樣做將會背叛在自己體內生息的，眾多人們的意念，以及要求著「覺得該做的事，就去做」的思惟。

其中沉澱得最深，已經分不出是否自己想法的那份思惟……是來自名為瑪莉妲·庫魯斯的外人。與黑色「獨角獸」成對的撲克臉從眼皮底下閃過，讓巴納吉在抵住眼睛的手臂上使了力。當時擋住他去路的那對眼睛，看起來完全像另一個人。感覺不到懷抱於內心的失落深淵，對方眼裡只有徹底的空洞。強化人？再調整？這些巴納吉都不是很懂。無論如何他都不想承認，人會變節到這種程度。儘管人會改變，但那不一樣。那樣改變人是不對的。那絕對是人最不該對其他人做的事情。

或者，人的意志也就只有這種程度而已。預感到未來或許會背叛與自己牽扯上的人們，並且將一切都拋下時，自己也就逐漸在變節了嗎？這樣一來，變化與變節之間的差異，又要怎麼去分別？去分別這些有意義嗎？人的意志終究只是一廂情願，隨時可以經由他人的手去移植或剝奪。依靠這種東西來判斷善惡，又有什麼意義……？

門鎖解除的聲音響起，兜圈子的思考也因而中斷。又是審問嗎？撐著遲滯的腦袋，巴納吉從床鋪上坐起身，看見站在門口的男子臉龐後，他小小嚥了一口氣。

因為站在那裡的，是個身穿聯邦軍官制服的男子。年紀大約四十左右……不，或許還要年輕一點。與髮色相同，具光澤的黑色瞳孔，使男子的長相看來頗為年輕。儘管目光沉穩，那澄澈的眼中卻有一股近似於青年的堅毅。

「我想和你談談，可以嗎？」

即使背脊像軍人般直挺，從聲音中仍能聽出對方柔軟的身段。被這艘戰艦收容後，巴納吉還沒跟乘員好好說過話。點頭的巴納吉沒將目光從男子身上挪開，立刻下了床。用一瞥將站在通路的財團看守趕走後，男子獨自走進房裡，一面關上門，他一面開口。

「我是布萊特・諾亞。擔任這艘戰艦的艦長。」

邊伸出右手，男子環顧只恆常點著夜用聚光燈的室內。了解到對方是在留意有沒有監視裝置，用眼神告訴對方不必擔心的巴納吉也伸出手。自稱布萊特的男子嘴邊露出微笑，堅硬的手掌則扎實地回握巴納吉的手。

「說來慚愧，在自己的艦上，竟然還得在意會不會被竊聽。」

坐到床鋪上，布萊特瞥向通訊面板。似乎是才剛提升高度的關係，淡灰色的雲彩籠罩了十吋大的螢幕。「我稍微加快了船速。明天下午就會抵達新雪梨灣。」布萊特如此說明，巴納吉不知道該如何解讀這句話，只是一直注視著對方的側臉。

「我們將在一個叫特林頓基地的地方停泊。『拉・凱拉姆』的責任會在那裡告結。你大概得跟財團那群人一起上宇宙。」

「不是要搭這艘戰艦上宇宙嗎？」

「因為我們和財團的關係並不好。他們不肯讓我的人跟著去尋寶。」

聳起肩膀，布萊特簡單說道。儘管對方的態度輕鬆得讓人懷疑，這是不是故意要使自己鬆懈的陷阱，但巴納吉從那張苦笑的臉上，並沒有感受到做作的味道。此外，室內也的確瀰漫著一股讓人放鬆的氣氛。巴納吉小小呼出氣，然後坐到輕便椅上。

「在這之前，我有事想先問你。來到地球以後，你一直是和新吉翁共同行動。而你卻在達卡事件時自己冒出來，與利迪少尉一起對抗那架ＭＡ。這是為什麼？」

「為什麼……因為我覺得一定要阻止它才行。」

「你是從那艘偽裝貨船『葛蘭雪』逃出來的嗎？」

「說逃出來其實不對。因為我覺得他們是特地送我出去的。就連『葛蘭雪』的船長，也不能接受那樣的作戰。」

一面對簡簡單單就把話講出來的自己感到疑惑，巴納吉試著摸起還留有挨揍傷痕的臉頰。他有聽說，「葛蘭雪」在達卡就失去了消息。要是知道奧黛莉與瑪莉妲都在這裡的話，辛尼曼他會——忽然這樣想到，認為多追究這些也沒用的巴納吉，便把那張嚴厲的大鬍子臉孔趕到了腦海的外頭。布萊特靜靜地投注著觀察的目光，嗯地鼻子呼出氣之後，說道：「也對。『葛蘭雪』的動向確實讓人有那種感覺。」他邊說，將雙手交握。

「那麼，意思是說，你在那裡並沒有被當成俘虜對待，還擁有照自己的意識行動的由由囉？」

「這樣講……是沒有錯。那裡的人並沒有散發出聯邦所說的敵人感觸。」

「為什麼呢？」

「我不是軍人……所以也不習慣去區分敵我，而且那艘船上的空氣，會讓人覺得沒有那種必要。至少，我在那裡並沒有察覺在『帛琉』時體會到的『帶袖的』空氣……那種像是一觸即發的敵意。我想就是因為這樣，我才能在那裡待得住。」

「也就是說，對方讓你覺得能夠溝通吧？」

「是的。」一邊立刻回答，覺得這個人應該是想探聽些什麼的巴納吉，把訝異的目光投向了布萊特身上。沉默一會以後，表情看來像做下某種決定的布萊特站起身，「我了解了。謝謝你。」如此說道的他，露出別無用心的微笑。

「明明年紀這麼小，你的觀察力與表達能力卻都相當了不起。我想你父母的教育方式肯定很好。」

即使知道這不過是社交辭令，對於曾被揶揄成「卡帝亞斯養出的強化人」的巴納吉而言，這句話依然十分沉重。看到巴納吉垂下頭，布萊特似乎也察覺自己觸及不該過問的部分，補上一句「抱歉，是我多話」，走過巴納吉身邊。目送著布萊特直接走向房間門口的背影，巴納吉叫道「請等一下！」，並從椅子上急忙起身。

「如果是艦長您，能不能讓我和奧黛莉……米妮瓦公主見個面呢？」

「很遺憾，靠我的力量實在沒辦法幫到你。實際上就連和你說話，都費了我不少工夫。」

也不過問理由，真的滿懷抱歉地如此回答的那張臉，反而讓巴納吉感到心痛。「這樣嗎……」低喃之後，巴納吉再度坐回椅子上。

在「工業七號」中，突然闖進眼底的那對翡翠色眼睛。像這樣試著對以往的經過作出整理後，巴納吉心中重新湧現出與她相識的不可思議感。他想見她。他希望能在不會被任何人打擾的地方，再次讓那對眼睛映照出自己。讓自己走到這一步的原點，那對眼睛或許能讓他把變化與變節都吞進肚裡，回歸至最初的心境——兩手交握，並且把目光落到陰暗地板上的巴納吉，又因為布萊特說的一句「但你別放棄」而抬起頭。

「你的眼中具有力量。與歷代的駕駛『鋼彈』奮戰過來的駕駛員一樣，你有著能將困難化為養分的堅強目光。只要你不放棄，機會絕對會到來。」

這並非是就觀念提出的論調，布萊特的聲音中聽來像帶有具體的根據。回望對方那好似有所盤算的臉，立刻又把目光垂下的巴納吉擠出聲音低語道：「才沒有……我才沒有那種力量。」

「一切都只是偶然。我會坐上『獨角獸』，或是像這樣待在這裡……都只是偶然造成的。如果是真的有力量的人，一定會處理得更好。他會活躍得更能讓自己陶醉，也能幫到其他人。而我卻……」

別說是奧黛莉或瑪莉妲，就連自己都救不了。要說這是強化人，也未免太可笑了。想自嘲卻又無法如願，緊咬嘴唇的巴納吉忍住要爆發的情緒，閉上了眼睛。在一陣沉默之後，布萊特的手輕輕碰觸他的肩膀，說道：「以往的『鋼彈』駕駛員，也都是這樣。」這平穩的聲音，使得巴納吉的鼓膜為之撼動。

「在狀況中隨波逐流，光想活下來就已費盡心力……不管有沒有他們的存在，對於大局都不會造成任何影響。一個個體終究不會有拯救世界的力量。」

在布萊特難過地瞇起的眼中，能夠看出自責的神色。不與抬起頭來的巴納吉對上視線，布萊特把壓抑著某種情緒的臉轉向門口。

「不過，也有些人是因為他們的存在而獲救的。即使沒有被廣為流傳，仍然有某些事蹟會遺留世間，這是事實。儘管個人是無力的，但團結在一起的個人意志，也有能將世界從黑暗深淵拖回來的時候。我想『鋼彈』象徵的，一定就是那種人的力量。當世界的爭執到達極限時，他們就會從某處出現，不分敵我地將人與人串連在一起……位於其根本的力量，永遠是出自於人類。一邊與僵化的世界對峙，卻依舊想用心靈來與人對答，這是年輕意志才有的力量。

別讓狀況給壓垮。如果你也是『鋼彈』的駕駛員……新人類的話，就該鼓起勇氣，將絕望的想法逼退。」

回頭看過來的布萊特只露出一瞬真摯的目光，不等巴納吉回話，他隨即邁出腳步，開了房門。目送著不再回頭的背影穿過門口，並且消失在門的另一端之後，巴納吉俯視起自己受到螢幕反射光所照亮的手掌。

那是一雙什麼都辦不到的無力手掌。不管歷代的「鋼彈」駕駛員是什麼人，他們的手一定也都和自己一樣。一邊和同樣無力的別人的手掌接觸、扶持、時而彼此殘殺，他們同時也都面對著狀況才對。並且保有著那個能夠為自己做決定的，獨一無二的零件——心。不管目睹到多麼嚴苛的現實，他們也會把「即使如此」這個詞繼續講下去。

握緊被陣陣熱潮貫穿的手掌後，巴納吉望向通訊面板的螢幕。看見的盡是擴展在外的雲海，除了白茫茫一片外，什麼都看不見。白茫茫的雲氣籠罩住一切，使自己連現在正前往何方都不清楚……但是那並不會於無窮盡地綿延下去。只要一直跑，遲早能脫離的。自己不能放棄，要將眼睛睜著看清局面才行——巴納吉如此定下決心。因為突圍的機會，一定會輪到自己手上。

即使是一廂情願，即使是他人灌輸的知識讓自己這樣想，這雙手發出的熱潮卻肯定是源自於本身。目前能這樣就好，這麼認為的巴納吉凝視起外頭那片白茫茫。一閃即逝的霧靄停歇了短暫，他看見橘色陽光照進重重交疊的雲海。

※

短短一瞬間，陽光曾將燃燒般的色彩自艦橋窗戶拋來，但隨即又讓湧上的雲氣遮蓋而消失了。

雲層比想像的還厚。若是氣象預測沒出錯，這片雲海將會在明天正午流入新雪梨灣。明天特林頓基地的上空，大概會是晝一般的陰天吧。對於作戰，這一點是吉是凶——無心地如此思考後，辛尼曼作出的結論是「馬上會知道」，他朝航術士席的布拉特問道：「狀況怎樣？」而回答「航道不變」的聲音，則響徹於「葛蘭雪」狹窄的艦橋。

「『拉·凱拉姆』肯定是要前往特林頓基地。預測抵達時間仍然是當地時間一三三〇，沒有變化。」

米諾夫斯基雷達所捕捉到的「拉·凱拉姆」的亮點，正從印度洋上空逐步將反應的圓周推移至大巽他群島。儘管模糊難辨的反應圈廣達半徑一千公里，位於圓心的米諾夫斯基粒子放射源，仍肯定有戰艦存在，只是要推測其移動方向並不會特別困難。持續監聽「拉·凱拉姆」與聯邦軍參謀本部的衛星通訊經過四天，重新感覺到機會總算到來的辛尼曼，將目光轉到船長席旁邊。有兩名身穿舊公國軍熱帶軍裝的男子站著，就靠在身後不遠處的牆際。

他們是約姆·卡克斯少校與坎德爾中尉。從新幾內亞欽布省的叢林中發現的兩名男子，是與各自的愛機一同被帶上來的，雖然已過了兩天，兩人對於事態的轉變似乎都還無法適應，他們面對艦橋的不可思議表情，就好像自己正被外星人綁架一樣。卡克斯應該年約五十，坎德爾則大概是三十幾歲。十七年前，兩人從吉翁公國降落至地球叢林，而後又一路自戰敗的辛酸中活了過來。目前的事態，就像是戰後的壞膿在一時間突然湧出一樣，不知道在他們眼中，對此又是如何看待的？辛尼曼沒有多作思考，取而代之地，他將無線電的麥克風遞給卡克斯。

「這可以透過密碼化程序，來號召您的同伴。要不要試著登高一呼看看，司令？」

聽見這徒具形式的敬稱，卡克斯惡狠狠地轉動眼珠，瞪向了辛尼曼。「你真的要發動攻擊？」面對如此問道的低沉聲音，辛尼曼聳了聳肩膀。

「我這邊的戰力是八架中古ＭＳ。就算和你們手上的機體湊在一起，都還不滿一打。而那艘聯邦的戰艦上，裝載的全是新銳機種吧？」

「似乎是這樣。」

「而且基地也有守備部隊。」

「八成沒錯。」

「就算講客套話，這種做法也稱不上精明。選擇把你們賣給聯邦，求對方饒我們一命還比較實際點。」

生硬的聲音，讓站在旁邊的坎德爾緊張地將目光游移於艦橋。把微微轉頭的布拉特與亞雷克也看進眼裡後，辛尼曼答道：「這交由司令您作主。」

「若您想折返也無妨。要是有地方願意收留，我們也會將您載過去。我並不討厭物種以保命為先的觀念。畢竟我自己就是這樣在照顧部下的，但……」

側眼瞧著卡克斯將動搖的目光轉回正面，辛尼曼繼續說道：「這樣的話，為什麼我們還要一直扛著吉翁的招牌呢？如果想活得更精明，方法明明要多少有多少，卻還願意自甘墮落地成為受雇的恐怖分子……搞不懂哪。這實在太難理解了。」

轉過頭，辛尼曼收回搖搖擺擺地盪在空中的麥克風。比他將麥克風擺回操控台更快一步，卡克斯的手將那搶了過來，並將咒罵般的視線投注向辛尼曼。這樣就好。就笨得不懂活得精明些這點而言，辛尼曼自己與卡克斯都不落人後。也用不著確認彼此眼底的想法，辛尼曼已經聽見卡克斯手持麥克風說話的聲音。

「這裡是司令，告知欽布據點部隊各成員，基於昨日發布之一二四八號指令書，我等將按照預定採取作戰。作戰目標如以下所述：一，奪取名為『獨角獸』的聯邦軍MS。二，確保『獨角獸』專屬駕駛員人身安全。三，達成一、二項目標後，確保自軍之脫離路線……」

※

『如各位所知，我軍的戰力說不上萬全。此外，這項作戰也未獲得新吉翁本隊的認可。本行動是由辛尼曼上尉，以及所有葛蘭雪部隊的志願者獨自決定實施的作戰。因此，各位有權拒絕參加這次的行動。我等原本就是拋棄基地，各自逃亡至不同地點的殘存戰力。我可以斷言，事到如今就算由「帶袖的」來拜託，我們也絕對沒有義務要聽從。』

這陣聲音在「葛蘭雪」船內並未受到密碼化，傳進乘員耳裡的，完全是即時的說話聲。站在MS甲板上頭幹活的男子們，都暫時停下了手邊的作業，細細聽起這段廣播。

船尾的下層甲板上，只有所屬於葛蘭雪的兩架「吉拉．祖魯」，以及唯一一架從達卡作戰中所回收的「傑．祖魯」，都各自安置於懸架。對於從「工業七號」的事變開始，就一直和事態有所牽連的成員來說，接下來要進行的作戰，其實他們心裡都有數。一邊豎耳聽著廣播，眾人仍持續整備著因接連戰鬥而疲弊的機體，然而在船首的上層甲板這邊，卻有著不一樣的狀況。

直到幾天前還擺著「獨角獸」的上層甲板，現在則有卡克斯的「薩克I狙擊型」，以及坎德爾的「薩克加農」背對背地固定於懸架。負責整備的，是十名從欽布據點回收來的士兵，他們完全中斷了手邊的作業，真摯地傾聽著基地司令的這番話語。

捨棄基地，投身於要稱為新人生，卻有過多不確定要素的前途的那一剎那，再起的機會又突然降臨在身上——無論結果為何，他們都確定，這會是吉翁在地球的最後一場作戰。雖然想忘記一切並埋首於其中，但這群人在地球過活的時間已經太長了。有人望著遺留在祖國的妻子相片，有人則回想起在地球獲得的家人臉孔，決定本身去向的沉重時間，就那麼懸在甲板上頭。

『但是，作為作戰目標的敵方新型ＭＳ之中，據說藏有關於「拉普拉斯之盒」的機密情報。那裡頭埋藏著足以顛覆聯邦的情資，不只是聯邦，目前有各方勢力都在追查「盒子」的下落。雖然這番話有些難以置信，但我想要在這上面賭一把。我相信，這項作戰能讓我們在死後記上轟轟烈烈的一筆，更會是我們對吉翁的最後一次奉獻。』

距「葛蘭雪」兩千公里遠，正要從澳洲大陸東岸南下的貨船「常青樹」也聽到了這段喊話。全長兩百公尺，基準排水量約五千噸的這艘船，表面上是由羅氏商會旗下的虛設公司所擁有，只是一艘輸送工業製品的尋常貨船，然而此時掌舵的，卻是由欽布據點逃脫出來的一群人。船長將接受到的暗號文輸入翻譯機，以全船廣播的形式播放出卡克斯的聲音。

擴展於露天甲板底下的貨物甲板上，所屬於欽布部隊的駕駛員與整備兵們正聽著廣播。陰暗的貨物甲板上，橫躺著兩架德姆型ＭＳ，還有堆積如山的貨櫃掩埋其壯碩的機體。一架是德姆的後期量產型「德瓦基」，另一架則是以在熱帶地區使用為前提改裝的「德姆熱帶型」。先不論已經升級為第二世代規格的「德瓦基」，「德姆熱帶型」仍是一架連全景式螢幕都沒裝備的單體構造式機體，所以駕駛員只能待在狹窄的駕駛艙內，傾聽卡克斯的聲音。

這點對位於「常青樹」正下方，正移動於深度三十公尺海中的「薩克水中型」也是一樣的。儘管將薩克型機種改裝為水陸兩用機的這架機體，已經在駕駛艙安裝有全景式螢幕，然而背著大型水力噴射引擎的模樣，依然顯得相當粗線條。透過從「常青樹」船底伸出的纜線，「薩克水中型」的駕駛員同樣聽著卡克斯的聲音。其後方則有兩架水陸兩用機「卡普爾」以纜線相繫，並頂著波光瀲灩的海面進行潛航的身影。

潛航時，「卡普爾」的手腳都收納於帶圓弧的軀體之中，成了幾乎稱之為球體也不為過的形狀，整體來看，實在不像是一架ＭＳ。以一年戰爭的老兵居多的欽布部隊裡頭，在第一次新吉翁戰爭後才被留在地球的「卡普爾」駕駛員們，是可以歸納為新血，即使如此，他們淪落敗兵身分也已過了八年。這些人一度成功從宇宙要塞「阿克西斯」脫逃而出，並參加蜂起的新吉翁，結果卻落得與一年戰爭以來的殘黨軍會合的諷刺下場——經歷連蟄伏一詞都會變得空虛的八年，他們聽著司令聲音的表情都同樣緊繃。這次突然造訪的機會，將會帶來什麼樣的結果？待在漆黑的海中，占卜本身流離失所命運的凝重時間持續著。

『我希望所有人能將手放在胸口上思考：為什麼我們一直沒有放棄當吉翁的軍人？數度錯過起事的機會，一方面又讓人蔑稱為受雇的恐怖分子，即使如此，我們仍持續當吉翁的軍人。這之中有什麼意義？旁人的觀感並不是問題，答案就在我們各自的心中。要否定或肯定以往的人生，都是由自己來決定。現在，我們要做的是什麼？我希望各位能明白，這項選擇，將能同時決定我們的過去與未來。』

從「常青樹」再推移一千公里的西方，有架飛在澳洲上空的雙引擎運輸機，正位於從非洲坦尚尼亞地區運回加工魚肉的中途。不過，佔去機體大半的貨物室卻沒有冷凍貨櫃一類的物品，裡頭只有在新幾內亞換載的貨物——全長達二十公尺的人型機械——將近突破積載量極限的巨大身軀，正困頓般地橫躺著。

由於內藏飛彈發射槽的肩膀高高凸出的緣故，「卡爾斯K」單眼式的扁平頭部，看起來就像是凹陷在軀幹中一般。在第一次新吉翁戰爭之際，「卡爾斯K」曾被當作地球侵略作戰的尖兵，由宇宙要塞「阿克西斯」送到地上。除了能讓手掌伸縮的彈臂拳擊機構之外，機體中還內藏眾多的固定武裝，特別是K型的左肩上，更額外裝備有長砲身的光束加農。雖然刪除了同機種J型所採用之指節砲口，機體標準裝備中具「巨砲(giant bazz)」別稱的無後座力砲，依然擁有極高的火力。從設計階段開始，機體就已被設計成能夠對應所有局面，從格鬥戰到砲戰都可以得心應手。

儘管這在欽布部隊中，算得上是最新銳的第二世代MS，但出於各項耗材的補給都停滯已久，運作過一次之後，就很難保證下次也能照常出擊。一邊聽著卡克斯的聲音在貨物室迴響，駕駛員與配署的整備兵都專注於最後的檢修。在願意收留自己的地方展開新人生——這樣的選項，早已在他們心中褪色。

『能捨棄過去，活在新的未來也很好。我認為那同樣是需要勇氣才能辦到的。但我並不想否定自己的過去，如果以往不具意義，那我也想為這段不具意義的人生作出了結。這是我獨善的想法，各位並沒有義務陪我行動。我希望你們都能作出自己認為最好的選擇。無能的司令在最後只能送你們這段話，不管選擇了哪條路，我仍想打從心裡感謝一直以來追隨著我的各位。

吉翁萬歲……結束。』

※

戰艦的高度下降，在最後一片雲朵化作霧靄流經上方後，新雪梨灣的海面便突然闖進了視野。

高度破八百公尺後，仍持續在下降。由於已將近減速至原速（註：航海術語，指用引擎四分之三出力航行的速度），視場所而定，就算以肉身走到露天甲板外也不至於出事。等待著入港監視部署的發布，利迪與準備就位的觀測員一同來到後部的開放甲板。雖說聳立於背後的艦橋結構能夠避風，吹在臉頰上的風仍然嫌冷。將飛行夾克前襟包緊的三連星眾人也陪同在旁，他們一面對意料外的寒冷趕到疑惑，一面俯望開展於眼底的新雪梨灣的模樣，就像是腦袋缺根筋的觀光客範本。實際上，他們似乎並未想到季節在南北半球會倒轉的事實，只以為這是各地氣候在寒暖上的差異。今天是五月六日，在澳洲已經是深秋的時節。

基本上，會覺得冷並非單純是氣溫的影響。隔著凸出於眼底的主推進器噴嘴，利迪凝望著橫跨於遙遠地平線上的陸地。於陰天中若隱若現的茶褐色痕跡，乍看之下只像是自大洋望去的大陸島塊陰影。然而令人感到異樣的是，那塊窟窿卻帶著弧度往旁延伸，使得左右的水平線上也籠罩上一層薄薄的陰影。從扶手挺出身子，說道「喔，真的有個圓滾滾的洞耶」的華茲臉色卻與他帶著戲謔的口氣相反，顯得有些發青。

「這裡就是殖民衛星墜落的中心點嗎？」

「直徑八百公里，據說總面積相當於澳洲大陸的百分之十六。畢竟從以前的雪梨沿岸一直到內陸，整個洲的板塊都被挖掉了嘛……」

在旁回應的戴瑞，也讓自己淡黑色的典型拉丁系臉孔稍稍繃緊。一邊自覺到胸口滯留著一股冷冷的空氣，利迪將目光移回沿外側呈現曲面的陸地陰影。沒錯，這裡原本並不是海。如同圍繞於周遭的地平線所告知的一般，「拉．凱拉姆」已接近澳洲大陸的上空。十七年前，墜落在此地的宇宙殖民地「伊菲修島」，幾乎將雪梨連新南威爾斯州整塊從大陸上挖去，更在澳洲大陸的西南端鑿出了一個巨大的正圓形。圓周的一部分與過去的海岸線重疊，雖然是與南太平洋直接相連，內陸中整塊被削去的正圓形與其視為港口，倒更像是湖泊。讓人絲毫無法想像該處原本具有陸地，那是座自地球誕生以來，最大的一座湖泊——超越壯觀一詞，反而讓人看了為之愕然的破壞痕跡。無論如何，以海而言過於封閉，以湖而言又過於開敞的這處水窪，都無法不令觀者的生理感受錯亂。儘管身為自然的景觀，卻無法與自然相容，堪稱是扭曲至極的空間。

「可是，原本在這裡的陸地都跑哪去啦？不會被炸飛到宇宙去了吧？」

「似乎是出現過地殼變動，有部分淹沒到海裡去了。大部分則被炸上平流層，成了至今仍漂浮在空中的灰塵。所以地平線看起來才會那麼模糊啊。據說在殖民衛星墜落地球前，地平線在天氣好的時候還能看得更清楚。」

「有這麼大塊的陸地，都成了灰塵漂浮在空氣中喔……」縮回挺到扶手外的上半身之後，華茲發抖著縮起肩膀。「我實在不敢領教。地球上的人還真能巴著這種星球不放。」

這一句顯示道地宇宙居民的感想，讓利迪感到有些出乎意料地轉了頭。華茲動也不動地俯望腳邊的海面，站在不遠處的奈吉爾則將視線瞥來。一如往常，貌似漠不關心的白面皮底下，仍在眼裡透露出觀察的意圖；同樣一如往常地感到難待的利迪，則在比方才更靠近的陸地一端，找尋起可以安置目光的地方。他發現完全沒有綠意存在的茶褐色荒野中，有幾根突起物扎在上頭。

那大概是殖民衛星的殘骸。在過去，新雪梨灣的沿岸被廣達數百公里的衝擊波炸飛，只有殖民衛星的焦黑殘骸，仍宛如墓碑一般地散落在陸地上。利迪曾聽說，這裡之所以一直沒有重新開發，是因為地殼變動至今仍未停歇，而且要撤除散亂在廣範圍的殘骸也有困難。視物體差別，有的殖民衛星殘骸甚至高達數百公尺，像這樣超出規格的特大號垃圾，確實是地球上任何巨大建築物都望塵莫及的。若要提及唯一的利用價值，那就是在進行ＭＳ的操作訓練時，可以當作現成的障礙物。要說幾乎不會曝光的隱密性也好、根本無法轉作其他用途的土地性質也罷，倒也不是不能誇讚，在戰後仍將特林頓基地留置在此的聯邦軍，的確是眼光獨到。或許是其孤立無援的地理位置成了罩門的緣故，在戰後沒過多久，這裡一下受到吉翁殘黨軍的襲擊，一下被用作在南極條約遭到禁止的核武儲藏地，但媒體為此投注而來的關切，都早已成為往事。直到最近，連軍方也快忘了這處寂寥的基地，除僻地一詞之外，再無其他字眼能夠形容這裡。

基地應該就設在離沿岸不到二十公里的位置，不過從艦上完全看不見蛛絲馬跡。雲霞籠罩下的陸地上，沒有任何會動的東西，簡直會讓人錯認為火星的荒涼大地，正無邊無際地延伸在眾人眼前。對於說道「這裡啥東西都沒有嘛」的華茲，利迪並無異議，他只是無心地一直望著茫茫擴展而去的大陸形影。自頭頂低垂下的雲層既厚又重，像是在為鬱悶的心情火上加油一樣。

「這下子就算登陸，頂多也只能待在基地的休息室裡胡思亂想囉。特林頓的人平常是靠什麼在找樂子的？」

「八成是享受大自然吧。聽說新雪梨灣的夕陽可是難得的美景。」

「無聊斃了……在基地讓畢斯特財團那些人下去之後，我們還要繼續追殺吉翁的殘黨吧？要是不能找個地方快活，我真的會乾涸掉啦。就算不煩這些，最近艦裡的空氣也實在夠悶了。」

這麼說著，華茲數落般地朝利迪看來，在這幾天之中，利迪對此已經有了習慣的感覺。決定徹底無視對方的利迪，又望向說道「讓人在意的是，為什麼會選上這裡」的奈吉爾那邊。

「財團那群人似乎是要換搭太空梭的樣子，但是特林頓基地又沒有質量投射裝置的發射設施。他們是打算用什麼方式上宇宙？」

對於利迪回頭的視線不予回應，奈吉爾一派事不關己地說道。「應該會用裝備噴射器的太空梭吧？」興趣缺缺地回話的，是戴瑞。

「特林頓是塊窮鄉僻壤，所以就算讓『拉・凱拉姆』停到那裡，也不會太醒目。很像是那群心裡有鬼的人會有的主意。」

「或許是吧。可是要一口氣載著兩架獨角獸上宇宙哪，我不認為特林頓會有那種大型太空梭，要張羅應該也不容易。還是有其他方法啦。」

「其他還有什麼方法？」華茲問。奈吉爾默默地用下巴指了上空。與戴瑞和華茲一起追尋其視線，仰望天空的利迪，將飛行在雲層間的兩道機影納入了視野。

細微的引擎聲漸次變大，各自呈圓盤狀的兩道機影逐步接近。舉升體(Lifting Body)的機體滑翔而過，穿越「拉・凱拉姆」正上方的兩機留下呼嘯聲，消失在雲中。用力伸長了自己短短的脖子，目送機體離去的華茲咕噥出一句：「那啥東西啊，是噴射座嗎？」而回答道「不對哪」的奈吉爾，早就放棄繼續追尋空中的機影。

「那是可變式MS。應該是叫作『安克夏』的地球軍新銳機才對，我在資料上看過。」

「啊，是阿席瑪機種的後繼機吧。聽說它能利用變形機能來搬運MS。」

戴瑞說道。如果是「阿席瑪」的話，利迪也認得。那是大約在十年前，被配備在地球上重要據點的可變機種，具有相當特殊的形狀。將帶有圓弧的頭部與兩臂縮起來之後，那架MS的上半身就會像錯視圖一樣，呈現圓盤狀。利迪記得自己第一次在新聞看見時，還為此吃了一驚。以戰後的聯邦軍而言，「阿席瑪」算是難得將效能特化在重力下運用的機體，但還不至於成為讓利迪志願參加空軍的動機。因為看在飛機愛好者的眼中，像是胡鬧般的圓盤狀飛行型態，根本就是邪門歪道。

似乎身為其後繼機的「安克夏」，則是將露出於圓盤下方的腿部改為更加顧慮到空力的形狀，舉升體機身的兩側，則裝備有貌似光束砲的長砲身。雖然沒有確認得很清楚，但利迪隱約也在機體上方看到積載MS的平台。和問道「特林頓基地會有那種東西？」的華茲一起，利迪窺伺起奈吉爾的表情。如果真是如此，他就有必要更新對特林頓基地所作的評價。

「誰知道呢？」如此回答後，奈吉爾仰望起被灰色雲層籠罩的天空。

「大概吧……」

吹過的風讓頭髮隨之飄逸，暗示出其他可能性的眼睛則凝視著雲頂。利迪皺起眉頭，直望向奈吉爾有所隱瞞的臉龐。

若先從結論說起，那麼利迪並沒有必要更新對特林頓基地的評價。當地時間十三時三十分，基地迎接了照預定中途停靠的「拉・凱拉姆」，而那裡只是一塊在荒野一角鋪設柏油的寬闊平地。

連綿的荒涼山脈——當然，這些山峰並非原本就存在。它們是被衝擊波掃過之後留下的岩塊——背對其稜線，邊長兩公里的用地為柵欄所圍繞，司令部、兵舍與機庫等無個性的建築物四四方方地配置於各處。於機庫中若隱若現的守備隊MS，盡是第二世代初期的中古機，「安克夏」一類的最新機種則連個影子也沒有。基地一隅設置有稱為戰爭紀念碑的空間，遭轟炸而烤焦的用地上展示著MS殘骸，不過這大概是對柏油鋪設費用斤斤計較的結果。面對隆德・貝爾旗艦的突然停靠，基地整體並非完全沒有活絡起來的跡象，但即使遠遠望去，明顯被歸納為左遷組的幹部連的成員臉上，卻顯得委靡不振。宛如世界盡頭的荒涼景象與陰鬱的陰天相輔相成一般，就連軍樂隊迎接的樂音聽來都令人感到惆悵。

將艦底的散熱板朝內側摺疊九十度之後，「拉・凱拉姆」降落至位於基地西端的暫設船塢。可說是無以計數的著陸架接觸到船塢地面，將全長五百公尺弱的船體重量分散承擔下來。雖稱作暫設船塢，周圍卻連一道牆壁也沒有，「拉．凱拉姆」等於是以拋頭露面的模樣坐鎮在基地的角落，但在這片無人的荒野，也不會有被閒雜人等看到的顧忌。停泊作業告一段落之後，利迪與奈吉爾等人一同下了MS甲板。直到「獨角獸」與「報喪女妖」完成運出前，全艦都處於警戒部署之下。而至今仍在編制外的利迪，也有檢查大修完的「德爾塔普拉斯」的工作要做。

也因為這次停靠不能聲張，讓士兵列隊擺出陣仗、或基地司令出迎之類的儀式都被省略，但忙著運出兩架MS的艦內依然手忙腳亂了一番。諸如捆包「報喪女妖」的預備零件、指揮搬運「獨角獸」的大型拖車，甲板乘員全都一時不得閒地四處奔走著。與後方著艦甲板相通的閘門盡數開啟，就在外部空氣也流入MS甲板的過程中，利迪默默地持續著自己的作業。儘管華茲曾抱怨「都來到這種地方了，還要我們警戒待命，行事謹慎也要有個限度吧？」，要是知道米妮瓦．薩比就在這艘戰艦上，他的想法肯定也會改變才對。不管怎樣，對目前的利迪來說，有工作能夠埋首其中倒是好事。這段期間之內他都不用去操煩多餘的事情。他不必詛咒什麼都辦不到的自己，或因為無處發洩的憤怒而難以自處。

利迪至今仍未跟父親取得聯繫，即使找上布萊特艦長，事態也沒有好轉，米妮瓦勢將被畢斯特財團的人帶到宇宙。利迪感到納悶，外頭的跑道上只能看見米迪亞機種的大型運輸機，那群人到底打算如何上宇宙？讓兩架擔任苦力的「傑斯塔」合力扛起，「獨角獸」白皚的機體被橫擺到拖車上，側眼看著這一幕，利迪茫然地讓思考運作起來。與自力移動至米迪亞接受收納的「報喪女妖」不同，「獨角獸」是靠拖車來進行搬運作業的。這樣的措施，是導因於唯一的駕駛員——巴納吉一直拒絕協助畢斯特財團的關係。

很像那傢伙的作風……才這麼認為，感覺到亞伯特的話又在腦裡重現的利迪，獨自在駕駛艙之中緊咬住嘴唇。理性一方面告訴利迪，自己沒道理生氣，但受騙的感覺也讓他難以釋懷，一塊無法放下的疙瘩，正不斷地在利迪心海中捲起波濤。

那傢伙擺著一副被事件捲入的普通人臉孔——不，從一開始，利迪對他就有某種不尋常的感觸。如果那傢伙真的有畢斯特家的血統，曾與他並肩作戰多達兩次的結果，就只能以諷刺來形容了。他原本就是另一邊的人，利迪卻因為那句「我承認你是個男子漢」而隨之起舞，更落得知道自己受詛家系的下場，簡直就像個演猴戲的小丑一樣。

這也是「盒子」的詛咒嗎？結果思考又歸結到了「盒子」上頭，就在利迪甩頭將這個想法撇去，打算將意識集中在裝檢時，一頭熟悉的栗子色頭髮從視野的角落竄出，利迪感覺到，怦然作響的心臟呼地靜止了一陣。

被穿著黑色西裝的財團部下所包圍，生有栗子色頭髮的她正要搭上停在甲板的電動車。

在開滿系統檢查視窗的全景式螢幕一角，正清楚地照出她的背影，一度停止的心臟又開始猛然鼓動。利迪撲也似地鑽出駕駛艙，然後跳到停在艙門旁的吊艙。叫道「奧黛莉！」的他，隨即便按下吊艙的下降鈕。頭上傳來哈南上士喚道「怎麼啦!?」的聲音，在利迪一口氣下降到甲板地面的同時，「奧黛莉，是我！」如此喊出聲的他縱身從吊艙跳下。

米妮瓦回望的眼睛大大睜開，想從行列中離開的身體被黑衣部下們所架住。無視於走在前頭的瑪莎那扎人的視線，利迪在MS甲板上狂奔。等著橫阻於去路的作業車經過，在黑衣部下包圍下，米妮瓦的身影顯得若隱若現，在利迪從正面捕捉到她臉龐的瞬間，說道「傷腦筋哪」的亞伯特卻在眼前將他攔阻下來。

「我應該跟你說過謝絕會面的，利迪少尉。」

圓臉的亞伯特表情險惡，在他背後則有「報喪女妖」駕駛員的身影。黑色頭盔底下的臉，就像是等候主人一聲令下，隨即會撲向來犯者的看門犬。利迪立刻留步，隔著亞伯特肩膀看見米妮瓦被人帶走，利迪擠出壓抑的聲音說道：「一下子就好，讓我跟她說話。」

「這是我和她之間的問題，你們沒有權力阻——」

「我們有權力喔。我應該也說過，我們必須保護米妮瓦殿下的人身安全。」

「把人當成人質，你還有臉說保護！你們家族內的繼承問題就讓家族裡的人去收拾，她不是應該和這種俗事扯上關係的人。」

「要這樣說的話，我倒認為，被聯邦的軍人暗戀更有俗事的味道哪。」

看到肥厚的臉頰因獰笑而扭曲，被惹火的利迪不自覺地走向前去。在立刻擋到正面的「報喪女妖」駕駛員後頭，喚著「利迪少尉……！」的米妮瓦正要被帶上電動車。只有妳，我一定會守護住。我明明是這樣約定的，我明明是為了守護妳，才會壓抑著內心來到這裡，但我卻什麼事都辦不到。已經無法再見面了——這樣的預感讓胃臟下垂，不顧一切地朝對方喊道「奧黛莉！」的利迪，只想著要推開眼前的駕駛員，直奔電動車。迅速閃避的駕駛員從旁伸手揪住利迪的手臂，順著對方打算硬闖的力道，她將利迪拉往自己的方向。令人訝異地，利迪的雙腳簡簡單單地就離開了地面，在空中回轉半圈的身體則一背摔在地上。

MS甲板高高的天花板擴展在眼前，連根眉毛都沒動的黑衣駕駛員臉孔在利迪面前搖擺著。電動車車門關上的聲音響起，驅車離去的引擎聲從旁掠過。利迪連感覺疼痛的餘裕也沒有。理性的束縛在這個當頭遭到掙脫，才一起身，利迪便伸手揪住了駕駛員。

「妳這人偶……！」

就算是女人也不會留情，如此決定的手臂隨即伸向對方胸口，比這更快一步，駕駛員的手已緊緊掐住利迪喉頭。利迪回掐對方那彈簧般的手腕，打算將其扯開，然而，他卻在駕駛員的眼底看見某種情緒閃過。

令人聯想到洞窟的瞳孔底下，閃過了一陣陰暗的光芒，蔚藍的眼睛睜大之後便一動也不動。壓迫在喉頭上的手掌力道突然變弱，利迪一股勁兒地將其甩開。掙脫的力道讓對方隨之後退，駕駛員臉上露出痛楚的神情，雙手則抱在被頭盔所罩住的頭上。沒有映出任何東西的眼底，再度閃過某種情緒，忽然帶有生氣的眼睛隨即緊緊閉上。

「怎麼了，又開始頭痛了嗎？」

臉色大變的亞伯特推開愕然的利迪，來到駕駛員的面前。揮掉了對方伸出的手，駕駛員把手扶在「獨角獸」橫躺的拖車上，跟著便直接跪倒在地。按住頭部的手掌緊繃著，發抖的指尖則猛掐頭盔，簡直像要將頭盔撕開一樣——不，她似乎就連底下的頭蓋骨都想一起抓破，並扯出裡頭的腦髓。

「叫班托拿過來，快。」

聽見亞伯特壓抑的聲音，財團的黑衣部下慌忙轉身離去。不明白到底發生了什麼，利迪原本想窺伺跪在地上的駕駛員臉孔，然而亞伯特劍拔弩張地喝道「別靠近！」的態度，又讓他吃驚地停住腳步。

「就是因為你做了多餘的事才會這樣。所以我才說不要讓她搭同艘船會比較好……！」

將財團幹部的表情完全拋下，視線裡透露出真實感情的亞伯特狠狠盯向利迪，然後自己也跟著蹲跪在地，陪在駕駛員背後。「你說，多餘的事……？」對於如此回話的利迪不加理睬，亞伯特只顧著與駕駛員說道：「喂，振作點。『報喪女妖』我會叫人運過去，妳到那邊休息。」利迪從現場後退一步，然後望向通往艦尾方向的閘門。載著米妮瓦的電動車，將會經由直直縱貫艦內的機庫甲板，從艦尾的著艦甲板開下陸地。當利迪思索起有沒有手段能追上去，而環顧著MS甲板時，一陣分不出是咳嗽還是說話的沙啞聲音傳進他的耳朵裡。

「敵人，要來了……」

勉強聽見的這句說話聲，也讓亞伯特不自覺地凝視向駕駛員。揮掉抓在自己肩膀上的手，駕駛員雙腿發抖地站起身，定不出焦距的眼睛則望著某一點。

「這個感覺，是MASTER……？」

低語過後，眼睛定出焦距，從昏暗洞窟冒出的某種意志正逐漸上浮至眼睛表面。那是意志的光芒——人類的眼睛。追尋著突然現出生氣的眼睛，利迪注視起駕駛員的臉孔，而立刻說道「錯了，妳的MASTER是我」的亞伯特也從地上站起，渾圓的背影擋住利迪的視野。

「我是妳的保護者。我是唯一一個能守護妳、支持妳的人。重複我的話，『鋼彈是敵人』——」

亞伯特抓住駕駛員雙肩，並且凝望對方的眼睛。不知所措地轉動的眼睛，被亞伯特的雙眼所吸引住，重複說道「鋼彈……是敵人」的駕駛員眼中，又逐漸失去光芒。搞不清楚其中狀況，只感覺這一幕顯得異常而且扭曲的利迪退過身子，此時無預警地響起的警報聲隨即響起，讓他繃緊了全身。

設置在牆壁的紅色燈號點亮，站在MS甲板工作的所有人頓時停止動作。與亞伯特的視線糾纏一會之後，源自體內湧上的不安感驅使利迪作出反應，不等艦橋廣播，便拔腿跑去。

橫越過運送資材的作業車前方，利迪一路跑向待在懸架上的「德爾塔普拉斯」。他不清楚發生了什麼。但是，瞧見「報喪女妖」駕駛員身上異變的他，卻明白這已為非比尋常的狀況揭幕。

※

新雪梨灣的海岸線總長達四千公里，正規的港灣設施卻只有一處。該處是為了讓物資搬進特林頓基地而設的軍港，除那一帶之外，海岸線上全無堤防或岸壁一類的設施，延伸於海岸上的，只有被衝擊波與風壓挖穿的岩層而已。沿岸地帶既已化作無人的荒野，會往來於新灣的頂多只有遠洋漁業的船隻，貨船一類則習慣忽略新灣的海口，只會利用其餘既有的港口。必然地，相當於海中雷達網的ＳＯＳＵＳ系統，也不會遍及過於廣大的新灣全體，而是鋪設在軍港的周圍。

現地時間十四時八分，距特林頓基地約三十公里遠的一處海岸上，有三架ＭＳ已經登陸。以蛇腹式手臂打穿宛如詭異擺設品的熔岩後，ＡＭＸ－１０９「卡普爾」裝備著五根利爪的手掌鑽進岩層，其球形的軀體朝上仰起，胸部裝甲則朝左右橫移開啟。

內藏的八具飛彈發射座一露出，淡灰色的噴煙隨即掩沒其巨大的身軀，齊射而出的飛彈群也斜斜向上攀升。另外一架「卡普爾」同樣發射了飛彈，另一方面，ＲＭＳ－１９２Ｍ「薩克水中型」也舉起手上的多連裝火箭發射器(MLRS)開火，共計十八道的噴射煙畫出弧度，同時來勢洶洶地殺向了特林頓基地。

與劃破天際的聲音一同飛來的飛彈群，在通過基地柵欄上空後，便紛紛著彈於南端的複合工業設施。圓柱狀的低矮儲存槽陸續被炸開，噴湧而上的火焰與黑煙背對著雲層膨發開來。霎時間，地鳴聲穿過基地全體，風壓與衝擊波也讓鄰接於工業設施的戰爭紀念碑坍塌倒地，然而這不過是特林頓基地面臨的混亂開頭罷了。頭一波飛彈群才四處在基地點燃引爆的火焰，晚一拍抵達的兩發火箭彈又讓彈頭在基地上空爆開，合計一萬六千發的散彈頓時如暴雨一般地灑下。

儘管每發散彈個別的威力並不高，但是散布範圍廣達六個足球場的彈丸，仍充分發揮了讓特林頓基地陷入恐慌狀態的效用。司令棟的玻璃窗一片不剩地碎散、兵舍的天花板崩塌毀壞，路面炸裂後噴出的土塊，則砸在來不及逃離的士兵頭上。雖然基地裡也備有空對空飛彈的發射設施，然而在雷達被米諾夫斯基粒子蒙蔽的狀況下，也都成了大而無用的廢物。除了以肉眼目測飛彈射來的方向，並派兵排除發射源之外，基地裡別無對抗的手段。從奇襲開始經過兩分鐘，基地守備隊的MS已接獲緊急出擊的命令。

「為什麼敵人會跑來攻打這種偏僻的基地!?」

「還不都是那艘戰艦把敵人帶來的！」

看向「拉．凱拉姆」橫躺在臨時性港口的巨大身軀，「吉姆Ⅱ」的駕駛員滿臉厭惡地放話，這一句其實也代替突然遇襲的全體將兵吐露出心聲。跨過受到直擊而坍塌的機庫門口，有支RGM-79R「吉姆Ⅱ」的部隊正要出擊。如同型號所示，這只是對一年戰爭的機體進行小幅改造的產物，但它仍是特林頓基地守備隊的主力機。混在人手一把光束步槍或超級火箭砲的「吉姆Ⅱ」之中，身為第二世代機初期型的MSA-003「尼莫」也離開機庫，朝著飛彈射來的方向點燃其推進器。像是在遞補整群巨人跳開之後的空缺，第二波MLRS跟著來襲，但是迎擊它們的責任，則是在MSA-005K「鋼加農DT」的身上。

更換成主力機「吉姆Ⅲ」的進度停滯不前，對於至今仍一直使用「吉姆Ⅱ」的特林頓基地來說，「鋼加農DT」可說是彌補微薄火力的貴重棋子。雖然這是試作出少量成品後便中途告結的實驗性機體，砲戰規格的光學感應器卻具備良好性能，作為補強基地防空的移動砲台也能發揮效能。在守備隊出動之後，各自就位的三架「鋼加農DT」鎖定了炸裂前夕的火箭彈。輔助腕自其背包伸出，轉變為砲擊型態的機體安定下來後，兩肩的光束加農砲便瞄準好飛來的火箭彈。四・七百萬瓦特的MEGA粒子彈具備優秀的連射性，有一枚火箭彈已然變成橘色的火球，但迎擊第二枚的光束卻沒能發射出去。因為從其他方向飛來的火線狙擊到「鋼加農DT」，使得三機的射擊態勢大亂。

比沿岸的登陸部隊更早抵達，潛伏在基地附近岩地的MS-09F「德姆熱帶型」以此為發難，開始由東側侵入基地內部。從北邊則有MS-09G「德瓦基」展開進擊，各自在腿部裝備有氣墊的機體，都雪崩一般地滑行攻入基地之中。扛在肩上的火箭砲一開火，「德姆熱帶型」便在「鋼加農DT」腳邊點起一道爆發的昇煙，然後一邊拔出背部的光劍，一邊持續突擊。當「鋼加農DT」想重整體勢時，為時已晚，拔出的光劍將集中有光學感應器的頭部砍飛，跟著便從背後將駕駛艙貫穿了。

無力地垂下失去動力的雙臂，「鋼加農DT」伏倒在地，而在其面對的方向，MLRS的彈丸正朝「拉．凱拉姆」撒下。在細微爆發接連出現的時候，設置於上部甲板的三門主砲轉過砲身，並朝接著飛來的火箭彈打開砲門。由於主砲的威力遠超出MS的攜行武器，發射時恐怕也會波及射線上的基地設施，但是在這種狀況下，也沒有其他有效的防空手段能夠代替。一邊射出在白天也能清楚辨識的粗大光軸，「拉．凱拉姆」已開始準備離陸。設置於船體各處的近距離防禦武器跟著冒出火光，打算將迅速移動於建築物死角的「德瓦基」擊墜，但是像這樣過於留意侵入基地內的敵機，反為「拉．凱拉姆」帶來了致命傷。

自低空掠過的運輸機放出新的敵機，AMX-101K「卡爾斯K」一邊撞碎岩塊，一邊降落至地面，隨後便從基地的西側展開突擊。右手攜帶的巨砲與左肩裝備的光束加農同時開火，以亞光速飛來的MEGA粒子彈硬生生地直擊向「拉．凱拉姆」。暫設船塢的橋式起重機遭到熔解，自艦尾右舷穿進艦身的光束，與晚一拍飛來的火箭彈一起將裝甲炸碎，使得「拉．凱拉姆」的機關部受到莫大的損害。推進器噴嘴冒出爆炸的濃煙，艦內被激烈震盪所貫穿，未經固定的所有物品也因而摔落地板。自MS甲板天花板垂下的起重臂大幅擺盪，就連出擊前夕的「傑斯塔」也跟著晃動起巨大的身軀。

「是直擊嗎!?」

「要他們停止砲擊！這樣下去根本沒辦法出擊！」

儘管已來到彈射甲板，卻讓交錯於眼前的CIWS機槍彈阻擾出擊的索頓隊長叫道。隔著站在眼前不得動彈的隊長機背影，奈吉爾利用全景式螢幕鎖定了在基地內肆虐的敵機身影。他看見巧妙地鑽過十門機槍的火線，而且一有機會便用火箭彈回敬我方的兩架德姆型機體——

「敵人用那麼舊的機體啊……」

奈吉爾並不認為敵人是藐視我方。切身體會到敵人駕駛那種機體也要攻來的執著，他嚥下苦澀的唾液。

這樣的恐懼，同樣也侵襲了推進至沿岸地帶的守備隊眾人。反覆進行跳躍，在來到林立的奇石怪岩因高熱而溶解的一帶後，他們才知道敵人的別動部隊已經攻向基地。

「穗積的『DT』被幹掉了！原來這裡的敵機只是誘餌！」

「讓『拉．凱拉姆』的人去收拾就好。畢竟他們那裡有的是高性能的MS。」

隊長的這一句，成了讓守備隊繼續推進的免死金牌。一座一座的奇石群都有MS的身高那麼高，視野相當惡劣。將部隊分成兩路，並採用交互進行移動與掩護的接替掩護（Bounding Overwatch）隊形，隊長駕駛著塗裝成胭脂色的「尼莫」前進了約一公里。和編排為A小隊的五架機體一同止步，跟著重整為掩護隊形之後，隊長向後續的Ｂ小隊送出前進的信號。移動於奇石群中的Ｂ小隊也走過同樣的路徑，就在換成Ａ小隊前進時，從死角飛來的鋼絲狀物體纏住腿部，使得擔任隊長機的「尼莫」失足撲倒在地。

拉起從左腕袖口發射的磁性勾爪後，從岩石死角現身的「薩克水中型」舉起手中的飛彈發射器開火。受到直擊的「尼莫」冒出爆發的火焰，身旁的「吉姆Ⅱ」急忙將光束步槍掉頭。儘管射出的ＭＥＧＡ粒子彈打穿了岩石，「薩克水中型」仍一邊收回磁性勾爪，一邊迅速移動，由另一個方向發射的光束則準確命中在那架「吉姆Ⅱ」身上。全身為光彈籠罩的「吉姆Ⅱ」才撞在岩塊上，左手持光束機槍的「傑．祖魯」便從煙塵中竄出，一舉撲向拿著超級火箭砲擔任砲兵的「吉姆Ⅱ」。放低姿勢閃過射出的火箭彈，衝進敵機懷裡的「傑．祖魯」伸爪一劈，活生生地告別胴體的「吉姆Ⅱ」首級便飛到了空中。

所有事都發生在一瞬間，Ｂ小隊根本來不及張開掩護的火線。又有爆發的光芒從另一架「尼莫」身上湧現，Ｂ小隊的隊長立刻命令隊伍散開。既然自軍已經中了埋伏，維持密集隊形反而會成為全滅的最快途徑。隊長的判斷並無錯誤，但是換句話說，這樣的行動，同樣也在敵人的預料之內。

具備蛇腹構造的多重關節臂猛力甩來，臂部前端的尖爪刺入「尼莫」胸口。將可動式框體連裝甲一同挖去，「卡普爾」在撂倒第一架敵機後，跟著又讓裝備於眼部的光束槍發出閃光。風鏡形狀的主攝影機被射穿，用眼角餘光掃過一邊撞碎熔岩，一邊倒地的「吉姆Ⅱ」，另一架「卡普爾」發射出腹部的MEGA粒子砲。由於裝填在雙層裝甲中的海水能夠利用在冷卻系統上，水陸兩用機可以驅動出力高於一般機體的發電機。放射出的MEGA粒子彈讓奇石蒸發，更造成新的爆炸，連個別分開應戰的守備隊火線包含在內，沿岸地帶的一角正此起彼落地冒出錯縱的光軸。

位於「薩克Ⅰ」駕駛艙中的卡克斯眼底，並未看見這陣閃光，此時的他，正待在從東南方朝特林頓基地接近的「葛蘭雪」船上。從開放的上層甲板艙門中挺出上半身，「薩克Ⅰ」舉起狙擊步槍瞄準，機體的光學感應器，已經捕捉到目前仍只有指甲前端般大的「拉．凱拉姆」——船尾冒出黑煙，在基地西側坐以待斃的白皚船體，就是卡克斯拉到面前的精密瞄準器唯一映照出的物體。

「好孩子，乖乖地不要動喔……」

低語的瞬間，瞄準器中的船體冒出閃光，MEGA粒子的粗大光軸也同時從「葛蘭雪」身邊掠過。對方似乎也已發現狙擊者的存在。儘管挨中一記就會萬劫不復，但在米諾夫斯基粒子的影響下，敵人根本不可能鎖定我方。相對地，卡克斯手上卻有卡諾姆精機公司製造的傑出光學裝置。雖然被飛散粒子籠罩的船體正不斷震動，卡克斯面臨的是光靠修正裝置也無法處理完的搖晃，但他仍持續在十字線上捕捉到「拉．凱拉姆」的身影。從距離、角度、大氣狀況來對光束的出力微調，在十字線的交叉點掠過目標的那一剎那，扣在扳機上的指頭輕輕使了力。

承受由背後扛著的副發電機提供的出力，光束自狙擊步槍的槍口中迸射而出。對於瞄準器中閃出的爆發光芒不做端詳，卡克斯在調整過公釐單位的角度後又是一射。「拉．凱拉姆」的前方甲板綻放出第二道爆發光芒，看見兩門主砲先後冒出火焰，卡克斯感覺到遺忘已久的快感穿透全身。還沒死。我和這架機體都還活著。在心中如此叫道，卡克斯順勢將面前的瞄準器推到一旁，然後朝頭盔內藏的無線電開口：「坎德爾，我們上！」

船體上方的艙門開啟，卡克斯的「薩克I」隨即朝地表縱身而下，跟著則有坎德爾的「薩克加農」跳下。無視於直接行經頭頂的「葛蘭雪」，兩機降落在聳立於荒野的殖民衛星殘骸，然後一邊踩著埋在沙中的鋼筋，一邊滑入殘骸內側。

被聯邦機體當成訓練場使用的這座殘骸的資料，卡克斯在事前就已獲得。高六百公尺餘、長與寬則約兩百公尺弱。連距離基地三十公里的地理條件一同算進去，以往應為衛星入口區塊一部分的這座殘骸，將能成為絕佳的狙擊位置。檢查過機體狀況，迅速讓「薩克I」

進入狙擊態勢的卡克斯告知坎德爾機：「找上門來的敵人就交給你囉。」

「我這架是背著笨重背包的慢烏龜，要是讓近年來的靈巧傢伙跑到身邊的話，可就沒救了。」

『了解。我不會讓任何一架機體靠近。』

滑到比卡克斯機更低的位置，跟著就位於選定的監視位置之後，「薩克加農」用兩手拿起用纜索固定於背包的巨槍。『請隊長專心於自己的工作就好。』聽到對方接著說的話，回道「在看見小孩的臉之前可別死了」的卡克斯以此作結，然後便將狙擊以外的事情趕出了腦袋。他先展開裝備於右膝的輔助裝置，在固定完「薩克Ｉ」蹲下時的狙擊態勢後，才把狙擊步槍的槍口插入構造材的縫隙之中。隔著精密瞄準器的十字線，卡克斯能看見黑煙裊裊的特林頓基地的模樣。

收拾掉前方甲板的主砲之後，設置於「拉．凱拉姆」上部甲板的主砲就只剩後方甲板上的一門而已。只要戰艦沒有離陸，艦底的主砲即使不管也無妨。讓主砲無力化之後，戰艦與基地就都沒有狙擊我方的火力了。為了掩護直線航向基地上空的「葛蘭雪」，首先得將剩下的一門主砲破壞掉。緩緩移動起十字線，卡克斯開始他的第一項工作。「薩克Ｉ」的副發電機隆隆作響，長度匹敵身高的狙擊步槍則發出光束的光芒。

行經「葛蘭雪」眼底的那道光軸直直被「拉．凱拉姆」吸入，後方甲板隨即湧現直擊的火光。辛尼曼在流動的雲層另一端，看見了爆發的光芒。有架「吉拉．祖魯」連懸架一起從「葛蘭雪」的船尾被拖出，從懸空的機體駕駛艙看去，卡克斯藏身的殖民衛星殘骸，就像一座聳立於沙漠中的高塔。

「那位司令的技術很高明。」

坐在線性座椅上的庫瓦尼笑著說道。旁人根本用不著特地附和。巧妙地操縱著二十年前的機體，卡克斯仍能確實地將敵方的砲火摧毀。挪動起固定在狹窄輔助席上的身體，辛尼曼望向逐漸自後方遠去的殖民衛星殘骸，在內心嘀咕過「可別太強出頭哪」之後，他將臉轉回前方。手摸著穿不慣的立領上衣，辛尼曼看向逐漸在眼前變大的「拉．凱拉姆」。當他凝視著即使失去主砲，至今仍讓多數的ＣＷＩＳ所守護的艦體時，庫瓦尼說道「很合適喔」的聲音傳進了耳朵。

看見庫瓦尼隔著頭盔拋來的取笑目光，使得辛尼曼心中膨脹到一半的恐懼隨之溶解消失。即使沒人講，辛尼曼也明白。穿上聯邦軍官制服的蓄鬍臉孔，這種奇妙的組合，就連他自己看到都會想笑。同時想起搭乘在艾邦機上頭的貝松的模樣之後，辛尼曼回了一句：「可別被打下來哪，死時是這副模樣，我就算死了也不甘心。」庫瓦尼則是幹勁十足地答道：

「了解！」

「要走囉。請小心別咬到舌頭。」

聲音接著傳來的同時，懸架的拘束具受到解除，兩架「吉拉・祖魯」被卸下。也沒空閒目送直接行經的「葛蘭雪」，庫瓦尼讓變成自由落體的機體協調姿勢，並以光束機槍朝地面開火。一粒粒的光彈被「拉・凱拉姆」吸入，數量倍於自機攻擊的對空砲火也朝上掃來。確認過一起降落的艾邦機平安無事，辛尼曼在丹田使力，細聽起掠過機體的機槍彈聲音。

聯邦的援軍馬上會從空中過來。要是受到「拉・凱拉姆」的新銳機部隊挾擊，殘黨軍的古董混編部隊絕對撐不了一時三刻。得加緊腳步才行——在畏縮的胸中如此低喃，辛尼曼將恐懼逼退，並且只讓眼睛瞪向逼近眼前的「拉・凱拉姆」。正以無數對空機槍開火的艦體，簡直就像一隻以火線構成的刺蝟。

※

「轟隆」地穿過艦體的衝擊，與受到光束直擊時的感觸並不相同。布萊特不自覺地握緊艦長席的扶手，將目光挪回戰鬥艦橋主螢幕之後，映於上頭的光景讓他吃了一驚。

有兩架「帶袖的」機體攀附在「拉．凱拉姆」的前方甲板，正打算要讓本身濃綠色的巨大身軀站直。是穿越正上方的「葛蘭雪」將這些傢伙丟上來的嗎？忘記自己還在跟基地司令通話，布萊特怒喝的嘴開到一半便愣住了，比他的反應更早一步，梅藍怒斥「被敵機爬上來啦！各砲座是在幹什麼！」的聲音已經響徹於戰鬥艦橋。

「就算主砲不能用，還是能用機槍瞄準才對。將他們趕下去。」

「受到CIWS的彈幕阻擾，MS部隊無法出擊。索頓中尉希望機槍中斷攻擊。」

「要在這種狀況下中斷攻擊，根本就──」

梅藍話說到一半的時候，只見螢幕上的敵機揮下光束斧，劇烈震盪與爆炸聲隨即侵襲戰鬥艦橋。螢幕的影像中斷，「四十五號攝影機，重創！」「切回一般艦橋的攝影機！」艦橋要員怒喝的聲音相互重疊。「拉．凱拉姆」的戰鬥艦橋設置在一般艦橋的正下方，裡頭一道窗戶也沒有。若是攝影機遭到破壞，此處就無法得知外界的狀況，共計六人的艦橋要員都露出倒抽一口氣的跡象，但那也只是切換成其他攝影機之前一瞬間的事。主螢幕的畫面恢復，看見從其他角度捕捉到的敵機身影之後，布萊特只暫時鬆下一口氣，跟著又朝手上的話筒吼道：「所以說，我剛才就講過了！」

「輪機部受創，就算我們想離陸也辦不到。與其談這些，請你先將守備隊的MS叫回來。沿岸的敵機只是誘餌。」

『不用你講，我也已經在辦了！「拉・凱拉姆」只要考慮如何離開基地就好。因為敵人的目標是你們這些人。』

主螢幕的一角，在夾雜雜訊的通信視窗中，能看見基地司令毫不羞愧地講出這些話的嘴臉。會被送來這種窮鄉僻壤，對方自然是個無能的死腦筋，但布萊特在此也不能反客為主，造成指揮制度上的混亂。「在輪機部的應急修理結束後，我們會離開。」一再忍讓地接著說完後，布萊特追尋起攀上戰艦的敵機動向。來自下方的砲擊使其彈起，縱身而躍的機體漸漸從攝影機的死角遠去。

「敵人的攻擊太過激烈，現在還不能將換搭運輸機的民眾叫回來。我們會盡全力支援，但是在戰艦離陸之後，就要拜託基地掩護了。要是畢斯特財團的關係者出事，基地也會遭殃喔。」

不難想像，一個巴不得從僻地勤務逃離的司令，應該會緊抓著參謀本部直接下達的命令。被出擊的「傑斯塔」驅離，主螢幕上照出敵機從露天甲板撤退的模樣，而在螢幕角落，回答道『我，我當然明白！』的基地司令則漲紅了臉。

『我會將守備隊叫回來護衛……受不了，跟「鋼彈」扯上關係準沒好事！』

講完這句分不出是諷刺或者發自本心的話之後，司令單方面地切斷通話。捨不得將空間用在發火上，布萊特再度確認由外部攝影機傳來的戰況。雖已設法將爬上戰艦的敵機驅離，但他們又和先一步入侵的三架敵機會合，至今還逗留在基地之中。儘管索頓與三連星的眾人都在奮戰，被擱在跑道上的米迪亞運輸機卻依然處於孤立狀態。這是因為「傑斯塔」的行動，被方才將戰艦三門主砲都摧毀掉的長距離狙擊光束牽制住了。

受到確實而精準的狙擊掩護，幾乎全是舊式機體的敵機，正把最新銳的「傑斯塔」玩弄在股掌之間。布萊特雖想派出一支部隊去殲滅狙擊手，不過為此而削弱戰艦與運輸機的防備，根本就沒有意義。能等到基地守備隊復歸戰線當然是最好，但究竟能有幾架僚機平安回來——「策劃的比想像中還周到哪。」布萊特自言自語起來。似乎也抱有同樣感想的梅藍，則小聲耳語道：「敵人的目標會是米妮瓦·薩比嗎？」

「要是那樣，他們開火時就不會沒頭沒腦到這種地步。他們的目的應該是奪取『獨角獸』……這次的支出可大了。」

像是聽見了布萊特的最後一句，疑惑地望向他的梅藍皺起眉頭。由貝托蒂嘉告知的吉翁殘黨動向，布萊特並未轉告給梅藍知道。這也沒辦法。布萊特如此在心中作結。要是讓梅藍知道，就算得駁回畢斯特財團的要求，他也一定會拒絕至基地寄港，直到摸清敵人虛實前，戰艦都將停留在空中。那樣的話就沒有意義了。布萊特有他甘於承受這次奇襲的考量。

當然，布萊特已在事前備妥警戒態勢，也有將可能遭受奇襲的根據轉達給基地司令。會變成現在這樣的局面，就是對方沒有認真聽進去的緣故，剩下的責任自然在對方身上。儘管他沒有料想到，會遭受如此嚴重的損害，但至少船上乘員並沒有出現犧牲者，而他也無意造成犧牲。自己並沒有失去道義，如此說服自己之後，布萊特低語：「應該差不多了。」梅藍的眉頭皺得越來越緊，淡黑色的臉上則露出狐疑的神色。

「梅藍，用司令的編碼，設法和距離最近的隆德．貝爾所屬艦取得聯繫。」

「啊？可是，隆德．貝爾各部隊都正在為殖民衛星進行警戒，能夠立刻派來增援的戰艦在……」

「不是有嗎？就在我們頭上。」

指向頭上，布萊特朝對方使了個眼色。似乎是領會到他的意思，梅藍張大嘴巴，擠出顫抖的聲音說：「您該不會是為了這個目的，才……？」「這是緊急狀況。從任何觀點來看，請求支援的行為都會被允許。參謀本部也不會發牢騷的。」如此辯駁，布萊特把相信只得這麼做的表情轉回正面。

「就不必起草文案了，立刻和他們連絡。迴路接通之後，由我直接來開口。」

※

「……總之啊，這種時候，首先要冷靜下來才行。」

一邊拿起由軍官室人員倒的紅茶，奧特・米塔斯看著在場每個人的眼睛說道。包括蕾亞姆・波林尼亞副長底下所有聚集在「擬・阿卡馬」的幹部乘員，都一臉意興闌珊地回望著奧特。

「被命令在環繞地球的軌道上待命後，已經過了兩個禮拜又四天。我明白乘員會感到浮躁。到處出現口角也是難免的事情。但身為各部領導的各位，在行動時還是得保持冷靜才行。最重要的，是要收斂會讓乘員產生不安的言行舉止，堂堂正正地立身處世……來來來，喝吧。這可是不容易弄到手的頂級紅茶。待在這裡的時候就要忘記一切，一起來享受優雅的下午茶時間嘛。」

散發燻衣草香味的左岸產茶葉，至此已全數消耗殆盡。直到被允許回「月神二號」——不，直到能回去ＳＩＤＥ１的「隆迪尼翁」，在官舍與妻子圍繞於餐桌邊的那天到來之前，奧特都只能喝淡而無味的茶包來忍耐。給我用心品嚐哪，吞進就要從喉頭冒出來的怨言，奧特率先以茶杯就口。跟在依然面無表情的蕾亞姆後頭，在場的眾人緩緩把手伸向茶杯。

所有人臉上都沒有笑容。在「拉普拉斯」的戰鬥結束過後，他們留在地球軌道上的時間已超過半個月，自然不可能有悠哉喝茶的心情。要到什麼時候才能歸港？參謀本部到底打算怎麼處置我們？兩個禮拜半以來沉積的情緒就快要從沉默間滿溢而出，與優雅相去甚遠的凝重空氣降臨在桌上。就在這個時候，告知從艦橋來電的警報響起，眾人的目光也轉向牆上的通訊面板。

「艦長，有緊急電報。」

美尋・奧伊瓦肯緊張的聲音，與某人粗魯擱下茶杯的聲音重疊在一起。對於傳來的聲音不以為意，奧特側眼望著神色興奮地看向通訊面板的眾人，並以平靜的聲音回道：「唸出來。」雖然他內心有自信，自己絕對比在場的任何人都還心慌，但眼前還是得沉著地應對才行。管他是哪裡發的通知、又是哪種內容，展露出冷靜接受的艦長風範是最要緊的。靠著只要稍有鬆懈，可能就會發起抖的指頭托住茶杯，奧特將嚐不出味道的紅茶含進嘴，不過——

「是。行文單位，『拉・凱拉姆』。受文單位，『擬・阿卡馬』。本艦目前正於特林頓基地與吉翁殘黨軍交戰，需要增援。速開啟直接通訊迴路。結束。」

在美尋說完之前，奧特嘴裡的紅茶已先一點不剩地噴了出來。

※

『利迪・馬瑟納斯，R008（羅密歐）。要出發了！』

開啟的無線電出現利迪少尉的聲音，隨後推進器的噴燃聲則從敞開的艙門那端傳來。既然敵人近在眼前，就不必使用彈射器射出機體。利迪的「德爾塔普拉斯」理應會自力飛離彈射甲板。

轟，隆隆隆……MEGA粒子彈發射的聲響宛如雷霆一般地低鳴，接著穿過通往彈射器甲板的艙門的，則是黑色「獨角獸」——RX-0二號機，「報喪女妖」。仰望在額前頂著金色獨角的清一色黑機體，坐在上頭的果然是瑪莉妲嗎？如此想著，巴納吉緊緊握起被手銬銬著的拳頭。在MS甲板的一角，「報喪女妖」噴發的熱氣流進「獨角獸」橫躺著的推車死角，身旁響起的則是亞伯特朝攜帶無線電說道「聽好了，妳的第一要務是守護米迪亞運輸機」的聲音。

「代理領袖坐在運輸機上頭，因為敵人攻擊的關係，沒辦法讓她回到戰艦裡頭。妳得一邊確保運輸機的安全，一邊排除敵人……頭痛不要緊吧？」

巴納吉沒能聽見瑪莉妲回話的聲音。以眼角餘光看著說道「那好，不要勉強。」之後，便將無線電切斷的亞伯特，巴納吉仰望「報喪女妖」走出的艙門門口。穿過那道艙門，就能看到載著奧黛莉、目前還停在基地跑道上的運輸機。這麼一想，巴納吉便感到坐立不安，每當轟炸的餘波搖撼地面，他的胃袋就會收縮揪緊，然而他也和其他人一樣，都處在無法動彈的狀態。原本巴納吉應該和拖車一起被帶上運輸機才對，但突然發生的敵襲卻讓他無法離開艦內，落得在MS甲板進退不得的窘境。儘管「拉・凱拉姆」的MS部隊已前去迎擊，光從無線電的對話聽來，戰況並不樂觀。讓我方傷透腦筋的似乎不只侵入基地的敵機，還包括從遠距離發射過來的光束。

攻打過來的究竟是何方神聖？巴納吉仰望橫躺在拖車貨台上的「獨角獸」，戴在駕駛裝上頭的手銬則被扯出喀啦聲響，他望向低喃道「真是的，在這種時候……」的亞伯特背影。可以看見單手撐在拖車車體上的渾圓背影，正微微地在發抖。

這人的神經應該很纖細吧？重新有了如此的觀感，巴納吉同時也窺伺起兩名站在旁邊的財團黑衣部下的狀況，這一瞬間，想都沒想過的主意突然竄上他的心頭。辦得到嗎？又一次仰望「獨角獸」，巴納吉朝著鼓動的胸口自問。現在不動手，難道要坐以待斃嗎？懷抱如此傳回來的答案，巴納吉吸過一口氣，然後將目光轉回亞伯特的背上。

「能掌控戰爭的人，也會感到害怕嗎？」

動員了整張臉的神經扭起臉頰，巴納吉擺出露骨的嘲笑表情。一如所料，亞伯特神色大變地回過頭，瞪著他說道：「你以為是誰害的……」

「要是你乖乖聽從指示，哪還需要大費周章地用拖車來搬『獨角獸』？如果戰艦沒著陸的必要，我們也不會遇到吉翁那堆廢鐵的襲擊。你真是個瘟神。」

連珠砲地一口氣發完牢騷後，亞伯特露出忽然驚覺的表情，又說道：「這該不會是你跟那群人講好的吧？」直直地回望對方夾雜恐懼與懷疑的目光，笑得更明顯的巴納吉回答：「是的話，你要怎麼辦？」

「要放棄尋找『盒子』的下落，把我殺掉嗎？」

揚起臉頰，勉強露出的笑容顯得生硬，但亞伯特似乎也分辨不出來。像是受巴納吉的氣勢所壓倒，才見亞伯特縮起下巴、別過了目光，隨後又跟身著黑色西裝的部下說道：「最糟的情況下，恐怕得將『獨角獸』延後移送。」巴納吉只轉動眼睛，留意著部下們的反應。

「若有可能，就讓運輸機離陸。代理領袖的安全要優先保護。」

回答「是」的部下離開現場，然後走向拖車的駕駛座。目送完他們離去，亞伯特忽然瞪向巴納吉，並揪著胸口將人拉到自己面前。「我才不會簡簡單單地就把你殺掉。」低聲在巴納吉耳邊講完之後，亞伯特馬上將對方推開。

「找出『盒子』之前，我還不會對你動手。至於之後要怎麼處置你，就要看你往後的表現了。」

背對著踉蹌幾步才站穩的巴納吉，亞伯特朝駕駛座下令：「先把拖車開去後部甲板，能出去的時候就出去。」望著直接走向駕駛座的亞伯特背影，聽見拖車引擎啟動聲的巴納吉下了決心。機會，就只有現在。等待拖車開始移動經過數秒，跟人一般高的輪胎猛然轉動，以十六輪車體駛去的那一瞬為契機，巴納吉憋氣拔腿狂奔。

穿過亞伯特身旁，巴納吉直跑向駕駛座。「怎麼回事!?」「站住！」背對隨即傳來的怒斥聲，巴納吉追過駕駛座，衝到了拖車前頭。最後在看見駕駛者長相之後，他閉眼趴倒在地。數十噸車體的壓迫感掠過頭頂、引擎的熱氣吹向背脊，隨後則有緊急煞車的刺耳聲音包覆住全身。

「他被輾過去了嗎!?」「你們在搞什麼！」亞伯特等人的聲音交疊在一起。巴納吉扭身，讓身體滾到他們所在位置的相反方向。從輪胎縫隙鑽出車體之外的他，順勢靠翻滾的勁道站了起來。巴納吉貼到設置於車體側面的梯子上，一腳跨上去之後，他咬緊牙關，腦裡只想著要衝到貨台上頭。

只要你不放棄，機會絕對會到來——把布萊特艦長的話當成依靠，巴納吉用被手銬銬著的手抓住梯子支柱，挪動踏在橫桿上的腳。爬到上頭就能看到「獨角獸」。只要能坐進去，總會有辦法脫困的。仰望著無力橫躺著的白色機體，就在巴納吉把手伸向貨台的瞬間，喊道「人在這裡！」的聲音讓他一陣慌亂。財團黑衣部下從駕駛座挺出上半身，手中的手槍則已對準巴納吉，和對方對上視線之後，巴納吉感覺到，抓在梯子上的手臂突然變得動不了了。

「只要人沒死就好！要射腳或哪裡都行！」

從車體後頭繞來的亞伯特大叫。瞇起眼睛的部下用指頭為手槍上膛。就連閉上眼也做不到，巴納吉聽見了自己全身汗毛豎起的聲音。明明知道愣著不動會被射中，身體卻動不了。坐在MS裡頭時能夠迴避的殺氣，光靠肉身卻無法承受——

「趴下！」

霎時間，渾厚的聲音響徹周遭，擅自作出反應的身體從梯子放了手。鏗！鐵與鐵碰撞的聲音在頭頂響起，著彈的火花自梯子的支柱迸散而下。再度滾落到地面上的巴納吉，聽到了機槍連射掃來的聲音，更看見駕駛座的車門附近連續冒出火花。財團的黑衣部下立刻跳下駕駛座，藏身於車體的死角後頭。位在附近的整備兵才就地趴下，將車體當成護盾的黑衣部下便立刻開火反擊。

倍於手槍的槍彈命中車體，放棄應戰的部下只得躲進死角。另一名部下趴在亞伯特身上保護主子，機槍的子彈則從趴在地上的兩人頭頂掃過。兩道人影隨即從懸架死角衝出，巴納吉感覺到，靠在地板上的胸口猛然鼓動了一陣。當其中一人舉起衝鋒槍掃射時，另一人趁機坐進拖車駕駛座，並回頭將視線撇向巴納吉。穿著聯邦軍制服的那名男子直直注視著巴納吉眼睛，蓄有硬鬍的嘴巴則大大張開。

「上來！用跑的！」

子彈命中的火花叩擊著駕駛座車門，掩去了辛尼曼開口叫道的臉龐。趴到地上的辛尼曼以衝鋒槍開火回敬，受到他的掩護，同樣穿著灰色制服的貝松跳進駕駛座。看見被拖出來的駕駛員滾到地上，巴納吉一股勁地站起身。當巴納吉不顧交互開火的槍彈而衝出之際，辛尼曼擲出的手榴彈飛過他的頭頂，然後在背後造成引爆的閃光與巨響。

帶有黃色色澤的煙霧爆發性地擴散開來，叫道「是煙霧彈！」「把艙門關上！」的數道聲音從背後響起。巴納吉像是被煙追趕地跑到駕駛座，他的手被突然伸出的一隻手臂揪住，跟著便讓人拖了進去。鐵拳堅硬的感觸貫穿至巴納吉體內，在一句「為什麼」成形吐出之前，罵道「你是傻子嗎？給我冒這種險！」的熟悉聲音已經先傳進耳朵。

「好不容易定好的計畫都白費了。本來你只要乖乖等人來救就行啦……！」

只短短地看著眼睛講完幾句，辛尼曼立刻將巴納吉推進車內，並從開著的車門撒出牽制的彈幕。坐在駕駛座上的貝松打過方向盤，再度開始前進的拖車發出引擎的運作聲。

「這樣一來，就只能用全力硬闖了。把油門踩到底！」辛尼曼一叫道，貝松就立刻照辦，撞開資材貨櫃的拖車開始一鼓作氣地加速。巴納吉被壓在座位上，艙門漸漸閉鎖的壓迫感逼近眼前，使他倒抽了一口氣。

艙門的邊緣擦過貨台上的「獨角獸」，摩擦的火花與巨響讓車體隨之震盪。追在後頭的部下身影消失在艙門另一端，千鈞一髮地穿過門口後，拖車又再度加速。從這裡開始，只有一條縱貫艦內直通後部著艦甲板的單行道。隔著前方玻璃看見慌忙閃避的數名整備兵，還跟不上事態劇變的巴納吉只是睜大了眼睛，而說道「手伸出來」的聲音，又讓他朝辛尼曼的方向回頭。立刻照做之後，車內傳出槍聲，繫起手銬的短鍊應聲斷開。

「快點搭上『獨角獸』，『葛蘭雪』在上空等著。」

迅速講完後，辛尼曼望向開敞於三百公尺前的著艦甲板艙門。巴納吉這時才理解到，連外頭肆虐的ＭＳ在內，一切都是為此而實施的作戰，在思考之前，他便從座椅上起了身。一邊走向通往貨台的後部艙門，巴納吉一面回道：「船長你們要怎麼辦？」辛尼曼換下衝鋒槍彈匣，不看對方眼睛地回答：「我們會搶一架德戴脫身。」

「那就在後部甲板上。你坐上『獨角獸』之後，幫我們掩護——」

「船長，奧黛莉她，米妮瓦公主就在這艘戰艦上。」

巴納吉打斷對方說道。「你說什麼……!?」辛尼曼低喃的同時，前方玻璃冒出著彈的火花。貝松迅速切過方向盤，蛇行的拖車擦到了左側內壁。摩擦聲震耳欲聾，巴納吉用不輸噪音的聲量喊道：「瑪莉妲小姐也在這裡！」

「米妮瓦公主是在外面的運輸機上，瑪莉妲小姐則在駕駛黑色的『獨角獸』，請告訴其他人不要攻擊。瑪莉妲小姐現在處於認不出我是誰的狀態。」

「這是怎麼回事？為什麼公主與瑪莉妲會……」

前方玻璃遭到擊碎，一粒粒的圓形碎片飛進車內。「就快到啦！」貝松低喃，看到著艦甲板的艙門已經近在眼前，叫道「有話之後再說。快點，巴納吉！」的辛尼曼重新拿起衝鋒槍。

「受不了，老是被你嚇到。」

瞥向巴納吉的目光之中，藏著一股親近的氣息，辛尼曼隨即轉回正面，並扣下扳機反擊。「彼此彼此！」朝著響起的槍聲喊完之後，巴納吉抱著微微變熱的胸口穿過後部艙門。爬上梯子，走到貨台，「獨角獸」橫躺著的機體就在那裡。

※

從內藏於隆起的腿部，以及腰部裙甲的氣墊噴發動能，德瓦基型ＭＳ進行小幅方向轉換時，簡直就像冰上的溜冰者一樣。雖然「拉．凱拉姆」的ＭＳ部隊也算身手敏捷，但機體好似手腳般活動自如的「德瓦基」，動作起來卻顯得非比尋常。貌似笨重的臃腫軀體滑行於跑道，才閃過聯邦機的光束攻擊，扛在肩上的大型火箭砲便冒出噴射煙塵。

發射出的火箭彈掠過聯邦機的頭部，在「拉．凱拉姆」的後部甲板附近升起爆發的火柱。米妮瓦認為，這明顯是在聲東擊西，對方應該不知道自己在這裡。他們的目標果然還是「獨角獸」嗎？偷看到還有其他幾架吉翁軍ＭＳ來來回回的光景，米妮瓦將額頭貼在運輸機的窗口上。爆發的地鳴傳導至機內，噴煙也順風飄來。在那道近乎墨色的黑煙遮蔽住視野的剎那，米妮瓦目擊到有塊黑影闖了進來。

黑影忽然從橫向現身，打算迴避衝突的「德瓦基」機體微微搖晃起來。沒放過這個機會，黑色「獨角獸」——「報喪女妖」舉起光劍劈下。「德瓦基」本想抽出背後的光劍，自肩頭被劈開的上半身卻已無力地傾斜，直接朝旁邊滑落。遭斜向熔斷的機體燒烙在米妮瓦的視網膜，隨後便化成膨脹的火球，讓爆轟聲響徹四周。

承受到爆炸風壓的運輸機發出咯嘰聲，窗戶亦震動作響。好似要將血跡揮去一般，「報喪女妖」以單手將光劍用力一揮，並且隔著肩頭朝米妮瓦回望而來，看見其背對著火焰浮現的身影，米妮瓦不自覺地背過了臉。「報喪女妖」省去多餘動作的俐落身手，只反應出裡頭駕駛員的能耐之高。消失在爆發中的吉翁將兵，以及受到操縱而殺害同胞的瑪莉妲，要稱之為犧牲者都顯得太過漠然——

「真了不起呢。」

眼裡一邊映照出火焰的色彩，不知道什麼時候接近到身後的瑪莎說道。「您知道嗎？以前在某個國家，曾讓特殊部隊的男女成員彼此較量，結果贏的是女方喔。」跟著強調的聲音，讓米妮瓦湊在窗戶上的手緊繃起來。

「或許是因為就生物而言，女人全無多餘之處的關係吧。雖然對人們看慣脆弱文明的眼睛來說，那樣的景象是很殘酷。」

將揮下的光劍收進臂部的掛架後，「報喪女妖」衝進火中尋找下個獵物。瑪莉妲——心中如此呼喚，米妮瓦同時在背後聽見瑪莎說道「米妮瓦殿下，請您好好欣賞」的聲音。

「男人們的自我滿足，都將被她的劍一一斬斷。」

像是要將掌中的某種東西捏碎那般，瑪莎緊緊握起按在窗邊的手掌。一瞬間，米妮瓦胸口竄上一股直覺，就是這股怨念在推動瑪莎，瑪莉妲心中的怨氣則是遭其荼毒的結果，但是這麼做，也不能讓任何事物好轉。只再度確認到自己的無力，感覺閉上的眼皮正在發抖的米妮瓦，又突然聽見心跳加速的聲音。

她睜開眼，看向了窗外。從遠距離發射的光束飛去的那端，在「拉・凱拉姆」裡頭有某種東西正在脈動。之前也曾感受過，有如野獸氣息般的這股波動——與自己的鼓動同步，並且振奮身心的波動。撲通，撲通，漸漸變大的這股能量，正逐漸在白色戰艦的內部醒覺。

要來了。欠缺「有某種東西」來作為主詞，米妮瓦望向「拉・凱拉姆」的艦尾。突出於後頭的著艦甲板開始傾斜，成為運載出入用的斜坡。在那深處，有道小小的光芒在通往艦內的後部艙門亮起，它開始行動了。

※

一邊撞開資材貨櫃，一邊穿過後部著艦甲板艙門的拖車，已經開始從引擎冒出黑煙。承載著「獨角獸」重量的車體衝到外頭，半飛半跑地著陸於斜坡後，被槍彈射得破破爛爛的駕駛座完全報銷，爆發的引擎則噴出火焰。燃燒的鋼鐵奔流開下斜面，滑落至臨時港口的跑道上之後，車體又靠慣性跑了數十公尺，然後被火焰籠罩的拖車便在跑道邊緣拋錨停下。

『在後部甲板！侵入艦內的敵人打算奪走「獨角獸」，別讓他們離開基地。要確保機體完好！』

奈吉爾剛好與「德姆熱帶型」以光劍在角力。索頓隊長的吼聲穿過無線電，咕噥道「在這種時候……！」的奈吉爾，隨即讓「傑斯塔」扳下裝備於頭部的面罩。同時左肩的護盾展開後，他一腳踩下腳踏板。點燃推進器的機體朝敵機撞去，招架不住的「德姆熱帶型」朝後方倒下了。

使整備用機庫瓦解的敵機倒進粉塵中，但對方馬上又靠腰部的氣墊重整好體勢。儘管駕駛的是舊式機體，這人肯定是個箇中老手。一邊扳起保護「傑斯塔」主攝影機的面罩，奈吉爾朝無線電叫道：「戴瑞，華茲！」

「我這邊抽不了身。去確保『獨角獸』，別讓敵機靠近！」

『了解！』兩人回答的聲音還來不及聽，繞到後方的「德姆熱帶型」已經揮劍劈來。邊朝旁邊閃避，奈吉爾邊讓機體掉頭，並操縱「傑斯塔」舉起光束步槍。能打中，這麼確信的瞬間，從側面飛來的光束卻掠過機體，捕捉在射線上的「德姆熱帶型」也跟著不見身影。

「傑斯塔」立刻縱身躍起，驚險閃過敵人的一記光劍。射出牽制的火箭彈後，後退的「德姆熱帶型」讓機體躲進米迪亞運輸機的死角。來自遠距離的狙擊——由於有狙擊手從基地外頭出手的緣故，使得差一點就能收拾掉的敵機飛了。任由怒火發作，咂舌的奈吉爾大罵：「別讓運輸機在這礙事！叫他們快點離開陸地！」首先得排除狙擊手才行，但目前卻沒有能撥出的戰力。分神在護衛戰艦與運輸機上頭，使得「拉．凱拉姆」的MS部隊完全處於守勢。『現在正在準備，他們馬上會離陸。』聽見通訊長傳來的回應，奈吉爾又吼道：「要他們快點！」就在這一剎那，『這傢伙……!?』『動了！』戴瑞等人的聲音先後傳來，讓奈吉爾訝異地跟著望向「拉．凱拉姆」的方向。

留下鮮明損害傷痕的右舷機關部那端，一道人型的機影正在陷入火球中的拖車貨台上蠢動。先有其中一隻腳踏到地面，原本應該被鋼索固定住的上半身跟著緩緩坐起，隨後白色的巨大身軀便從貨台撐起站直了。

在戴瑞與華茲的「傑斯塔」呆站著守候下，用兩條腿站到大地上的「獨角獸」抬起頭，面罩裡頭的複眼感應器頓時發出光芒。獨角底下的雙眼綻放出妖氣，讓奈吉爾不安地冒起雞皮疙瘩。一邊讓扯開的鋼索從身上垂下，背對火焰的白色機體朝前踏出一步。『這傢伙開什麼玩笑……！』才放聲叫道，華茲的「傑斯塔」就衝向了呆站著的「獨角獸」。

「等等！別隨便靠近。它是——」

該怎麼看待它才好？將後半句話吞進嘴裡，用目光追尋著華茲機動作的奈吉爾，看見「獨角獸」以右手揪住華茲機的光束步槍。連步槍一起被拖去的華茲機踉蹌好幾步，一頭撞向「獨角獸」的懷裡。用手掌接住對方後，扭過腰的「獨角獸」不等「傑斯塔」重整陣腳，便一股作氣地猛推對方的機體。

無法從苗條機體想像的臂力遭到解放，華茲的「傑斯塔」彈飛出去，短暫地離開了地面一陣。接住僚機的戴瑞機也倒向後方，兩人的慘叫聲夾雜雜訊從無線電閃過，使得奈吉爾一臉愕然。壓倒性的力量與敏捷的反應——「傑斯塔」根本無法與其相提並論。讓接近警報喚回神智後，儘管奈吉爾一面對付著從背後逼近的其他敵機，短時間內還是無法忘記濡濕背脊的冷汗感觸。

「那就是『獨角獸』……！」

※

二連裝的光束格林機槍以及護盾都還裝備在左臂，這對巴納吉來說算是種僥倖。一邊朝眼前的聯邦軍機撤下彈幕牽制，讓「獨角獸」從當場一躍而起的巴納吉朝頭盔裡的無線電喚道：「船長！」

穿過自拖車湧現的黑煙，德戴改的扁平機體行經「獨角獸」的頭頂。從「拉・凱拉姆」後部艙門起飛之後，那架機體把上方供MS站立用的平台轉向「獨角獸」，而後辛尼曼吼道『我們逃脫了！快跳上來！』的聲音便傳進巴納吉耳裡。然而巴納吉卻朝著直接旋回，並準備迎接「獨角獸」的德戴改開口大叫：「不行！」

「奧黛莉還在運輸機裡頭，我要將她和瑪莉妲小姐一起帶回去！」

撒下新的彈幕後，巴納吉望向跑道上的運輸機。雙機身的機體中間夾著大型貨櫃，近七十公尺長的機翼正隨巨大的機身緩緩向前駛去，運輸機明顯已進入離陸態勢。『別逞強，敵人的增援也從空中過來了！』將辛尼曼接著喊道的聲音擱在一邊，巴納吉踩下踏板。自龜裂的柏油地猛力一蹬，一口氣飛躍一百公尺以上距離的「獨角獸」逼近運輸機。

「奧黛莉！」

負載於機體上部的四具噴射引擎發出高熱，使得運輸機加快滑行的速度。自機翼下方垂下的四具引擎亦提高出力，受其噴射流籠罩，巴納吉先讓「獨角獸」著地一次，隨即又點燃推進器，繞至運輸機側邊。突出於前方的機首側面，具有一道鄰接於駕駛艙頂蓬的窗口，某張熟悉的臉孔從那露出了蹤影。翡翠色的瞳孔大大睜開，巴納吉看得出來，將臉貼到窗上的奧黛莉正在叫他。這次真的就差一點了。用格林機槍牽制住聯邦軍機後，以最大推力掠過地表的「獨角獸」將手伸向運輸機窗口。正當它的指尖就要碰到機體的剎那，忽然從旁邊撞來的機影卻使「獨角獸」摔向地面。

抓穿跑道的柏油路面，滑行了數十公尺的「獨角獸」在撞倒標示燈之後才停下。與運輸機錯身撞來的機影拔起光劍，隨即朝「獨角獸」邁出步伐。抬起被氣囊擠壓的腦袋，巴納吉同樣讓劍柄發振出光刃，並在危急之際擋下逼到眼前的高熱粒子束。互劈的劍刃綻放熱波與干涉波，劇烈的閃光照亮了「德爾塔普拉斯」的面容。

「利迪少尉……!?」

『巴納吉！你真的變成新吉翁的人了嗎……！』

渾厚的怒氣穿透機體裝甲，直直朝巴納吉的身體撲來。那是一股過於僵硬，讓人覺得根本不可能進行對話的頑固意志。猛然逼至眼前的「德爾塔普拉斯」的臉化作鬼面，感覺到甚至連名為利迪的人類體溫都已雲消霧散，巴納吉在極端焦躁下拉起操縱桿。

「現在不是講這些的時候！」

順著大吼的氣勢將「德爾塔普拉斯」扳回去之後，「獨角獸」踹向其腹部。事先讓機體後退的「德爾塔普拉斯」卸去對方攻勢，跟著又點燃腿部的推進器，行雲流水般地滑行到「獨角獸」背後。其光劍奮力劈下，使得擋住這一記的劍刃綻放出火光。飛散的高熱粒子燒灼著雙方的機體，在閃爍的光芒另一端，運輸機已逐步遠去。

現在明明就不是做這種事的場合。感覺到彼此的位相已經偏離，巴納吉焦躁地咬緊牙關作響。二度、三度互擊的粒子束撼動大氣，讓特林頓基地的一角冒出格外空虛的光芒。

※

為了挺身保護一隻手已被砍去的「吉拉．祖魯」，「卡爾斯K」擋在聯邦的新銳機面前，其手中的巨砲大概是用盡彈藥了。伸縮式的改造腕揮出，趁聯邦機防備不及，機體以肩上的光束加農開火，藉此為本身製造逃脫的機會。然而，三架新銳機將其包圍，擲出的手榴彈更在「卡爾斯K」背後點燃引爆的火焰。察覺大亂陣腳的「卡爾斯K」受到圍攻，卡克斯在明白充電未完成的情況下扣下操縱桿的扳機。「薩克I」手持的狙擊步槍吐出MEGA粒子彈，粉紅色光軸伸向了三十公里前的特林頓基地。

原本應掠過聯邦機並使其陣形瓦解的光束，卻因為沒有獲得足夠的出力而在途中擴散，使「卡爾斯K」落得承受三機連續攻擊的結果。與聯邦機交錯的一瞬，兩腕遭到砍斷，讓駕駛艙挨中致命一擊的機體跪倒在地，瞄準器的視野隨後便因為化成火球的「卡爾斯K」而閃出光芒。卡克斯不自覺地閉上眼，並隔著機體裝甲聽見晚一拍傳來的細微重低音。接在霍姆斯的「德瓦基」之後，這是第二架。剩下的就只有阿康的「德姆熱帶型」，以及葛蘭雪隊的兩架「吉拉．祖魯」而已，但他們也已刀折矢盡，就快失去誘敵的能力。至於沿岸的登陸部隊，卡克斯從這裡也沒辦法確認還有幾架健在。

是時候收手了吧？口中低喃著，卡克斯重新將目光朝向巨人們的戰場。削減的敵方戰力比預料中少，雖然遺憾，但「獨角獸」已經能夠行動，之前的狙擊也拖住了敵艦的腳步。在聯邦的可變機部隊從空中出現之前，必須讓剩下的戰力盡數脫離。這架「薩克I」的副發電機也快要到極限了。想到自己得留到最後，盡可能地擋住隨後追上的追兵，就不能在這裡將電力全部用光。該開始準備打烊了。

以喪家犬的撤退時機來說，也算漂亮吧？這麼說服起自己，當卡克斯正要裝填照明彈發出撤退信號時，無線電卻使靜電雜訊變強。『司令，聽得見嗎!?』辛尼曼的吼聲夾雜於其中，卡克斯反射性地將手湊到了頭盔上。

『米妮瓦殿下坐在滑行中的運輸機上面！能瞄準的話，拜託你射擊腳架，阻止它離陸！』

卡克斯沒有立刻理解話裡的意思。一邊聽著心臟急遽加速的聲音，他吼著回話：「米妮瓦殿下在上面?這是怎麼回事！」『詳細情形之後再說，拜託你了！』辛尼曼的叫喊聲在雜訊中被掩沒，無線電忽告中斷。沒將時間浪費在調整無線電上頭，卡克斯重新將眼睛湊向瞄準器，並隔著「拉・凱拉姆」的艦體捕捉到米迪亞機種的運輸機。舊式的C-85並未具備以旋翼垂直起降的機能，在光束與爆發光芒閃爍的環境下，滑行於跑道的巨大運輸機正為離陸而慢慢提高速度。

沒想到米妮瓦殿下——薩比家的遺孤就搭在上頭。現在還來得及在射線上瞄準米迪亞的起落架。若是在目前的速度下，就算機體失去腳架，也不至於起火。行得通，單就狙擊手的觀點考量過後，卡克斯重新將指頭擱到步槍扳機上。坎德爾似乎也有聽見無線電的內容，聽見他問道『隊長，這到底是……!?』的疑惑語氣，卡克斯只回答一句「就跟你所聽見的一樣」，隨後便將瞄準的十字線與米迪亞的起落架重合。

「在最後的最後，安排給我們的舞台還真是風光。別讓任何人接近哪，米妮瓦殿下我們是救定了。」

『了……了解！』坎德爾答話的聲音從無線電傳來。就是因為也有這種時候，人生才會讓人無法輕易割捨。只要想做是為了這一刻才留在地球上，十七年來的悲慘和沉潛都能被肯定。吐出溫熱的氣息，認為自己已將興奮收斂下來的卡克斯，用一如往常的力道扣下了扳機。狙擊步槍的槍口迸射出MEGA粒子的砲火，一直線伸去的光箭被米迪亞吸入。

微微從後輪偏向的光軸，使得跑道的柏油被鑿去一角。對機體的加速估計得太草率了嗎？冷靜下來啊，一邊在心中默想，卡克斯等待著充電的結束。從「拉・凱拉姆」死角中鑽出的米迪亞，在瞄準器中轉至橫向。距離充電完成還有五秒、三秒、一秒。當卡克斯緊緊咬起牙關，即將把放鬆力道的指頭再度扣向扳機的剎那，異於步槍發射時的閃光遮蔽住他的視野，「薩克I」的機體劇烈震盪起來。

受到光束直擊了，如此理解到的時候，腳邊的地面已經坍塌，生鏽鋼筋和瓦礫雨也一般地落到「薩克I」頭上。瞄準器的視野上移，體勢崩潰的機體則與坍塌的地面一同墜落。這不是普通的光束。難道「拉・凱拉姆」的主砲已經恢復機能了？緊抓住結構材邊緣，讓機體爬上仍未崩塌的地面後，卡克斯隔著灼熱外翻的牆面以步槍瞄準。殘骸的碎塊仍有如冰雹一般地在落下當中，當卡克斯設法從瞄準器中捕捉著米迪亞機影的時候，他在眼底的地面看見，有一道疾驅的黑色機影正揚起大量粉塵。

黑色機體兩手握著光束步槍，飛也似地疾馳於荒野上。長有閃爍的金色獨角的敵機，正直直朝殖民衛星的殘骸衝刺過來。同時也看見坎德爾的「薩克加農」離開待命位置，並降落至地面的模樣，卡克斯朝無線電吼道：「回來，坎德爾！」然而「薩克加農」卻沒有回頭的跡象，而是前進朝接近的敵機——黑色「獨角獸」張開彈幕。

肩上的一百八十公厘加農砲開火，就位於腰際的巨槍亦同時射擊。實體彈的砲火連續揚起著彈的煙塵，排出的空彈殼在「薩克加農」腳邊掉落累積。卡克斯在隆隆砲聲中聽見坎德爾的咆哮夾雜於其中。靈活地穿過暴雨般的砲彈之後，黑色「獨角獸」與「薩克加農」的身影交錯，光劍閃過，黑色機體隨即消失於視野之中。

『隊長，米妮瓦殿下拜託你了……！』坎德爾喊叫的聲音為雜訊掩沒，從中腰斬的「薩克加農」被爆發的閃光所籠罩。咬牙聽著撼動頭蓋的聲音與爆炸聲響，卡克斯將睜大的眼睛湊上瞄準器，並且讓全副心神集中在把米迪亞機影對準十字線的作業。

速度比方才更加提升的機影，正從跑道上逐漸離去。還行得通。十字線的中央捕捉到起落架，卡克斯將手指擺到寄託了所有悲憤的扳機上，然而在扣下的前一刻，視野被黑色機影堵塞的他卻驚訝得說不出話。

一口氣衝上聳立於荒野的六百公尺高殘骸，飛到「薩克Ｉ」眼前的黑色獨角獸將四肢張開。金色光芒自其機體綻放而出，眼看擴張的裝甲逐漸改變輪廓，散發詭異光芒的兩隻眼睛則俯視起卡克斯。伴隨著展開成Ｖ字的額頭尖角，具現出吉翁敗北的形影燒烙進網膜，預料到本身末路的肉體也開始顫抖。

「又要阻擋我們的去路了嗎，『鋼彈』……！」

如此喊道，並且扣下扳機。同時間——不，早了零點一秒——黑色「鋼彈」的指尖扣下光束步槍的扳機，爆發性膨脹的MEGA粒子包裹住「薩克I」的機體。駕駛艙瞬時被燒光，肆虐的高熱粒子狂嵐讓肉體蒸發，那就是卡克斯最後看見的光芒。

一次能釋放普通步槍彈四倍能源的光束麥格農，使得「薩克I」的機體幾乎在豪光中消滅殆盡，更將殖民衛星的殘骸一字貫穿。相反側的壁面開出大孔，鐵塊熔解的熱波與衝擊波全由該處湧瀉，斜斜豎立於大地的殘骸亦為之撼動，堆積於表面砂礫與剝落的外裝紛紛墜落地表。殖民衛星的殘骸受茶褐色粉塵包覆，宛如巨大高樓的外觀則慢慢開始崩解。隨氣流噴湧的粉塵直達雲端，讓宣告某種終結的烽煙升起於荒野的一角。

※

在殘骸坍塌的過程中，唯一有如玩笑般地殘留下來的單眼頭部漸漸被掩沒。又要阻擋我們的去路了嗎，「鋼彈」——駕駛員最後的慘叫在耳裡復甦，使得瑪莉姐感覺到視野忽然失焦的錯覺，她甩過頭，將意識集中在「報喪女妖」的操縱上。

穿越捲起的沙塵，機體降落於距離殖民衛星殘骸約一公里遠的地點。在地平線那端，特林頓基地目前仍黑煙裊裊，望向該處的眼睛裡，正映出米迪亞運輸機緩緩拉抬高度的景象。戰鬥正逐步走向終結。儘管不時出現的閃光仍會從內部照亮黑煙，但那只是先前遭破壞的設施在誘爆時的光芒。異於爆發光芒的劇烈閃光，則恐怕是光劍相互干涉時發出的火光。

「獨角獸」正在戰鬥。想起離開基地前看到的光景，瑪莉妲部自覺地追尋起那陣光芒。守護運輸機的任務已經結束。收拾潛伏於殖民衛星的狙擊機體後，她可以感受到，原本壓制住戰場的敵人「氣息」也已消退……不過，這股忐忑的心情是怎麼回事？和那陣光芒有關係嗎？「獨角獸」——與這架「報喪女妖」具備同樣型號的ＭＳ，那會是敵人嗎？與我有著同樣外貌的敵人——

巴納吉這個名字忽然穿越腦海，瑪莉妲感覺到頭痛再度加劇。嚥下苦澀的唾液，忍住湧上的噁心感之後，無線電傳來『普露十二號，聽得到嗎？』的聲音，讓她的睫毛為之顫抖。

『我派人去接妳了。去接妳的是叫做「安克夏」的可變機。搭上去之後，繼續執行保護代理領袖的任務。地上的敵人已經撤退，不過母船仍有可能被攻擊。我隨後就趕去會合。』

那是MASTER——亞伯特．畢斯特的聲音。按著陣陣脈動的腦袋，瑪莉妲答道：

「是。」『安克夏的識別代號已經輸入在裡頭了。聽好，一有頭痛的狀況就跟我報告。』對於接著傳來的通話聲不多理會，瑪莉妲將目光轉向被厚厚雲層籠罩的天空。被粉層沾污的雲層另一端，能看見圓盤狀的機體正朝這裡下降。

對物感應器顯示出資料吻合的標示，ＲＡＳ-96的字樣浮現於視窗。那大概就是叫作「安克夏」的機體型號吧？名稱與型號，瑪莉妲以及普露十二號。思索著為什麼需要兩種稱呼，瑪莉妲毫不厭倦地望著朝自己接近的ＲＡＳ-96標示。所謂的名字是什麼？有什麼意義？同樣的東西如果有兩種稱呼，明明只會造成混亂啊。

甩過頭，瑪莉妲喚回差點游離而去的意識。名稱沒什麼意義，只要能識別出個體就行了。我是普露十二號，是侍奉MASTER的存在。我應該實現MASTER的希望，打倒與MASTER敵對的人。以往我不也是這樣活過來的嗎？為了與從我體內奪走「光」的人、事、物戰鬥，我不需要其他……

這樣的想法有矛盾。妳將為了MASTER而活的念頭，與為了自己而活的念頭混到了一起。聽見某個冷靜的聲音這樣說道，瑪莉妲——普露十二號放棄繼續思考。遵照以閃光訊號呼叫的「安克夏」駕駛員指示，她重新握起操縱桿。ＮＴ-Ｄ的系統顯示消失，原本擴張的框體收縮之後，解除毀滅模式的「報喪女妖」再度讓額上的角併攏至中央。

只要不思考就好。只要不思考，自己就能繼續戰鬥下去。「安克夏」的機體行經頭頂，隨後普露十二號便點燃推進器從地上躍起，讓「報喪女妖」搭載至圓盤狀的舉升體機體上頭。機體上方的平台與四肢接合，宛如搭乘在魟魚上的人一般，「報喪女妖」將姿勢放低。承受住三十噸餘質量的圓盤只搖晃了一瞬，一口氣加速的「安克夏」衝進雲層之中。

載著代理領袖的運輸機也已飛進雲層之中。靠著感應器上的反應，普露十二號尋找起其機影。不管望向哪裡，都只有乳白色的霧靄彌漫於視野，就連自己身在何處都無法辨別。一邊在眼裡看著化作雲氣流過的霧靄，瑪莉妲茫然地想到，這簡直就與她的腦中一樣。

※

相互衝突、放射出干涉波的光劍閃光，遮蔽了將運輸機吞沒的雲層。幾乎可稱作衝擊的熱波打在覆蓋駕駛艙的裝甲上，讓巴納吉重新施力於握住操縱桿的手臂。與「德爾塔普拉斯」舉劍互劈的「獨角獸」一腳踏穿柏油地，利迪喊道『巴納吉，你到底站在哪一邊!?』的聲音從接觸迴路傳來。

『繼承畢斯特家血統的男人，去幫助新吉翁能有什麼意義……!』

「德爾塔普拉斯」頂著肩頭的裝甲猛力撞來，兩機份的重量施加在腿上，遭踏穿的柏油地逐漸在擴張龜裂的面積。膨脹的熱波捲起柏油碎片，更將基地的柵欄連基座一同吹翻，一邊看著這幕景象，巴納吉讓「獨角獸」抽身繞到對手側面。從背部的掛架拔出新的光劍後，兩道粒子束交錯成十字。「血統根本就沒有關係！」以雙劍承受住「德爾塔普拉斯」瞬時自下方撈上的斬擊，巴納吉一面將攻擊彈開，一面傾全身力氣吼了回去。

「聯邦和新吉翁一樣對我無關。我現在只想救奧黛莉而已！」

被交叉成十字的光劍逼退，朝後方跌了個踉蹌的「德爾塔普拉斯」陣腳大亂。巴納吉趁機讓「獨角獸」蹬起，一舉從特林頓基地脫離而出。侵入基地的吉翁MS正逐步在撤退。若不能盡快與辛尼曼等人會合，巴納吉也會被「拉・凱拉姆」的MS部隊包圍住。將腳部的推進器當作氣墊在地表噴射，巴納吉朝籠罩頭頂的雲層尋找起德戴改的機體，然而從背後拋來的『我跟你一樣！』卻逼他咂舌。將光劍預備在腰際，來勢洶洶地追上來的「德爾塔普拉斯」噴發出推進的火光，一口氣縮短與「獨角獸」之間的距離。

『吉翁是已經滅亡的國家。這個國名很快也會跟著消失。就算把她帶回那種地方，也沒有未來可言！』

「待在將奧黛莉當成人質的財團，還有對此坐視不管的聯邦還不是一樣!?我需要花時間再思考！」

回頭將橫向掃來的光劍劍尖擋開，巴納吉讓機體滑向對手的斜後方。不給機會讓對方回頭，巴納吉以左手握著的光劍劈向「德爾塔普拉斯」，隨後又朝用護盾擋下這記的對手舉起右手的光劍。受到連續的斬擊，單方面陷入守勢的「德爾塔普拉斯」腿軟似地後退，利迪低喃『花時間思考……!?』的聲音傳進巴納吉耳裡。

「我得去明白宇宙世紀開始的意義，還有吉翁這種國家誕生的意義！要不然，我根本就不能決定要怎麼處理『盒子』。奧黛莉也是知道這一點，才會——」

才會對受限於刻板觀念的新吉翁不抱希望，並且鋌而走險，想阻止財團的人將「盒子」交到位高權重的弗爾．伏朗托手中。巴納吉還來不及把話說完，飛身後退的「德爾塔普拉斯」已經朝背後的岩塊一蹬，並在飛過「獨角獸」頭頂的同時，隨勢拔出了第二柄光劍。『如果你想知道意義的話，我就告訴你吧！』才如此叫道，揮著雙劍的「德爾塔普拉斯」已經逼近眼前，巴納吉則讓一樣手持雙劍的「獨角獸」迎敵。

『宇宙移民的扭曲意識孕育了一塊膿瘡，那就是吉翁。什麼新人類，根本只是他們的幻想，更是將差點團結起來的人類劃分成兩群的病原菌。只要不將他們完全抹銷，就不會有和平……！』

「成立在那種犧牲之上的和平，是真正的和平嗎!?應該還有讓雙方彼此理解的途徑才對！」

『癥結就在這，你這種認為還有其他途徑的想法，就是混亂的根源！你到底懂不懂！』

相互衝突、反彈的四道粒子此起彼落地冒出閃光，更讓干擾波擴散至四周。一面互劈、一面移動的兩機使腳下的地面翻起，並濺出乾燥的土塊，電漿化的空氣則包裹住灼熱的兩架機體。

『一項主張能夠催生出主義，使其建立勢力，與既有的勢力產生對立關係。想讓族群融合，只會與不願融合的人們產生新的對立而已。無論在什麼時代，戰爭都是從不負責任的理想主義開始的。像吉翁，還有打算開啟「盒子」的卡帝亞斯・畢斯特都一樣……！』

「不對！如果人類是只能接受眼前現實的存在，那早該在以前就滅亡了。敢於向不合理對抗，並且盡可能地向前邁進，這才是人類的本質吧!?你只是被自己的絕望壓垮了而已！」

框體的腿力與推進器的噴射力相輔相成，垂直躍起的「獨角獸」閃過橫向劈來的斬擊，然後著陸於「德爾塔普拉斯」背後。預測到利迪急欲回頭的舉動，巴納吉讓保持蹲姿的機體舉起右手的光劍向上一掃。鋼鐵的熔解聲化作衝擊傳進機體，連光劍一同遭熔斷的「德爾塔普拉斯」右手從視野邊緣飛過。

『巴納吉……！』

「你說的話和畢斯特財團的人一樣。過去有勇氣帶奧黛莉飛到地球的利迪少尉，為什麼會……！」

『那時候的利迪．馬瑟納斯已經死了。』

維護著被砍斷的右手，向後退一步的「德爾塔普拉斯」望向巴納吉。陰沉的聲音讓人汗毛直豎，巴納吉暫時停下了進行攻擊的動作。

『我根本沒有改變世界的力量。即使現在有的只是不完全的秩序，如果無法將其改變，我就會守護這份秩序。這樣同時也能守護到米妮瓦……！』

沒放過這個機會，讓剩下的左手舉起光劍的「德爾塔普拉斯」朝「獨角獸」衝刺而來。受氣勢懾服的身體變得緊繃，也使巴納吉在應對的時機晚了一剎那，直覺到來不及的他緊咬住嘴唇。眼前冒出閃光，當立刻伸到前方的護盾自動展開時，膨發的爆炸煙塵也遮住了「德爾塔普拉斯」的身影。

儘管承受到爆壓而顯得身形不穩，毫無猶疑地揮下的光劍仍劈開黑煙直逼眼前。巴納吉讓「獨角獸」跳往右方閃避，跟著又看見兩枚飛彈穿進地面。從上空射出的飛彈再度綻放引爆的火焰，扭過身的「德爾塔普拉斯」飛身退至後方。隔著隆隆湧上的煙霧望向「獨角

獸」，「德爾塔普拉斯」隱藏在面罩底下的雙眼惡狠狠地露出兇光，然後便轉身離去。

自荒野蹬向空中的人型瞬時間變形，化為WAVE RIDER一口氣竄上了雲層。要是就這樣讓他離去，這個人真的會變成敵人。受湧上胸口的焦躁所驅，喚道「利迪先生，等一下……！」的巴納吉，又因為辛尼曼叫道『巴納吉，你沒事吧!?』的聲音回頭仰望天空。他看見德戴改讓形狀有如本壘板的機體旋回，正朝自機接近。

像是將僅有的飛彈射完的機體掠過頭頂之後，又一邊拉低高度，一邊再度接近。「船長，奧黛莉她……！」巴納吉才放聲叫出，辛尼曼心裡有數地答道『我明白，我們立刻追上去』的聲音便在無線電響起，讓他失去了在意利迪的心思。巴納吉讓光劍停止發振，並且在操縱機體跳躍的同時，用全力點燃推進器。飛起兩百公尺高的「獨角獸」拖著噴煙的尾巴，降落在從下方滑翔過來的德戴改機體上。

承受住機體蹲在上頭的重量，猛然搖晃的德戴改開始攀升。『布拉特，你有追蹤他們的航道吧？跟上去。』一邊從接觸迴路聽見辛尼曼的吼聲，巴納吉開始檢查「獨角獸」的損傷狀況。只有一部分裝甲受損，可動式框體並無損傷。快面臨極限的反而是他的身體，明明不是用肉身在戰鬥，一口氣卻快要喘不過來，隨呼吸而起伏的肩膀也久久無法停歇。

開啟頭盔的面罩，巴納吉將新鮮的空氣吸進肺裡。擦過滿臉流出的汗以後，他俯望正急速遠去的地表。基地內的戰鬥似乎已告終結，「拉・凱拉姆」的船體半已讓四處冒出的黑煙掩沒。艦內除了德戴改以外，理應還有輔助飛行系統才對，但卻沒有追兵飛上天空的跡象。吉翁機撤退後的安危從這裡也無法確認，化作瓦礫小山的兵舍，以及成為烤紅火鉗而橫躺在地的數具ＭＳ屍首，正讓戰禍的餘韻瀰漫在陰天底下。

不負責任的理想主義會引起戰爭。如果卡帝亞斯不曾打算開啟「盒子」，就不會造成這些犧牲。在回神以後，便已經在幫助父親行使計畫的自己，是否真的像亞伯特說的一樣，讓詛咒給束縛了？忽然這樣想起，身上冒出悚然寒意的巴納吉轉過目光，凝視起引擎部正湧上黑煙的「拉・凱拉姆」。

儘管個人是無力的，但團結在一起的個人意志，也有能將世界從黑暗深淵拖回來的時候——將遠去的艦影與布萊特艦長所說的話重疊在一起，巴納吉把目光轉回自己的航向。不管這句話是真實，或是撫慰現實傷痛的祈禱，現在他只能相信而已。巴納吉只能相信這麼做將可以從某種角度推動局面，孕育出跨越不合理的力量，並且讓自己持續前進。認為所有人也都會體諒這點，巴納吉把手湊到鼓動著的胸口上。不管是卡帝亞斯、塔克薩、羅妮、奧黛莉或瑪莉妲，就連利迪其實也是明白的……

衝進雲中的機體開始震動作響。行經而過的霧靄從全景式螢幕的外圍流過，什麼都看不見的白茫籠罩住「獨角獸」。將超過五千公尺後，仍持續在上升的高度計放進視野之後，巴納吉持續望著濃密堆疊的雲朵。撲向機體的白茫逐步減緩濃度，當鮮烈的青色在霧靄的空隙中現出時，唐突地變得開闊的視野便滿滿地擴展於全景式螢幕之上。

穿過雲海所來到的這一端，是與遙遠宇宙相連的青色天空——但是，卻不見預料中的刺眼太陽。這是因為，有塊巨大的物體浮現於「獨角獸」與德戴改頭頂，理應照在機體上的陽光，完完全全被其遮蔽的緣故。

壯碩的胴體上，長有兩道伸向左右的長長翅膀，從輪廓來看，那肯定是航空機沒錯。然而，即使要將其歸類為大型運輸機，尺寸仍超出得太多。眼前的物體全長不下三百公尺，至於機翼長度，則可能超出五百公尺。光厚度可能就有十幾公尺的機翼拖著無數飛機雲，那架悠然飛行於高空的暗灰色基地，簡直就像一座漂浮於天空的巨大城堡。圍繞於周圍的圓盤型飛行物體，則應該是可變式MS。不管如何，以如此巨大的機體為背景，飛在旁邊的圓盤看起來都只像是幾粒芝麻。

「這是……!?」

『是「迦樓羅」。』

壓抑的聲音中微微顫抖著，辛尼曼對巴納吉說道。『那可作為MS的空中基地，同時也是太空梭的發射台。堪稱人類史上最大的航空機……不，該叫它空中要塞才對。』

被要塞造成的影子所吞沒，在掠過雲海的德戴改頭上，機翼下方懸吊著太空梭的「迦樓羅」正一陣一陣地抬升高度。巴納吉重新凝望那幾乎佔滿視野的巨大機體。光在可見的範圍內，設置於機體各處的MEGA粒子砲台就有六座。應該是被艙門隱藏著的對空機槍，則根本想像不出會有幾挺。凸出於機翼的引擎數來有二十具，機翼內側亦有眾多噴嘴。高度六千公尺的天空對「迦樓羅」來說等於是低空，仍有餘力攀升至更高處這一點，可以從引擎遊刃有餘的噴射狀況確認到。對方肯定是要上升至平流圈，以利太空梭在抵銷空氣阻力的環境下射出。

奧黛莉就在那裡面。鼓舞起似乎就要被嚇倒的身心，巴納吉瞪向頭上的怪鳥。對於守候著機會接近的「獨角獸」不屑一顧，「迦樓羅」以龐大的質量逼退大氣，使其巨體脫離周圍的雲海。

3

開展在眼底的雲海連綿至視野遙遠的彼端，也為六千公尺底下的大地覆上了蓋子。澳洲大陸早就已經從後方遠去，「葛蘭雪」目前理應抵達新加勒多尼亞群島的上空，但是由船艙並無法窺見地平線與海平線。放眼望去，只有雲朵編織成的絨毯鋪滿周遭，劃清了與天空的界線。

俯瞰著腳底的雲海，「迦樓羅」正緩緩提升高度。那是歷史上由人類打造出的最大航空器，即使相隔近五十公里，依然能清楚地辨別其機影。披掛著大氣雲彩，悠然飛翔的龐然巨物宛如一隻異形鵜鶘，相較下，隨航的護衛機不過芝麻點大。注視著放大視窗中讓人遠近感失序的景象，就在布拉特咂舌之時——突然間，放大視窗中閃過雜訊，粉紅色閃光佔滿了正面窗戶。

掠過船體的光束穿透雲朵，使得剛由雲海浮出的「葛蘭雪」一陣激盪。隔了一拍，近似雷鳴的轟然巨響隨即搖撼艦橋，布拉特用不輸警報聲的嗓門大吼：「迴避！」位於操舵席的亞雷克一臉拚了老命地打舵，橫向G力朝著S字航行的船體撲來。以肉眼捕捉到連續發出光束閃光的「迦樓羅」，布拉特對為數眾多的火線感到毛骨悚然，他將視線轉到監控船體損傷的螢幕上。儘管沒讓光束貫穿，挨中飛散粒子的外部裝甲正閃爍起警示燈。『艦橋！讓船更接近「迦樓羅」！』無線電迸出的艾邦喊叫聲，卻有大半都讓掠過頭頂的MEGA粒子轟鳴聲掩蓋掉了。

『在這種距離下，我們的光束根本就是射程之外。把船開到「迦樓羅」上頭，讓我們下去！』

「別開玩笑，你要我們衝進那傢伙的彈幕裡面嗎!?旁邊還有可變機在護衛耶！」

亞雷克隔著螢幕瞪向艾邦的「吉拉．祖魯」，口沫橫飛地罵了回去。「葛蘭雪」憑藉近乎極限的低空飛行接近特林頓基地，以錯身之勢成功回收到艾邦的「吉拉．祖魯」。而目前從「葛蘭雪」的上方甲板挺出半截身軀的這架MS，就是這艘非武裝的偽裝貨船上唯一能發揮守護作用的砲台。雖然克瓦尼的「吉拉．祖魯」也有回收上來，卻喪失掉一邊手臂，正在船內接受應急修理；在達卡戰鬥中會合的「傑．祖魯」則已斷絕消息，卡克斯司令的「薩克I」聯絡不上也有好些時刻了。至於從欽布根據地個別參加襲擊的零散機體，實際上「葛蘭雪」就連確認它們成功逃脫與否的手段都沒有。

手裡架著光束機槍預備，艾邦機注視「迦樓羅」，貌似隨時都可以撲上去發動攻勢，然而它濃綠色的裝甲上也受到了無數損傷。面對無線電傳來『要不然還能怎麼辦!?』的反駁聲，布拉特緊咬住嘴唇，將「走投無路」這個字眼硬吞進心裡。

『公主人明明就在「迦樓羅」上面——』

閃光再次湧現，無線電冒出的雜訊掩蓋住下半句話。強過陽光的光芒渲染艦橋，猶如被亂流捲入的震盪侵襲向「葛蘭雪」。側眼看著亞雷克降低高度、讓船底貼近雲海的舉動，布拉特將無線電的麥克風拿到手裡。儘管對高熱粒子灑落的霹靂啪啦聲響感到畏縮，他仍扯開喉嚨大吼：「這裡是『葛蘭雪』，呼叫船長！」

「敵人彈幕太厚，我們沒辦法接近。下次再找機會會比較高明。既然已經回收到小鬼與『獨角獸』，就可以把這當籌碼——」

『不行。你們繼續待在「迦樓羅」的射程外進行跟蹤。要是現在退卻，我們會對不起欽布部隊的人。』

聽見雜訊中傳來的強硬聲調，布拉特後頭想說的話也跟著雲消霧散。當辛尼曼用這種口氣說話時，表示他連一絲一毫都不會動搖。布拉特凝望放大視窗中的「迦樓羅」，尋找起混在護衛機編隊中的德戴改機影，接著怒罵：「你打算怎麼辦!?」『搭上「迦樓羅」。』無線電

的喇叭傳出辛尼曼回答的這句話，讓布拉特嚥下去的一口氣再也吐不出來。

『我會讓德戴貼近到極限，再利用繩索垂降(rappeling)登上去。只要能潛入裡頭，事情就等於在我們的掌握之下了。』

「你要從哪裡進去?在貼近之前會先被射成蜂窩吧！」

『總會有辦法。救出公主之後，我會發信號給你，別錯過。一定要來接應。』

無線電中斷後經過一秒，圍繞在「迦樓羅」周遭的護衛機頓時散開，開始朝巨大機體發射對空機槍的火線。八成是德戴改與搭在上頭的「獨角獸」一起對「迦樓羅」展開行動了。芝麻般難以辨別的機影胡亂舞動，好似聚集在巨象身旁飛舞的蜂群一般，令人眼花撩亂。

「要……要怎麼辦……!?」亞雷克發出猶疑的聲音。「還能夠怎麼辦！」布拉特乘勢回以怒吼，總之先開啟了與艾邦機之間的通訊迴路。「就算在射程外也好，你隨便開火，將敵人的注意力吸引過來。」朝無線電如此吩咐後，他的目光再度轉回通訊視窗上。

糾纏住朝四面八方展開火網的「迦樓羅」，有隻蜜蜂彷彿要將護衛機驅散似地猛衝。瞧見感染到辛尼曼固執的機體動向，布拉特明白，即使再用「見好就收」云云的常識說服對方也沒用。一面立下覺悟，他回顧和「獨角獸」牽扯上之後的種種厄運，然後朝切斷的無線電拋下一句無法傳達的怨言：

「拜託你，也考慮一下自己的年紀吧……！」

※

光束機槍特有的間斷光軸，正從「葛蘭雪」船上伸出。儘管受阻於大氣溼度，掃過的光彈已喪失大半威力，仍綻放出足以讓人神經緊繃的光芒穿越高空。

可變式MS從圓盤狀的舉升體機身張開雙腳，緊急煞停，對光彈採取迴避的態勢。組成編隊的其他可變機體亦隨之效法，察見航道出現些微空隙，辛尼曼命令操縱席上的貝松道：

「衝進去！」

德戴改的推進器點燃火光，載著「獨角獸」的扁平機體隨即加速。眼看著「迦樓羅」接近的巨大形影逐漸佔滿艙罩，辛尼曼感到一陣膽寒。從極近距離內仰望的巨大機腹，就像一道浮在空中的高牆。而且那還是設置有無數對空砲台，能以零點八馬赫速度將氣流撕裂的城塞高牆。

除定期維修之外並無著陸的必要，可以半永久地持續繞行地球的空中MS母艦——米妮瓦公主就在那裡面。心裡只想著這些，辛尼曼認為自己已讓畏縮的身心鎮定下來，他拉上機內準備的駕駛裝拉鏈。辛尼曼戴上聯邦軍的制式頭盔，將其與脖子周圍的釦具扣在一起後，又朝貝松說道：「跟在它後頭。」德戴改穿過十字砲火，繞到了「迦樓羅」正下方。就在機體急速迴旋的過程中，辛尼曼望見停在後方巨大貨物艙門上的運輸機。雖說「迦樓羅」的體型龐大，看來也無法將起飛自特林頓基地的舊式米迪亞型機完全收納進腹內，因此才會開放艙門當作台階，暫時將機體停在上頭。

公主已經換乘到「迦樓羅」上頭了嗎？辛尼曼看著被數條鋼索固定的米迪亞，凝神注視起機體背後隱約露出的艙門內部，接著他從操控台的螢幕叫出迦樓羅級艦的數據。地球的防空圈共計分配給六艘巨艦，旨在一發生狀況就能立刻派遣MS進行應對，這種防衛態勢即為迦樓羅構想。然而戰後紛擾已讓巨艦喪失大半，眼前身為此艦種先河的「迦樓羅」，肯定是少數存活的一艘。縱使經過改裝又改裝的機體堪稱空中要塞，構造依舊與以往的迦樓羅級大同小異。從螢幕上離陸、著陸的簡圖中，辛尼曼可以大致推敲出機體的內部構造。只要能潛入裡頭，他們應當是有勝機的——

「聽好，巴納吉。等我們搭上去之後，『德戴改』就交給你操縱。你要對『迦樓羅』發動攻勢，讓他們調降機體的高度。我們會趁機把公主搶回來。」

一面將迦樓羅級的數據傳給「獨角獸」，辛尼曼透過設為接觸迴路的無線電作出指示。

巴納吉執意救出米妮瓦的氣慨似乎與他相同，回答『我會辦到』的聲音裡，有一股沉靜的魄力。

『不過，逃走時該怎麼辦？』

「只要讓高度降到三千，跳降落傘就用不上氧氣面罩。哪怕它再大艘，終究還是一架飛機。機身到處被開孔的話，為了保持機內的氣壓就非得調降高度才行。只要照這計畫幹，他們就連太空梭也沒辦法發射出去。」

太空梭懸吊在「迦樓羅」的右翼下方。那是足以搭載兩架MS的中型太空梭，連推進器在內全長應達五十公尺，但懸吊在巨大機翼下的模樣卻只像顆小型飛彈。如果讓「迦樓羅」到達平流層，將載有米妮瓦的太空梭發射出去，就等於萬事休矣──德戴改掠過「迦樓羅」後方，一度降低高度隱沒於雲海，辛尼曼則看準這個時機喊道：「要上啦！」

「飛到『迦樓羅』正上方。先收拾光束砲台，能瞄準正上方的砲台有四座──」

『讓我來操縱！』

打斷的聲音一震破辛尼曼耳朵，機體便突然轉為橫向，讓他差點從副駕駛座被甩出去。光束的粗大光軸擦過急速迴旋的德戴改機側，迸裂的飛散粒子燒灼著艙罩。火線並非來自「迦樓羅」，而是其他方位。辛尼曼抓緊操控台，目光則掃向視野不良的雲海，雲氣縫隙間可以看見黑色機體露出其身影。敵機趴在圓盤型可變MS上頭，手中的光束步槍直對德戴改，辛尼曼還來不及確認形狀，對方就已消失於雲氣中。

由「獨角獸」操縱的德戴改再次急掉頭，機上掃射而出的光束格林機槍火線，而後被吸入雲層間。不知道是否來自繞到身後的敵機，亮度更甚機槍火線的MEGA粒子彈穿過「獨角獸」頭頂，綻放出劇烈光芒，大幅搖晃的德戴改也一口氣掉下一百公尺的高度。巴納吉立刻重整態勢，讓機體上昇，辛尼曼一面將性命託付在他的操縱上，一面也靠推進器火光尋找敵蹤。守候著瞄準畫面，辛尼曼在黑色敵機橫越前方的瞬間，按下裝備於機體兩舷的火神砲發射鈕。

「墜落吧！」

對MS用的六十公厘火神砲發出低鳴，比率中每五發裡安排有一發的曳光彈，在雲層間描繪出略帶綠色的火線。辛尼曼的眼睛沒放過俐落閃避的黑色敵機，只顧持續按下發射鈕，然而巴納吉叫道『不行！』的聲音讓他愕然地睜大了眼。同時間德戴改也抬起機首，失去標靶的火神砲在雲海徒然刻劃下火線的光軸。

「巴納吉……!?」

『你攻擊的是瑪莉妲小姐！她就坐在那上面！』

辛尼曼心臟猛然跳了一下，之後便好似停了下來。「你說什麼……？」擠出聲音問道，他開始用目光追尋從下方閃過的敵機。將用以代步的可變機一舉拉升角度，漆黑機體轉向飛升，凶光閃過它頭上的金色尖角。雙眼底下高漲著敵意，單手握著光束步槍的黑色「獨角獸」正毫不猶豫地朝這邊逼近。

瑪莉妲。當辛尼曼在心裡低喃的剎那，視野橫轉，飛散粒子迸裂的聲音接連傳出。那對過去一直待在辛尼曼身旁的蔚藍雙眼，默默回望自己的瞳孔的印象被閃光抹去，一股比G力更沉重的壓迫感正苛責他的身心。

※

避開光束麥格農的攻擊後，「迦樓羅」灑下的火網豪雨正等著穿過雲海的「獨角獸」。巴納吉靠護盾擋下閃躲不及的機槍彈，打算由佔據頭頂的巨艦射程中逃脫，但從正下方穿透而上的殺氣卻迫使他將德戴改往側面傾斜。

麥格農彈的光軸，掠過了幾乎傾斜九十度的德戴改機腹。突破雲端噴湧而上的豪光亦掠過「迦樓羅」機翼，在高空中豎起一道伸向天頂的光柱。搭在圓盤型可變機——RAS-96

「安克夏」上頭的「報喪女妖」隨即衝出雲海，緊接著就舉起光束步槍開火。就在德戴改受衝擊波翻攪而打轉的當下，「報喪女妖」駕著「安克夏」取得高度，來到能背對太陽俯瞰「獨角獸」的位置。

「瑪莉妲小姐！」

金色尖角底下閃爍的雙眼，與抹消一切感情的蔚藍瞳孔重疊在一起。咂舌的巴納吉用光束格林機槍作出一次牽制射擊，接著又為了閃躲接連射來的麥格農彈而避走雲端。「要是妳聽不見……！」如此咕噥著，巴納吉一面從右臂側面的掛架取出光劍，並將那砸向緊跟背後的「報喪女妖」。處於發振狀態的光劍邊回轉邊劃過天空，變成一枚直擊「報喪女妖」的閃爍飛鏢。

儘管用護盾擋開了飛鏢，體勢不穩的黑色機體顯得陣腳大亂。沒放過機會，巴納吉踩下腳踏板，讓「獨角獸」從德戴改上頭奮力躍起。機體利用湧上的氣流跳往後方，在接近音速的相對速度下衝撞向「報喪女妖」。黑色機體從「安克夏」上頭被趕下，僅與「獨角獸」在空中飛舞了一瞬便雙雙劃破雲層，開始猛然下墜。

「瑪莉妲小姐！是我，巴納吉！」

讓糾纏住的兩架機體緊緊靠攏，巴納吉順勢朝接觸迴路呼叫。高度時時刻刻都在下降，此時「報喪女妖」微微動了頭，將面罩底下的雙眼望向「獨角獸」。

「船長他也在。妳應該記得『葛蘭雪』的辛尼曼上尉吧？他是妳原本的MASTER。」

急速下降的德戴改趕上墜落的兩架ＭＳ，先一步繞到了機體腳邊。巴納吉制住掙扎著打算脫身的「報喪女妖」，並且點燃姿勢協調推進器，讓墜落的預測曲線能夠配合德戴改的行進方向。

推進器在接觸前夕噴發，機體一面抵銷掉墜落的速度，一面降落在德戴改上頭。承受兩機份重量的德戴改高度大幅下滑，「報喪女妖」乘勢抓住「獨角獸」因衝擊而鬆開的手。「獨角獸」擒制打算反撲的「報喪女妖」，將其壓倒在平台，巴納吉傾盡全身力氣大喊：「拜託妳醒醒！」

「你們以前是那樣地信任、支持著彼此。我絕對不會看著妳變成船長的敵人！因為妳是——」

『普露十二號。我的MASTER是亞伯特・畢斯特。』

透過接觸迴路，冷淡的聲音傳進駕駛艙。漆黑裝甲的縫隙冒出金色光芒，滑不溜丟地亮起的雙眼回望巴納吉的瞬間，「報喪女妖」大臂一揮，推開了「獨角獸」。

「瑪莉妲……!?」

『MASTER說過，只要能確保駕駛艙與駕駛員就好。要是你抵抗，我會將機體破壞。』

「報喪女妖」掐住「獨角獸」的面罩，把對方壓向平台。其右臂的光劍掛架隨之開展，功率經過收斂的粒子束一噴出，化作解剖刀的光劍就抵住了「獨角獸」脖根——相當於人體頸動脈的動力系統交錯點上。

瑪莉妲，不，「報喪女妖」通曉與自己擁有相同身軀的「獨角獸」的構造。無法逼退騎在身上的黑色機體，抵在要害的光劍讓巴納吉咬牙切齒，此時他聽見喚道『瑪莉妲……』的另一個聲音闖入。「報喪女妖」似乎也從接觸迴路捕捉到同樣的聲音，迷惑般地停下了手臂的動作。

『妳真的是瑪莉妲，沒錯吧？能聽見我的聲音嗎？』

聲音從德戴改的操縱席流露而出，發話者彷彿像在觸碰一處腫瘤般小心翼翼，但語氣中仍蘊藏著絕不退縮的堅強，使得纏鬥於機頂的兩架獨角獸型MS悄悄發出顫抖。然而靜止也僅一瞬間，「報喪女妖」立刻將光劍重新抵向「獨角獸」，而辛尼曼接著說道『財團那些傢伙，是對妳做了再調整吧？』的聲音，在這次確實讓黑色機體全身僵硬了。

『但是，不要緊的。他們不可能在這麼短的時間內對妳進行外科處理。妳只是被藥劑與洗腦迷惑了而已。』

『你到底，在說什麼……？』

毫無表情的黑色機體，吐露了明顯帶有動搖的聲音。『瑪莉妲，振作一點。』辛尼曼持續喊話，宛如在尋找聲音的主人是誰，「報喪女妖」的頭部無法鎮定地左右轉動著。

『普露十二號只是個編號。現在的妳已經有了實實在在的名字，妳要想起瑪莉妲這個名字的意義。』

「報喪女妖」的兩眼失去殺氣，低喃著『意義……名字……』的聲音傳進眾人耳底。『只有我跟妳才知道這名字的意義。』一邊聽辛尼曼如此強調，巴納吉試著將眼前的雙眼與他記憶中的藍眼重疊。在「拉．凱拉姆」上遭瑪莉妲壓制時，巴納吉曾看見她眼底閃過某種光芒。如果那透露的是瑪莉妲原本的意志，表示她還——後半句並未在心中成形，巴納吉屏息等待「報喪女妖」的反應過了數秒。隔著黑色的肩膀，他忽然窺見其他機影，沉默的時間於是被強制中斷。

不等巴納吉的肉體作出反應，偵測到危機意識的「獨角獸」已經先舉起光束格林機槍開火。接近的機影迴轉一圈，零散分解的圓盤狀機體為水蒸氣之幕所覆蓋。其機體並未四分五裂。構成圓盤的裝甲向上翻起開展，各自轉變成包裹住肩部與前臂的裝甲。機體下方的推進組件彎曲了九十度，只見其變形為下半身與雙腿後，裝備聯邦軍傳統防風鏡的ＭＳ臉孔便朝

「獨角獸」直視而來。

「是MS……!?」

兩臂配備長砲身光束砲的「安克夏」，正撕開水蒸氣之幕急速接近。瞄準彼此的MEGA粒子彈在雲海中交錯，被光束擦過而搖晃的德戴改有如落葉般搖曳失衡。巴納吉讓「獨角獸」的腳部固定於平台握柄，以防止自己在交戰中被甩落，同時他也看見即刻脫離的「報喪女妖」飛舞至半空。才看見對方運用吹在護盾上的風壓，抵銷墜落速度，巧妙地協調自機的姿勢，下一瞬間機體已輕靈地降落在變形為圓盤的「安克夏」上頭。

明明瑪莉妲小姐好不容易才要跟船長互通某種意念的。心裡埋怨著，巴納吉讓機體握住德戴改的握柄，開始追尋「報喪女妖」繞到正下方的機影。『瑪莉妲——！』辛尼曼悲痛叫道的聲音響起，「報喪女妖」取回原本殺氣的雙目在雲層間露出凶光。『先讓我混亂再發動偷襲，真像是你們這種苟且之人會用的手段……！』瑪莉妲的發話聲，一字一句都在巴納吉鼓膜中留下刺耳的聲響。

「不是的！我剛才是——」

『別再說了！「鋼彈」是我的敵人！』

喊叫聲遠去，光束麥格農的能源塊使雲層蒸散。一直線伸向天際的光軸掠過「獨角獸」，在雲海中打出大洞，巴納吉頓時感到毛骨悚然。明明「迦樓羅」就在上空，瑪莉妲攻擊時卻絲毫不在意。她腦中完全沒想到要和護衛隊配合，傳達過來的，唯有針對「獨角獸」的敵意。看到對方瞄準閃躲的德戴改，並且毫不猶豫地發射出第二發光束，巴納吉為了確認「迦樓羅」的位置而提升高度。一面讓視野被緊追而來的MEGA粒子彈所佔滿，他拉高音量叫道：「別開火！瑪莉妲小姐！」

「『迦樓羅』上面有奧黛莉，米妮瓦公主就搭在那上面啊！」

沒有回答，無線電裡傳來的，只有彷彿感染了瑪莉妲的混亂的雜訊。第三次的光芒追著「獨角獸」穿透雲海，巴納吉只得被迫撤下彈幕牽制。威力相當於艦砲的MEGA粒子彈疾馳於藍天，掠過的光軸行經「迦樓羅」的垂直尾翼之後，翼長五百公尺的怪鳥巨軀貌似也為之顫動。

※

彷彿攔腳而來的刺痛衝擊搖撼著地板，使震動逐步傳導至高高的天花板上。米妮瓦扶著吊艙的伸縮杆，支撐住就要被絆倒的身體，隨後一陣將視野染白的光芒又讓她不自覺地閉上眼。霹靂作響地撼動空氣的轟鳴聲隨後傳來，流進甲板的風聲被掩蓋了短暫一陣。米妮瓦硬睜開眼，轉向背後的她，眼裡映出的是搭乘在德戴型ＳＦＳ上頭的ＭＳ機影。

這艘「迦樓羅」的ＭＳ甲板，要比「拉．凱拉姆」的格局遠遠大出許多。幅寬六十公尺，縱深近兩百公尺，而挑高更超過三十公尺。作為出入口的後部貨物艙門同樣規模巨大，但現在兩片厚實的門板正朝上下開敞，與甲板銜接的下方艙門，則可以窺見米迪亞運輸機坐鎮底下的模樣。

結果，自特林頓基地空倉起飛的那艘大型運輸機，目前正被艙門的拘束具與數條鋼索拴在「迦樓羅」尾部，翼長七十公尺的機體有大半都暴露在高空之中。隔著米迪亞的機體，搭乘ＳＦＳ的ＭＳ只從後方天空中橫越過一瞬，然而米妮瓦已將明顯為「獨角獸」的機影燒烙至網膜。白色機體遭到隨後出現的「報喪女妖」驅離，才消失在視野斜上方，再度膨發的閃光與巨響便在空曠的甲板上迴盪開來。

米迪亞的機體因逆光而形影模糊，高度六千公尺的外部空氣正由艙門外流入。雖說氣阻仍讓甲板內保持在正壓，溫度在冰點以下的強風依然冷得令人結凍。米妮瓦拉起飛行夾克的前襟，在虛空中追尋著兩架獨角獸型機體的身影。她剛受到收容，馬上就發生了戰鬥，眾人落得在蔽不了風的甲板上坐以待斃的下場，只是十分多鐘的事。畢斯特財團的黑衣部下站在周圍，注視的方向同樣是艙門之外，他們正臉色鐵青地觀望著戰鬥的發展。整備兵全都殺氣騰騰地來回奔走，「迦樓羅」的幹部乘員之所以沒有出迎，不知道是打算要讓財團眾人直接換搭太空梭，還是讓預料外的戰鬥忙得焦頭爛額的緣故。就在米妮瓦思索時，MEGA粒子彈的光軸引發雷霆般的巨響，瑪莎焦急道「就不能關閉艙門嗎？」的聲音傳來。其中一名黑衣部下立刻將臉湊向無線電：

「你們打算把貨艙門開到什麼時候!?快點將運輸機開走！」

『講話的是哪個蠢蛋!?空戰途中哪能讓運輸機出去送死！是客人的話就先去太空梭的發射甲板上待命！』

無線電的發話對象——八成是待在飛行甲板上的「迦樓羅」機長怒罵回來。拖曳著米迪亞就無法提升高度，更不能發射太空梭。盤算不出把麻煩客人送走的方法，實際上最焦急的人可能是機長。「如果流彈命中太空梭要怎麼辦!?待在發射甲板根本保不了命吧！」黑衣部下才剛辯駁，分不出是第幾次的巨響立刻又震耳欲聾地傳出，至今為止最大的一次震盪襲向「迦樓羅」。由大量鋼筋支撐的空曠甲板發出可怕的怪聲，支撐米迪亞的鋼索緊繃至極限。「光束擦過了！」「開火的不會是『報喪女妖』吧!?」側眼看著鼓譟的部下們，冷冷說道「狀況呢？」的瑪莎將目光移到白衣男子身上。

「檢體的腦波出現混亂。照這樣下去，催眠效果恐怕會有破綻。我想讓她先退下可能比較好……」

待在運至甲板上的觀測裝置前，男子把童山濯濯的那顆頭從螢幕上轉向瑪莎，聲音畏怯地作出答覆。貌似新人類研究所所長的老人旁邊，還有晚一步抵達「迦樓羅」的亞伯特身影，不過他從方才就一直緊盯著螢幕，對於周遭的喧噪顯得漠不關心。瑪莎將視線投向他，冷冷地接著說：「亞伯特，她的MASTER是你喔。」渾圓的肩膀微微發出顫抖，亞伯特把焦躁的臉轉向了瑪莎。

「只有『報喪女妖』才能壓制住『獨角獸』，你想點辦法。難道你輸給弟弟也無所謂嗎？」

弟弟，這個不搭調卻又現實無比的字音扎進米妮瓦耳裡，她注視亞伯特。一陣語塞後，把視線從瑪莎面前別開的那張臉，確實是與卡帝亞斯．畢斯特有幾分神似。難道說……如此思索的米妮瓦越發專注地凝視，而亞伯特則是背對她，重新把臉面向觀測裝置的螢幕。亞伯特拿起無線電：「普露十二號，是我，MASTER。妳有聽到吧？」混雜在呼嘯而過的風聲中，呼喚的聲音變得模糊微弱。

「妳只需要聽我的話。其他訊息都是敵人為了讓妳陷入混亂的伎倆。聽好了，我要妳捕捉『獨角獸』，然後帶來這裡。那傢伙是『鋼彈』，是從妳身上奪走『光』的敵人，只要能把那傢伙帶過來，妳的『光』就不會被搶走。」

被奪走的「光」。字眼裡象徵的意義，那股不祥感刺入胸口，讓米妮瓦感到全身上下起了雞皮疙瘩。

那就是瑪莉妲受到的緊箍咒嗎？那就是迫使她情緒激昂地衝上戰場的原動力？若是如此，現在推動著瑪莉妲的就不是對於敵人的憎恨，而是自責。這種念頭會通往將一切破壞殆盡的終點，包括她自己。瑪莉妲只是將潛在的自殘傾向投映在「鋼彈」這個關鍵詞上面，目前的她根本不受MASTER的控制——米妮瓦瞪著繼續朝無線電喊話的亞伯特，感覺到從對方背影中流露出的罪惡感，打算走向前的她突然止步。兩名黑衣部下阻擋了米妮瓦的去路，隔著他們的肩膀，米妮瓦看見瑪莎瞇眼望向自己的白皙臉龐。

沒用喔，如此吐露笑意的嘴猛朝左右咧開。瑪莎對他們所按下的是什麼開關渾然不覺，她應該只會把出現異狀的瑪莉妲歸咎於系統狀況不佳而已。即使費唇舌說明，米妮瓦也不認為事情會有變化，只好讓視線迴避至後部艙門的方向。「獨角獸」與「報喪女妖」似乎已穿過「迦樓羅」頭頂，艙門外看不見兩架ＭＳ的蹤影。名為「安克夏」什麼的可變機編隊四處飛竄，無法干預戰鬥的圓盤毫無建樹地閃避著。

從這裡到後部艙門，頂多只有一百公尺。也沒有其他路可逃，乾脆……如此低喃的米妮瓦受衝動所驅，握緊了發抖的拳頭。就在此時，黑色機影凝聚在天空中的一點，她看見黑點的濃度正急速加深。

疑似戰鬥機的機影在轉瞬間變大，並趕過「安克夏」的編隊，朝「迦樓羅」接近而來。那道機影剛在後部艙門前減速，爆發性的水蒸氣隨即將其包圍，只見飛行機的形影崩解，機體衝進了MS甲板。是「德爾塔普拉斯」——在米妮瓦理解事態前，化為人型的機體已穿過米迪亞運輸機的機翼下方，著陸的巨響與熱流在甲板上膨發。震懾於突然闖進的巨人，手持指揮棍的乘員連忙從艙門閃避。

「搞什麼!?」「哪來的MS……!?」毫不理會黑衣部下們嚷嚷，著陸的勁道讓「德爾塔普拉斯」在暴衝數十公尺後才蹲身停住。深灰色的裝甲被焦痕玷汙，儘管已失去右手掌，米妮瓦依然可以從像是無角「鋼彈」的臉，斷定那就是將自己運來地球的機體。正當黑衣部下們圍繞在瑪莎身邊退避時，米妮瓦抱著某種預感仰望了「德爾塔普拉斯」。其腹部的駕駛艙蓋開啟，內部的艙門一打開，正如她所料，熟悉的駕駛裝從裡頭現出身影。

「那傢伙竟然追到了這裡……!」

亞伯特喃喃自語似地開口。對於仰望自己的數道視線不以為意，利迪站上駕駛艙旁邊的升降索，從跪下的「德爾塔普拉斯」降落到甲板上。他掀起頭盔面罩，堅定的目光只注視著米妮瓦。隔著立刻擋到身前的黑衣背影，米妮瓦也只凝視著利迪。

這是段難受的時光。兩人無暇顧慮彼此走到這一步的經過，只能深刻體會著苦澀的預感，就在這當下，說道「利迪少尉，我不記得自己有發下著艦許可喔？」的亞伯特站到了米妮瓦身旁。利迪沒有停步，堅毅表情亦未動搖的他朝米妮瓦走近。亞伯特伸出下巴示意，黑衣部下正打算壓制上他的駕駛服的剎那，利迪緩緩將兩手繞至脖子後頭。等黑衣部下將手伸進懷裡時已經太晚，利迪的手迅雷般地伸向正面，手槍槍管則直朝亞伯特。

利迪大概是預先將武器用膠帶黏在頸部。他將槍口迅速轉向左右，牽制住周圍的黑衣部下，接著又站到米妮瓦跟前約兩公尺處。黑衣部下們仍把手插在懷裡，一步一步地包圍住利迪；一面觀察他們動向，利迪與槍口一體化的視線再度定在亞伯特身上。感覺到旁邊的亞伯特退了一步，米妮瓦沉默地繼續注視利迪。利迪以兩手瞄準的手槍紋風不動，棕色的眼睛只朝米妮瓦望了一瞬。

「我來接妳了。」

斬釘截鐵地從口中說出來意後，利迪轉回槍口的目光立刻又牽制住財團眾人。對方眼中被逼急的神色印證了米妮瓦的預感，她將發不出聲音的臉轉向利迪。

※

把圓盤型的可變機當成立足點，讓龐大身軀飛翔在空中的黑色「獨角獸」舞動著身軀。巧妙地翻轉護盾，漆黑身影在吹襲而來的氣流中協調姿勢，抵達「迦樓羅」正上方的同時，它將兩腕向上伸出，俐落地降落在廣大的機翼之上。

機槍座被踏毀一處，在機翼上留步的黑色機體將金色尖角指向巴納吉。比對方的光束步槍發出閃光更早，由平台蹬起的「獨角獸」脫離德戴改。忽然被搭載的MS拋下，辛尼曼差點從大幅傾斜的駕駛席甩離，他緊抓操控台低聲罵：「那個笨蛋……」「我們先退下！」貝松叫道，辛尼曼則朝對方吼了一句「不行！」，並且在搖晃得令人眼花撩亂的視野裡抓尋「獨角獸」身影。他勉強看見白色機體降落在「迦樓羅」機翼上，隨後又穿過黑色機體的砲擊突進而去。

即使以MS的尺寸來計算，翼長五百公尺的怪鳥背上仍有足夠活動的空間。兩架獨角獸型機體要在上頭交鋒，就寬廣度而言並無不便，問題是以時速八百公里吹來的風壓。一邊感受到三十噸的機體就要被橫向侵襲的風吹走，巴納吉的「獨角獸」出手抓向瑪莉妲機。讓機體承受住風壓，黑色「獨角獸」巧妙地滑行在機翼上，光束步槍在其踏穩止步的一瞬迸發出閃光。麥格農彈的強力衝擊波掃過「迦樓羅」機頂，飛散粒子才沿著彈道灑下，紛紛掀起的翼面裝甲便被吹到了後方。閃避的「獨角獸」伸腳踏穿一座光束砲台，勉強讓體勢失穩的機體停留在機翼之上。

雙方何時摔落都不奇怪——不，照這樣下去，「迦樓羅」的機體在那之前會先支持不住。瑪莉妲顯然已經混亂，巴納吉也逐漸被她的混亂牽引。辛尼曼凝視著彷彿飛鳥在舞動的「迦樓羅」機翼。公主就在那其中的某處。對瑪莉妲進行再調整，代他成為新任MASTER的傢伙也在裡頭——某個強迫瑪莉妲戰鬥，讓她感到痛苦的幕後黑手。

「……配合『迦樓羅』的相對速度，讓機體停到機槍座上頭。」

沒有其他方法了。指著被瑪莉妲機踩毀的機槍座，辛尼曼發出命令。「可是『獨角獸』不在的話，德戴的操縱就……！」貝松滿眼血絲地朝命令者反駁，然而辛尼曼卻強硬地交代一句「你留在這裡」，逕自將降落傘扛到了肩上。

「把我放下去之後，就讓機體後退到射程之外。等過了三十分……不，二十分鐘還沒動靜的話，你就帶『獨角獸』回去『葛蘭雪』。」

看準機體安定下來的瞬間，辛尼曼離席。「這根本是胡來，你居然要單槍匹馬地闖進去……！」背對著怒斥的貝松，辛尼曼開啟後頭通往貨物甲板的門。他背後有降落傘，從臀到腿部掛著塞滿裝備的背包，而胸前著裝的則是備用降落傘。帶著連空降部隊都自嘆不如的重裝備，他穿過門口、爬下樓梯、走出氣密閘之後，便抵達相當於平台正下方的貨物甲板。排列著預備品貨架的該處猶如地下收納庫，但偶爾也會充作炸藥庫，地板其中一處區塊就設置有轟炸用的投彈口。

辛尼曼關上頭盔面罩，啟動了減壓裝置。在機體持續震動之時，他從投彈口旁邊的捲線器拉出鋼索，然後將交叉綁在肩頭的安全釦牢牢扣到鋼索上。一待壓差0的綠色燈號亮起，辛尼曼就按下投彈口的開啟鈕。吹進機內的風勢叩擊著頭盔，艙口底下開始能看見洶湧流動的雲海。

遮住了那塊白雲絨毯，「迦樓羅」的濃灰色機翼出現在辛尼曼眼底。俯首望去，能看見翼面微微結冰。「真的是胡來哪……」以這句嘀咕作為發難，辛尼曼往下一蹬。

彷彿要讓屁眼緊閉的墜落感包裹全身，安全釦在肩頭深陷到令人不安的程度。遭機體下方產生的亂流擺弄，身體僅靠一條鋼索綁住而不停晃動的同時，辛尼曼沿著鋼索開始降落。不被亂流捲入的前提下，德戴改能接近「迦樓羅」的極限距離是在三十公尺外。相較於佔滿視野的寬廣翼面，機槍座的破洞簡直小得令人絕望，辛尼曼眼前很快地就冒出了後悔兩字。

※

『巴納吉，船長要降落在「迦樓羅」上頭！聽到的話就幫忙掩護！』

貝松的吼聲從雜訊底部傳來，巴納吉原本被眼前戰鬥吸引住的意識也跟著產生波動。「獨角獸」腳跟底的倒鉤深陷於「迦樓羅」機翼，讓機體立足在引擎區塊的巴納吉轉換為攻勢，把與「報喪女妖」角力中的光劍扳向前方。

面對「獨角獸」站穩發動的一擊，形勢不穩的「報喪女妖」迅速後退。黑色機體在機上迎風滑移，停止在翼端；一面將其納入視野，巴納吉讓主攝影機與無線電的發訊方向對齊。德戴改正與「迦樓羅」配合相對速度，飛行在機翼上方三十公尺的高度，巴納吉看見有道勉強能辨識出是人影的物體，就吊在德戴改垂下的鋼索上。

是辛尼曼。身體前後都背著大型帆布包、腰間也掛有背包的那道駕駛裝身影，正朝著遭破壞的機槍座進行降落。在氣流侵襲下，他根本無法垂直降下，幾乎被水平拖曳的身體只能緩慢地朝下斜向移動，實際上那就像一面讓風吹動的人型旗幟。「船長是認真的嗎……!?」

如此低喃著，當巴納吉想讓機體往德戴改移動時，從旁而來的殺氣留住了「獨角獸」的腳步。闖到機翼上的圓盤為水蒸氣包裹，剛轉變成雙肩高聳的人型，拔出光劍的「安克夏」隨即跳到「獨角獸」眼前。

巴納吉無暇退避。讓節流閥全開的他踩下腳踏板，要「獨角獸」抵擋著風壓前進。背包內藏的推進器開展，受到爆發性推力輔助的「獨角獸」在「迦樓羅」上頭疾馳。光劍以錯身之勢熔斷「安克夏」右臂，反手一劈又將對方左手上的光束砲砍斷，下一個瞬間，光束麥格農的光芒掠過「獨角獸」眼前。大量的飛散粒子因而衝擊向「獨角獸」與「安克夏」雙方，沒有護盾的「安克夏」機體上頓時變得千瘡百孔。

「安克夏」四肢僵硬地滾倒在「迦樓羅」的機翼上，其機體隨即在聳立於後方的垂直尾翼跟前爆發。飛散的火焰與碎片隨風流逝，焦黑的爆發塵為二十具引擎流出的噴射煙增長了聲勢。藉著護盾展開的I力場，巴納吉才得以避開飛散粒子的散彈攻擊，爆發的衝擊波使他眼中的德戴改一陣搖曳。機體的高度下降，一併降下的辛尼曼重重摔在翼面上，轉眼間他的身影便混進被風吹走的碎片之間。

「船長！」

自翼面蹬起的「獨角獸」發出推進火光，朝人影急速追去。鋼索一斷，辛尼曼的身軀馬上滾飛數十公尺，抓住整流翼的手僅能支持一會，強風立即將他連根拔起地吹到了機翼邊緣。辛尼曼從伸出手掌的「獨角獸」鼻尖前飛過，巴納吉緊追被拋入虛空的對方，讓「獨角獸」奮力跳向機翼之外。藉助風勢一舉飛起的「獨角獸」將右手伸向辛尼曼，及時在對方被亂流吹走前把人接到了掌中。

同一時間，所有推進器也進行噴射，讓機體改變方向。於虛空中扭身的「獨角獸」化作一道推進的火光，重新攀回一度飛離的「迦樓羅」機翼邊緣。滾倒在垂直尾翼旁邊之後，「獨角獸」立起單膝坐起，而巴納吉也隔著主攝影機確認到手中的辛尼曼人尚平安。穿著聯邦軍駕駛裝的身體微微出現動作，頭盔底下的臉剛轉向巴納吉，吃力地舉起的手便朝主攝影機豎起了大拇指。

掛在身體前後的降落傘似乎發揮出氣囊的功用，使得辛尼曼能免去致命傷。就在巴納吉安心的剎那，喊道『巴納吉，後面！』的聲音在接觸迴路中響起，他立刻讓「獨角獸」離開當場。由背後砍下的光劍掠過腋下，劍刃才劈開「迦樓羅」的機翼表面，反手斬來的一擊隨即對準「獨角獸」向上揮起。

緊咬住千鈞一髮地躲開的「獨角獸」，「報喪女妖」接連舉劍猛劈。巴納吉靠護盾擋下雷霆般的斬擊，同時也讓「獨角獸」把握有辛尼曼的右手縮回胸前。光劍的放射熱即便是鋼達琉姆合金也可以一刀兩斷，絕不能等閒視之。只要被任何一粒飛散粒子噴到，辛尼曼的下場就會與成為高功率雷射的標靶相同。

「快點住手，瑪莉妲小姐！要是在這種情況下交手，船長會被燒死！」

巴納吉一邊持續後退，一邊放開音量大叫。瀕臨冰點的寒氣被劈開，灼熱的光劍毫不留情地揮下，瑪莉妲吼道『住口！』的聲音傳進巴納吉耳裡。

『沒完沒了地喊得讓人頭痛……！想要我住手，只要你投降就行了！』

「妳的頭會痛，就是真正的瑪莉妲小姐在抵抗的證據！如果那架MS是『獨角獸』的兄弟，那麼妳已經被機器吞沒了。告訴我機體上有那種可怕系統的，不就是妳自己嗎!?」

『莫名其妙……！』

「報喪女妖」隨斬擊勁道痛毆過來的手肘，打凹了「獨角獸」的護盾。被衝擊震開的機體向後倒下，承受住三十噸的龐然身軀，「迦樓羅」的翼面宛如三合板似地出現窟窿。一面保護手中的辛尼曼，巴納吉立刻重整態勢，但從正上方撲來的「報喪女妖」已伸掌遮蔽住他的視野。掐著「獨角獸」的頭，「報喪女妖」將其強壓到翼面上，反握的光劍劍尖則被抵向「獨角獸」腹部。

『「報喪女妖」會給我力量。這股力量能讓我燒光在身上到處亂爬的蛞蝓，取回屬於我的「光」。』

光劍高熱造成的海市蜃樓後頭，一張沒有表情的漆黑臉孔止在晃蕩。「瑪莉妲小姐，妳——」話說到一半的巴納吉遭到打斷，「報喪女妖」開始施力在手握的光劍上。

『任何人都別想攪局。我也要把你的肚子剖開……！』

機體雙眼散發出妖異光芒，翻攪於其中的憎恨針對著巴納吉。會被宰掉，就在巴納吉緊繃的胸口如此尖叫時，吼道『你這黑漆漆的怪物！』的另一道聲音闖進接觸迴路，辛尼曼從「獨角獸」掌中憤而起身的模樣出現在視野邊緣。

『把瑪莉妲還來！』

口中大喊，辛尼曼發射扛在肩上的火箭砲。拖著白色噴射煙，由「獨角獸」掌中射出的彈頭飛向「報喪女妖」的臉，使其面罩綻放出小小的爆發光芒。「報喪女妖」的機體往後傾倒，辛尼曼怒吼『趁現在，巴納吉！』的聲音緊接著傳來。看到辛尼曼撇下拋棄式砲身、指向翼面的機槍座，巴納吉理解了對方的意圖，機體在獲命起身的同時，也出拳猛捶無人的機槍座。

巨人拳頭的一擊打碎了艙罩玻璃，槍身有如麥芽糖般扭曲變形。巴納吉讓「獨角獸」伸掌硬將機槍座連根拔起，並順勢把辛尼曼的身體塞進開在翼面上的大洞。『瑪莉妲就拜託你了！』如此叫喊的背影從掌中滑下，等待對方成功潛入後，巴納吉才拔出光劍，讓機體轉向背後。預料敵機早已採取下一個動作的想法失了準，「報喪女妖」在這段時間內並未行動。受到火箭彈直擊的臉朝下，黑色機體半跪在地，受風吹襲的那團黑暗靜靜地蜷縮不起。

『……「鋼彈」，是敵人。』

機體的裝甲挪移擴張，蜷縮的黑影陣陣膨脹放大。「瑪莉妲小姐……!?」對巴納吉的呼喚不予回應，「報喪女妖」垂下的臉緩緩抬起，外露的精神感應框體亦開始綻放金色光芒。

『你是殺了「我們」的敵人。你是從我體內奪走「光」的敵人。就是你，你就是「鋼彈」……!』

額上獨角裂作V字，破損的面罩被收納至上方。徐徐起身的「報喪女妖」從全身迸發出精神感應框體的光芒，宛如駕駛者念力的黃金色光輝正在搖曳閃爍。無庸置疑，那副姿態正是「鋼彈」——在愕然地說不出話的巴納吉眼前，轉變為毀滅模式的「報喪女妖」舉起光劍。交雜在金色光芒中的殺氣射向四面八方，貫穿了重新握起操縱桿的巴納吉全身。

※

讓人以為天花板就要坍塌的轟然巨響竄過，「迦樓羅」的龐大身軀隨之上下搖盪。蜂鳴不止的警報有短瞬間無法聽見，辛尼曼手邊的引爆裝置因為照明閃爍而顯得不易辨別。

既然戰鬥是在機翼上進行，或多或少的震動當然不足為奇，然而這次的搖盪卻不同以往。難道有其中一架「獨角獸」被擊墜了?抬頭仰望塵埃飛舞的天花板，辛尼曼感到有些窒息，而數道跑在通路上的腳步聲讓他把身子貼到了牆際。從背包中取出衝鋒槍，辛尼曼透過微微打開的門板窺伺通路的狀況。殺氣騰騰的腳步聲逼近，某人怒喊「你確定沒看錯!?」的聲音在耳邊響起。

「十七號砲台的葛拉莫說他確實有看見，有人從德戴改上頭跳到了機翼上。」

「單槍匹馬嗎?早就被甩下去了吧?」

「別講這些了，就不能把上面的ＭＳ趕走嗎!?再讓他們胡搞下去，就算是『迦樓羅』也撐不住啦!」

隆。某種敲打聲在機內響起，動搖的低吟聲隨著腳步聲遠去。全是外行。內心嘀咕著，辛尼曼在門邊貼壁的管線上裝設引爆裝置，接著在確認通路沒人後把門完全打開。雖說他穿著聯邦軍的駕駛裝，一身重裝備也實在無法混入乘員之中。等待裝備氧氣罩（OBA）的一群人經過之後，重新背穩沉重背包的辛尼曼拔腿衝出。

無關於毫不間斷的震動，辛尼曼覺得自己的腳步正在搖晃。側腹之所以感到疼痛非常，大概是他重重摔在機翼時留下的後遺症。儘管肋骨可能已經有了裂痕，狀況並不容許他磨菇。讓兩架「獨角獸」折磨著翅膀的同時，「迦樓羅」仍確實在提升高度。從螢幕板確認過機內構造圖，在厚實機翼內四處奔走的辛尼曼大約花了三分鐘，便抵達輪機室之前的通路。

輪機室是由兩具主引擎構成一處區塊，沿著機翼邊緣，這種機房共有十間。成功自動化的「迦樓羅」裡頭沒有太多乘員，要讓不滿一百名的人員警戒所有區塊並不可能。正如辛尼曼所料，輪機室前方的通路一名警衛也沒有，他接近位於左翼內側的第五輪機室門口。辛尼曼吸進一口氣，吐出之後，將連鎖都沒鎖的門板推開。「喂，你沒聽到命令嗎!?」辛尼曼扯開嗓門如此喝道，裡頭一名貌似整備兵的男人便嚇得轉過了視線。

「這個區塊已經被發下退避命令，趕快通知其他輪機員離開。」

有種語氣只有歷經實戰的人才發得出。「是……是！」反射性領命之後，瘦弱的年輕整備兵全身僵硬，而辛尼曼身體前後都背著降落傘的模樣更讓他看得猛眨眼。

「可是，輪機室完全是自動操控的，輪機員全部都在中央控制室啊……」

「那很好。」

咦？整備兵的嘴巴張開一半，但來者並沒有看他的臉。辛尼曼的拳頭狠狠揍在對方腹部，為保險起見他還賞了一記手刀在脖子上；無視於昏倒的整備兵，辛尼曼環顧輪機室。為巨大的艙蓋所覆，核融合噴射引擎的本體露出在機翼表面，相當於引擎正下方的此處，設置有無數與中央控制室相通的配電盤。單調的景象與辦公大樓的空調室幾無二致。

「接下來……」

辛尼曼從整備兵腰間取下鑰匙串，打開了一具配電盤。用衝鋒槍全部破壞掉是很輕鬆，但那樣反而會讓另一套輔助系統開始運作。首先得癱瘓輪機的動力系統，降低「迦樓羅」的高度。在這之後若有餘裕，還要將ＭＥＧＡ粒子砲的控制系統一同摧毀，製造破綻讓「葛蘭雪」接近。考慮到救出米妮瓦所需的工夫，辛尼曼不能在這裡花下太多時間。拔出熱媒循環控制閥的配線後，他將五條線路當中的三條一口氣切斷。

確認到警告燈示亮起，辛尼曼又關掉控制閥的開關。運作於頭頂的大型引擎迴轉速劇減，相對響起的警報聲震動了辛尼曼的鼓膜。

※

化為持續低音(thorough bass)震盪著ＭＳ甲板空氣的輪機運轉聲當中，忽然闖入一陣不協和音。感覺到身體彷彿輕輕地浮了起來，米妮瓦回望開放中的後部艙口。

隔著米迪亞運輸機的機體，微微能瞧見擴展於眼底的雲海。機外的景象方才還被艙口死角而無法窺見。是高度下降了嗎？米妮瓦疑惑的瞬間，乘員叫道「是五號主機。兩具都停止了！」的聲音響起，殺氣騰騰的腳步聲接連從頭頂傳出。

「聽說沒外部損傷哪。出問題的不是動力系統吧!?」

「四號也有狀況了。叫手邊有空的應急人員去輪機室！」

成群乘員一面慌張地交談，一面跑過沿壁面設置的窄道。短暫時間前，機內廣播曾因為可能有入侵者潛入而產生騷動。該不會……這麼想著，米妮瓦仰望距離ＭＳ甲板甚遠的天花板，而開口道「巴納吉與『獨角獸』我可以交給你們」的堅毅聲音，又讓她訝異地將目光轉回正面。

「但只有她，我必須向你們要回來。如果你拒絕，那我只有盡全力強搶。」

用兩手瞄準的自動手槍指著亞伯特，利迪向前一步繼續說道。氣勢上輸人的亞伯特開始後退，周圍黑衣部下伸到懷裡的手明顯在發抖。事態緊繃且陷入膠著的當下，唯有瑪莎一個人還能保持泰然自若的表情而不變臉。「你明白自己的立場嗎，利迪少尉？」面對在黑衣築成的牆包圍下不進不退，甚至還露出淺淺笑容發言的她，利迪戴著頭盔的腦袋微微搖了頭。

「現在可是戰鬥中喔。哪怕是馬瑟納斯家的公子，一樣逃不過意外死亡的命運。除了喪命的本人以外，誰會知道人是怎麼死的呢？」

噠，黑衣部下們發出聲音，縮小了包圍網。不受不禁要發出聲音的米妮瓦影響，利迪依舊冷靜，將與槍口同步的視線望向了瑪莎，說道：「軍隊這地方啊，對人怎麼死的可比什麼都囉嗦。」他的嘴邊露出僵硬笑容。

「透過無線電，我說的話全記錄在『德爾塔普拉斯』的黑盒子裡頭。先告訴妳，想把我連機體一起收拾也沒用。機體快損毀的時候，資訊就會自動傳給距離最近的友軍機。整個機制就是這樣設計的。」

身邊的黑衣部下朝瑪莎耳語，不知道說了什麼，笑意立刻從她臉上褪去。米妮瓦推測，他應該是告訴瑪莎，利迪並非虛張聲勢才對。要是在這裡射殺利迪，不只是「迦樓羅」，周圍所有的ＭＳ都會自動變成證人。米妮瓦到現在才總算理解利迪隻身闖進來的意圖，她重新望向他表情緊繃的臉龐。「你們有兩條路可選。」如此放話施壓的利迪背後，ＭＥＧＡ粒子彈的閃光與巨響正搖撼大氣。

「看是要乖乖把她交過來，或者是殺了我，與移民問題評議會為敵。要怎麼選，我都無所謂。」

果決伸出的槍口，現在只瞄準著瑪莎。面對利迪那甚至蘊含瘋狂的目光，瑪莎露出動搖的時間不到一秒。白皙的瘦臉上浮現苦澀之後，立刻擺回撲克臉的瑪莎舉起手，制止了隨時會拔槍射擊的部下們。直到她的眼色遊走於所有人臉上，讓黑衣部下的手全部伸出懷裡，微微後退的利迪才把視線轉向米妮瓦。

「快點。坐上『德爾塔普拉斯』。」

利迪低聲怒喝，毫不挪動指著瑪莎的槍口地後退了一步。回望他的臉，米妮瓦止住差點反射性照辦的雙腿，緊握拳頭的她依舊留在當場。她打算說一句傻話——不，一句狠話。在充分理解下，米妮瓦吸進一口氣，然後重新把責問的目光轉向利迪。

「把我帶走以後，你有什麼打算?還要將我關進屋子裡嗎?」

不問清這一點，米妮瓦不會移動。轟，一邊聽著行經頭頂的爆炸聲，她直直望向利迪。像是聽不懂剛才的質問，利迪轉過臉，僅僅露出了一瞬央求的目光，罵道「那些事情，等離開這裡再思考就夠了!」的他又把視線轉回瑪莎身上。

「快點坐上『德爾塔普拉斯』。這些傢伙是想把妳當人質利用。」

「待在馬瑟納斯家也是一樣。」

「奧黛莉……!」

「你想保護什麼?是我這個人?或者『拉普拉斯之盒』的祕密?還是藉由守護祕密而維

持至今的家族名譽？」

「我不在乎家族！」

從肚子裡擠出的聲音傳進眾人耳裡，讓身體打從深處出現動搖。利迪沒多看講不出話的米妮瓦，指向瑪莎的槍口發抖著。「我在乎的不是那些。『盒子』的祕密，並不是妳想的那樣……」如此低喃出口，利迪的臉痛苦地扭曲。

「一百年前……從首相官邸『拉普拉斯』被炸毀的時候起，一切都開始失控了。不管是我、我老爸，還是待在這裡的畢斯特財團的人，所有人都隨著失控的結果在起舞。可是，不管這世界多麼地瘋狂，依然有一百億的人類住在裡面，各自有自己的生活……我能有什麼辦法呢？我只能繼續守護這樣的世界而已吧？又不能夠像吉翁那群人一樣，把所有一切都推翻顛覆……！」

利迪的目光再度投注到米妮瓦身上，拜託妳了解，這麼訴說的眼光在眼前閃爍著。無法立刻找到回覆的話語，首相官邸、炸毀……米妮瓦在心理反芻帶來不安的詞彙，她看見附和「沒……沒有錯」的亞伯特向前走出一步。

「所以我們才得保護『盒子』的祕密。這一點米妮瓦殿下也很清楚。既然如此，你也應該協助我們，將『盒子』的情報從『獨角獸』之中取出——」

「閉嘴！」

利迪大喝，目光則與槍口一起指向了亞伯特。亞伯特繃緊臉孔，腿軟地後退。

「你這個什麼都不了解、只懂得依附特權的傢伙，別用自以為了解的口氣跟我說話。你們的宗主就是一切的元兇。賽亞姆．畢斯特參與『拉普拉斯』的恐怖攻擊，帶走了盒子。那就是所有事情的起點……！」

與嗖地眯起眼的瑪莎互為對比，亞伯特睜大了眼睛。米妮瓦也壓抑住猛跳的心臟，注視著利迪的臉。「從表情來看，你姑姑多少知道點內幕哪。」將視線瞥向瑪莎，繼續說道的利迪刻意將指向亞伯特的槍口垂下。

「當時的賽亞姆還是個一無所有的毛頭小子。爆破攻擊既不是由他企劃，會將『盒子』拿到手也只是出於偶然。但之後發生的事件，就完全是賽亞姆鋪的軌。第一任首相里卡德．馬瑟納斯遭到暗殺後，以此為契機，聯邦的政策開始轉為強硬。這部某人寫下的劇本反而弄巧成拙，讓賽亞姆得以挾『盒子』為武器往上爬，這些倒還無所謂。但經過半世紀，當吉翁開始鼓吹宇宙居民獨立之後，『盒子』本身就變得具有其他意義了。直到一年戰爭發生……一切的一切也隨之改變。包括賽亞姆，還有沿著他鋪的軌在走的聯邦政府，才在那個時後恍然大悟過來。他們總算明白自己一直以來做的事的意義是什麼，也發現了『拉普拉斯之盒』

具有的真正『力量』。

背負著這種祕密，根本沒幾個人能保持正常。知道『盒子』內容的，只有畢斯特財團的頭頭，還有以馬瑟納斯家為首的部分政府關係者而已。剩下的傢伙，全是在不知道內容的情況下對『盒子』感到畏懼。為了自保，他們乖乖地守護著從以前定好的規矩……和訓練好的狗簡直沒兩樣。」

「而你也知道『盒子』的內容。」

米妮瓦在思考前先開了口，身體也向前站出一步。在所有人的注視下，只注視著利迪的她單刀直入地問：「請告訴我，所謂的『拉普拉斯之盒』是什麼？」短暫相對的臉背向了米妮瓦，利迪讓視線逃避至無關的方向。

「在場的所有人都有權利知道。使你痛苦到這種程度的『盒子』究竟藏了什麼祕密？」

「……知道了又能如何？明白那真的具有打倒聯邦的力量之後，妳打算指使新吉翁過來搶嗎？」

「利迪少尉……！你就是知道我沒有那種打算，才會把我帶走，來到地球吧？」

米妮瓦加強的語氣，使得不肯看她的利迪微微抽動起眉心。百年以前，據說和宇宙世紀建元同時誕生的「拉普拉斯之盒」——事已至此，無論藏在其中的是什麼，米妮瓦都不能逃避。為了解決眼前的事態，不管是什麼樣的真實她都得設法面對、思考，並且承受。背對著於此瞬間仍在持續的戰火喧囂，米妮瓦等待對方張開真實之口。利迪微微撇過臉，在視線與米妮瓦的纏上之前他又轉了頭，以近乎於無的音量咕噥道：「……能講出來的話，我是很想講。」

「我也希望至少能夠告訴妳一個人，讓自己輕鬆下來。但是不行。只要妳還是新吉翁的人……只要妳還站在能夠顛覆現有秩序的立場……」

如此說道，利迪重新面對米妮瓦的眼神中，依然帶著他問道「妳可以成為我們家族的一分子嗎？」那時的陰沉。提問一方與答話一方的立場隨之逆轉，米妮瓦想都不想地垂下臉。

米妮瓦認為現在不是談論那種問題的時候，但同時她也能理解，對利迪來說，所有顧忌最後都會歸結於該處，她靜靜地握緊拳頭在心中反駁：可是，你並沒有試著把我帶出那間屋子。你一個人懷抱著全部的問題，只把結果推到了我面前。那天晚上，如果你沒放開抱著我的手，而是要我和你一起逃跑的話——

隆，沉沉的爆炸聲在頭頂響起，吹散了米妮瓦自顧自的煩惱。「迦樓羅」的機體大幅傾斜，失去平衡的米妮瓦，落得一頭撞在利迪駕駛裝上的下場。

聳立在旁的懸架咯嘰作響，由天花板垂下的起重臂如同鐘擺般地搖擺著。拴住米迪亞運輪機的鋼索被扯斷一條，可怕的風聲在甲板上呼嘯迴盪。「是直擊嗎!?」「不是入侵機內的敵人搞的鬼嗎!?」黑衣部下們隨即各自叫道。米妮瓦被垂下槍口、在地面震盪間牢牢站穩的利迪扶著，從他臉上看到一陣奇妙的反射光正在搖曳，米妮瓦倒抽一口氣。紅色與金色交互閃爍的同時，兩種顏色正逐漸融合在那道不可思議的光芒之中——從後部艙口照進的光源，使得米迪亞拴住的機影浮現於當場，空曠的MS甲板整體正忽明忽暗。

米妮瓦的胸口開始鼓譟，心跳也隨光波脈動而加速。望向艙口之外，她看見有道薄紗般的光華遮蔽了藍天，宛如極光似地在天空蕩漾。每次脈動，狀似毛細血管的光紋便閃過極光構成的被膜，灑下了亮澄澄地擴散開來的細微光粒。雖然那與MEGA粒子彈的飛散粒子類似，卻並非光束的光芒。紅與金的光波煌煌散射、衝突，使得包裹「迦樓羅」的光膜產生脈動。那樣的光芒讓全體空間產生共鳴，逐漸製造出足以扭曲巨大機體的力量。

簡直像是惡夢中的光景。米妮瓦等人忘卻前後的狀況，一聲不吭地看得出神，惟獨在一旁低喃「這陣光芒……不會吧！」的亞伯特腿軟似地後退數步。他拉起愕然地呆坐在地的白衣老人，放聲吼道「檢體的腦波狀況怎樣!?」的焦慮形相絕非尋常，瑪莎瞪著他的背影皺眉質問：「這是怎麼回事？」等不及白衣老人進行操作，亞伯特親自湊向觀測裝置。「現在還不清楚……不，應該說還沒有確切的證據。」回答瑪莎疑問時，他仍敲打著鍵盤，在螢幕上叫出了幾個記載觀測數值的畫面。一一迅速確認後，亞伯特又叫出其他畫面，然後彷彿光靠如此還是搞不清事態地猛捶裝置的筐體。

「不過，是有那樣的可能。為什麼我會沒發現……!?」

對於驚惶失措的白衣老人不屑一顧，亞伯特搔著頭嘀咕。瑪莎似乎也感到一股寒氣，再度質問「到底怎麼了?」的聲音中透露出焦躁。亞伯特轉過發青的臉孔開口：

「是精神感應框體在共鳴。可能是『獨角獸』與『報喪女妖』彼此共鳴……造成了感應力場。」

即使反射光仍在搖盪，米妮瓦還是能確定瑪莎的臉色已經改變。她肯定是第一次這樣明顯地表現出表情。一面在心裡重複「感應力場」這個不熟悉的字眼，米妮瓦望向氣氛不平靜地閃爍著的天空。「那是『獨角獸』……是巴納吉發出的光芒嗎?」如此自言自語，利迪的也將視線投注到艙口之外。與氣流的影響無緣，滯留的光芒波動相互較勁，並且閃爍著——那是正在「迦樓羅」機上交鋒，一進一退地展開攻防的「獨角獸」與「報喪女妖」所孕育出的光波。理解狀況的米妮瓦汗毛直豎，同時也繼續凝望那道讓世界本身隨之震動的光芒。以「迦樓羅」為中心，酷似極光的光芒逐漸膨發壯大，彷彿要把翼長五百公尺的怪鳥給牢牢裹住。

※

彈開的機體受氣流壓迫，機翼邊緣逼近到背後。腳跟底的倒鉤已無法抓穩機體，當「獨角獸」就要被「迦樓羅」甩出機外的關頭，巴納吉立刻將光劍插入翼面。

高熱的劍刃將裝甲掀起，「獨角獸」劃開長達數十公尺的翼面，才勉強在機翼邊緣止住。外翻的機翼湧上白煙，舉起光劍的「報喪女妖」破煙衝出，直取「獨角獸」而來。V字雙角底下的兩眼發亮，那張臉孔呈現的異常樣相，讓人一與其照面，身心都因畏懼而僵在當場。兩把光劍在機翼前端接連互劈，見隙繞到內側的巴納吉，卻突然察覺到一陣好似要撕起頭皮的感觸，雞皮疙瘩頓時從全身竄起。

之前他與「剎帝利」交戰時也有過這種感覺，彷彿有隻看不見的手正朝腦袋裡摸來——不過，這次不同。那感覺要更加單方面、更加異質。儘管不具實體，卻充滿威嚇性，巴納吉體會到某種要將本身存在一手掐住的壓迫感。每當機體與「報喪女妖」接觸，那種壓迫就會闖進身體。

「報喪女妖」將護盾背到背後，運用從兩臂光劍架直接放射的粒子束交互猛刺。令「獨角獸」亦手持雙劍抵擋，利用氣流衝到敵機身後的巴納吉，在剎那間看見「報喪女妖」湧出了金色光芒。光芒以機體為中心膨脹開來，變成一顆包裹住「報喪女妖」的半透明球體，更使得機體腳邊的翼面凹陷變形。

「什麼……!?」

那並非單純的發光現象。「報喪女妖」的精神感應框體發出燦爛光輝，將一股未知的「力量」向周圍擴展。雷霆般的電光纏住「獨角獸」，巴納吉陷入被巨大手掌緊掐的錯覺，讓機體後退的他把目光掃向四周。明明還不到日落時分，天空卻已轉暗。險惡地閃爍的光霧包覆「迦樓羅」，腳邊的雲海正隨之翻攪生波。眼前的光景猶如身處暴風之中，然而事實並不可能。即使似乎由於辛尼曼的破壞工作，「迦樓羅」的機腹已經貼向雲海，但高度並沒有下降得那麼多。暴風只會在更低的空域中產生。

讓人覺得脈動的就是光芒本身，沒有熱度卻能感受到力量的光——而在光渦的中心，則站著散發金色光輝的「報喪女妖」。閃躲著其腳底的機槍座因光波壓力而扭曲，再度揮劍相逼的黑色機體，巴納吉叫道：「瑪莉妲小姐，快住手！」但是，「報喪女妖」的光球再度擴大，將「獨角獸」一起包裹進去。白色裝甲的縫隙亦冒出精神感應框體的紅光，紅與金的光芒相互衝突，現場接連傳出爆裂聲響。

「這種光不尋常！拜託妳冷靜……！」

——光。

巴納吉聽見並非聲音的「聲音」。那陣音波化成風壓穿過腦髓，讓他睜大了眼。

——我體內的光。由我體內誕生的光芒……！

從黑色鋼彈綻放出的光芒幻化為瑪莉妲的形體，衝向了「獨角獸」。那副形相猶如東洋的鬼女面具，目睹其容貌的巴納吉差點發出慘叫。

——這陣光芒可以拯救我。我不會讓任何人奪走。

「不對！妳的想法錯了，瑪莉妲小姐！這種光很危險，它會把人命吸走！」

聽到心裡不存在的詞彙脫口而出，巴納吉不禁收口。黑色機體反覆揮舞噴湧成勾棍形狀的光劍，充耳不聞地繼續進逼。一再承受斬擊的殘敗護盾終於破碎，被光束砲台絆住的「獨角獸」跌坐於翼面，一陣尖銳金屬聲隨即刺激了巴納吉的聽覺。

全景式螢幕滲出紅色燐光，NT-D的標誌在儀表板上點亮。頭枕的拘束器跟著抬起，固定頭盔的輔助臂也從左右逼近。被銬住的前一刻，巴納吉蹲下身子躲開束縛。「不行！別讓對方牽著鼻子走！」他一邊大叫，揮拳捶打操縱桿。他的指頭遊走於儀表板的觸控式面板之上，輸入了解除模式的指令。但螢幕並未顯示任何反應，NT-D的標誌持續閃爍出血色的光芒。

「冷靜下來，『獨角獸』。這種情況下，要是連你都變成『鋼彈』……！」

事情會一發不可收拾。受到肚子裡湧上的不安驅使，巴納吉用兩手壓住閃爍的紅色儀表板。隆……「獨角獸」發出野獸般的機械摩擦聲，機體也性急地振動。壓抑不住的光芒在裝甲底下搏動，更與「報喪女妖」的框體光芒相互干涉，讓光波力場爆發性地向外擴大。光芒波紋從兩架「獨角獸」擴散而開，與擠壓變形的鋼鐵哀號一起包裹了「迦樓羅」，也將飛行於四周的「安克夏」紙片般地吹散。

※

分辨不出是人類哀號或者野獸咆哮的聲音，正使MS甲板產生震動，也衝擊著鼓膜。瘋狂的光影饗宴依舊沒有停歇的跡象，反而狀似更加兇暴。對於或多或少的震動已經不以為意，米妮瓦持續凝望隔著後部艙口閃爍的天空。就在所有人都保持沉默呆站的當下，亞伯特語氣僵硬地開口：「這有可能發生。」

「精神感應框體原本就有很多未知的部分。例如為什麼會發光；還有感應波的收信範圍明明有限，為什麼不同的兩架機體能夠產生共鳴……不對，感應波這個字眼，稱呼的只是就電學性質而言能觀察到的波動，對於它真正的特性，我們根本不了解。雖然也有人將精神感應框體解釋成可以增幅人類意識的金屬，但從來沒有一項實例，是已經將人類思念數理性解析出的。

更何況『獨角獸』與『報喪女妖』，它們都是史上第一次採用全副精神感應框體的機體。兩者進行交戰的情況完全在製造者的預料之外，就連模擬也沒嘗試過。質量如此可觀的精神感應框體，在戰場互相衝突會造成什麼結果呢……產生出感應力場的可能性已經夠充分了。」

「精神感應框體的共鳴，以及感應波超載導致物理性能源產生……意思是說，眼前就是『阿克西斯衝擊』的再現嗎？」

瑪莎開口。只要看見她發青的臉色，就沒必要去深究話中的意義了。「如果真是如此，面對這種現象，『迦樓羅』根本和紙飛機一樣嘛。馬上叫『報喪女妖』退下。」瑪莎接著吩咐下來後，米妮瓦一邊聽著亞伯特回覆「是，是！」，一邊仍望向狂亂舞動而不知厭倦的光芒。閃爍的光膜本身鼓動著，同時也在「迦樓羅」內外造成壓力，若稱之為「力場」的確相當匹配。可以讓肌膚猛起雞皮疙瘩，並且激昂精神的光。而那也是以瑪莉妲的憤怒與悲傷作為基底加以擴張後，變得能吸收人命的魔魅光芒——

「走吧。」

米妮瓦的肩膀被出其不意地抓住，將她拉去的那一端有著利迪的臉。即使是緊張所致，他那忘記控制力道的出手方式，讓米妮瓦微微產生了反感。

「妳根本沒有理由待在這裡。和我一起走。」

「可是巴納吉和瑪莉妲還……」

「瑪莉妲？妳說的是那個人偶嗎？」

利迪極其簡單地問出口。當米妮瓦不自覺地繃緊身體的瞬間，某種物體斷裂的聲響連續傳來，拴在後部艙口的米迪亞運輸機出現劇幅傾斜。

拴索陸續斷裂，理應由拘束具固定住的機體倒向後方。翼長七十公尺的巨體由艙口掉落，僅在風中滑翔一瞬，受亂流擺弄的米迪亞轉眼間就翻了身，忽然消失於眾人的眼界。經過一拍的寂靜，亮度足以壓倒感應力場的閃光佔滿艙口，晚些傳出的轟然巨響隨即湧入MS甲板。火焰與米迪亞被扯斷的機翼一同從艙口外飛過，四散的碎片與爆壓才衝擊「迦樓羅」機腹，令人腿麻的震動便竄上米妮瓦腳邊。

「我們換搭太空梭。叫機長趕快提升高度！」

壓著在強風下不安分的金髮，瑪莎喊道。「這裡很危險，快走！」米妮瓦看見怒斥著抓住自己手腕的利迪臉孔，她反射性地甩開了對方的手。

「奧黛莉……!?」

「利迪少尉，你的好意我心領了。不過，我不能跟著現在的你離開。」

利迪沒有惡意，這點米妮瓦是明白的。然而不屑一顧地將瑪莉姐當成人偶拋下，並不是以前的他會有的行為。哪怕這名曾經體貼得令人心煩的男子，是因為抹煞了自我才會忽略原本能看見的事物，但即使將此斟酌進去，利迪發出的引力依舊無法讓米妮瓦託付性命。對幾乎軟了下來的膝蓋使力，緊握著發抖的拳頭，張開拒絕薄膜的米妮瓦回望利迪。

「奧黛莉……米妮瓦……」嘴裡只咕噥出兩個名字，利迪失去聲音的臉凝視著米妮瓦。如果現在和他走，只會一起掉進深穴之中——不，米妮瓦拒絕的原因並非如此，或許單純只是女性的那一部分此時作出結論：這男人不是她願意一同沉淪的對象吧。利迪央求的目光，還有他眼中所映照出的東西，都讓米妮瓦打從生理排斥；而連這樣的生理反應都無法接受，自己的臉肯定已經變得醜陋。「真是位傷腦筋的騎士呢！」垂下臉的米妮瓦聽見有人從旁挖苦的聲音，她握緊的拳頭開始發抖。在握有手槍的黑衣部下包圍之下，瑪莎對米妮瓦投以嘲弄的目光。

「不過，我欣賞你的骨氣，利迪少尉。就是因為有你這種人，世界轉動時才不會出現破綻。我想你一定會成為和令尊一樣長命的政治家。」

不知道瑪莎開口時，是否知道這對利迪正是最大的侮辱，使喚部下的她睥睨著利迪。

「來吧，米妮瓦殿下，我們這邊走。別讓少尉繼續丟臉下去。」無視於開口的瑪莎，米妮瓦吸了一口氣，再次仰望利迪。止住瞪向瑪莎的目光，利迪也把軟化的視線重新轉向米妮瓦。

「這就是你想守護的秩序嗎？」

朝利迪呆站的身體走近一步，米妮瓦望著他的眼睛深處發問。利迪的肩膀一陣顫抖。

「要是『拉普拉斯之盒』被開啟，又有大規模的戰爭會發生。我也願意相信，即使是扭曲的秩序，總還比戰爭像樣點。不過，如果那樣的秩序足以讓人窒息……」

背對瑪莎與黑衣部下，米妮瓦將利迪的手連同手槍一起握住。仰望著沒甩開手並且低語道「米妮瓦……！」的利迪，米妮瓦繼續開口：「我是薩比家的女兒。」

「我不能捨棄名字。身為在過去犯下重罪的一族末裔，我有必須履行的義務。」

「別這樣，妳會被殺。」

似乎是察覺了現場的動靜，黑衣部下們的視線扎在米妮瓦背上。她明白自己接下來要做的事很傻。但是，已經有太多的人死去了。只要自己仍然被當作人質，往後犧牲還是會增加。如果能用自己作交換，盡可能排除掉一個讓事態繼續錯下去的根源也好——米妮瓦背後也承受著瑪莎的視線，深深吸入一口氣後，她使出渾身力氣在利迪腹部賞了一記肘子。「米妮瓦……！」就在她從低吟的利迪手中搶過手槍，轉身瞄準瑪莎的剎那，掩蓋五感的槍聲連續響起。

被射中了，米妮瓦這樣認為。在那個瞬間她連自己是否站著也分不清，只是緊緊地閉著眼，但有人從背後挺身撞倒了她。刺耳的爆炸聲隨後響起，某人喊道「有入侵者！」的聲音掠過米妮瓦頭頂。槍聲零星響起，接著又有鳴鼓般的機槍連射聲緊跟在後，米妮瓦勉強睜開的眼中映出略帶黃色的爆煙。

被風捲去的煙霧另一端，可以瞧見被部下包圍的瑪莎跑離，還有某人開火的閃光照亮現場，不知是誰喊道「公主！」的聲音也混進槍響之中。聽見耳熟的嗓音穿過鼓膜，不自覺地叫出「辛尼曼……!?」的米妮瓦持槍起身。從趴在自己背上的利迪底下鑽出後，米妮瓦在急速變薄的煙霧中尋找聲音之主。米妮瓦立刻發現有道魁梧的駕駛裝身影正拿著機槍掃射，並且朝自己拔腿跑來，而她也前傾身子朝對方衝了過去。

「米妮瓦，等等！」利迪大叫的聲音被槍聲掩蓋，劃過空中的子彈從米妮瓦的腦袋旁邊擦過。由於風仍不停從艙口吹進來，煙幕能支持的時間不會太長。就在煙霧縫隙間，米妮瓦看見臉色蒼白地躲在觀測裝置後面的白衣老人，也看見亞伯特在旁咳嗽的背影。她扣下用兩手扶穩的手槍扳機，牽制住想朝自己靠近的黑衣部下，然後在再度衝出前瞥了後頭一眼。當她與被子彈掃過甲板的火花擋住去路，動彈不得的利迪對上眼的瞬間，叫著「失禮了！」的一道聲音從她背後吼來。

「往後部艙門跑，請您快點！」

喊出渾厚聲音的同時，辛尼曼又丟出新的煙霧彈。爆炸聲搖撼MS甲板，比冒出的煙霧掩蓋住黑衣身影更早一步，粗壯手臂死命地揪著米妮瓦的領口逃跑。米妮瓦連忙動起雙腿，仰望戴著聯邦軍頭盔的那張臉。從面罩底下看見的那張蓄鬍臉孔，肯定就是稱之養父也不為過的忠臣——他們到底有多少人潛入了這裡？

「你有什麼打算!?」

「『葛蘭雪』已經過來了。請您用降落傘下去。」

「你要怎麼辦!?」

「我還有該做的事。」

話一說完，辛尼曼立刻躲進吊艙升降軸的死角，朝背後的追兵張開了機槍的火網。辛尼曼打算卸下胸前的預備降落傘卻沒能如願，喊道：「您先走！我會趕上！」被他從背後推了一把，米妮瓦朝後部艙口跑去。越過遭扯斷的纜線，拔腿猛衝的她只注視著艙口的四方形孔穴。堵住出口的米迪亞運輸機已經消失，通往天空的後部艙口現在顯得格外寬闊。

只剩五十公尺，再不趕快，乘員或許就會將艙口關閉。米妮瓦無暇回望後頭的辛尼曼，一心只顧著在寬廣的甲板上奔跑，然而忽然冒出的炫目閃光卻遮蔽住她的視野。彷彿被光芒硬推回去的她，用兩手掩住了眼睛，而同一瞬間由艙口湧進的巨響與衝擊波，亦隨即籠罩住她的全身。

被衝擊捲走的前一刻，米妮瓦以為眼前的艙口已經紙片般地扭曲變形，但那只是剎那間閃過她心裡的印象。肆虐的熱流烤熱耳垂，頭髮燒焦的氣味也闖進鼻腔。經過了異樣漫長的兩三秒，痛覺湧上米妮瓦重重撞在某處的背部，她一股勁地挪動雙手。緊抓住疑似鋼筋邊緣的堅硬物體後，米妮瓦拚命縮起隨時會被捲走的身體。就連自己是倒地或者直立都分辨不清，當米妮瓦屏息等待熱流掃過時，她的全身開始被冷風包裹。

聽覺逐漸恢復，颯然的風聲在耳邊慢慢變強。撐開眼皮後，米妮瓦首先看到的，就是自己的手正抓在橫向突出的鋼筋上。跟著她抬起頭，把變得比眼睛的位置還高的MS甲板納入了視野。冒出的噴煙急速散去，等瞧見燒焦的牆壁與天花板時，一股令人難受的臭氧氣味也縈繞鼻腔。是MEGA粒子彈燒灼空氣的臭味。原來是有道光束直擊甲板艙口，將門邊的地板挖去了一整塊。

截斷面目前仍然又紅又燙，可以看見白色噴煙正順著強風猛然流逝。辛尼曼還有利迪的狀況如何？一邊擔心，米妮瓦重新抓穩扭曲的鋼筋，但是就在準備站起時，立足點坍塌的感覺讓她心頭一涼。米妮瓦馬上抓緊鋼筋，觀察起腳邊。她腳下並沒有地板，只見一層層被掀起的地板雜亂交疊，構成了一道斷崖絕壁，而地面中斷的底下就是天空。逆向流過的雲海捲起浩大漩渦，宛若激流似地流經米妮瓦腳底。

把免於坍塌的地板當成立足點，米妮瓦設法起身。由正上方直擊的光束轟開了艙口，一路貫穿至底部。理解到自己似乎就搆在貫通點的邊緣上，米妮瓦將身體貼緊唯一能依賴的鋼筋。只要前進短短的兩公尺，她就能站回甲板上，然而少數殘存的立足點太過脆弱，受強風吹襲下還不停地剝落。米妮瓦認為那終究支撐不了自己的體重，更不覺得自己能辦到沿鋼筋漫步的特技。畢竟銜接甲板的鋼筋在中途就向上扭曲，勾勒出一道甚險的弧度。

米妮瓦很希望自己剛才有從辛尼曼手中接過降落傘。靠著麻痺的手重新抱緊鋼筋，伸頭觀察甲板狀況的她，差點因為辛尼曼吼道「公主！」的聲音而放鬆手臂。從甲板上探出臉，看到身處困境的米妮瓦，辛尼曼曾經噤氣短短一瞬，但他馬上用整張臉向米妮瓦大喊：「您待在那裡，我現在就過去！」話才出口，槍彈的火花隨即掃過辛尼曼腳邊，不等米妮瓦回話，他的蹤影已經消失。機槍的槍響夾雜在風聲中，逐漸遠去。「辛尼曼……！」突如其來的熱風與轟鳴聲，讓喊叫的米妮瓦從背後感受到衝擊，她繃緊攀附在鋼筋上的身體。勉強轉向身後的米妮瓦眼裡，映出了黑色巨人從翼面下降的身影，湧現於全身的推進器火光亦燒烙進瞳孔之中。

變成「鋼彈」型態的「報喪女妖」調整態勢，背部與腿部的推進器一發出閃光，機體便再度飛回「迦樓羅」上頭。即使因為巨人散發的熱流而把臉別了開來，但米妮瓦仍目擊到漆黑機體綻放金色燐光，並將其灑落四面八方的光景。精神感應框體放射的光——「獨角獸」與「報喪女妖」構成的感應力場正發出光輝。變幻的光膜覆蓋住周遭；另一方面，由肌膚感受到兩機在「迦樓羅」機翼上針鋒相對的氣息，米妮瓦緊張地屏住呼吸，凝望著相互衝突的燐光。

巴納吉就在那道光裡頭。米妮瓦能夠感應他的鼓動，為了不被瑪莉妲散發的憎恨捲入，他正拚命在抵抗。產生共鳴的並非是機械，而是兩個人被精神感應框體增幅的意志。領會到這道光之力場是出自於兩人的意識，自己的意識同樣能被對方感應，米妮瓦本身也為閃過腦中的想法打了一陣冷顫。

米妮瓦深深吸入一口氣，吐出以後，她閉眼將思緒凝集在鼓譟的光芒之上。儘管這才真的是瘋了才會想這樣做，但成功的可能性是存在的。要是人的意識可以像這樣，在無形間相互呼喚、擴張。只要對方是在「工業七號」就曾經成功接住她，擁有著一雙溫熱手掌的那個人，一定可以——

「米妮瓦！」

近距離傳來的聲音，把米妮瓦的意識拉回了現實。她睜開眼，把站在甲板邊緣的利迪納入視野裡。「不要動，我馬上過去！」從焦黑的甲板上挺出身子，剛說完，白色的駕駛裝身影便毫不猶豫地從破洞的斜面滑下。沿著扭曲的鋼筋，把手伸來的利迪與米妮瓦視線交纏。猶疑著自己是否也該伸手，米妮瓦垂下頭。

她應該握的，並不是這隻手。想不出更適切的話，米妮瓦讓視線落在流動的雲海上。「米妮瓦……!?」如此低吟的利迪伸著手，就在他的指尖快碰到米妮瓦肩膀時，米妮瓦卻從面積狹小的立足點退後了一步。

「妳在做什麼?快把手給我！」

「利迪，我應該說過了。你要走的路和我不同。」

倒抽一口氣，微微收回手的利迪臉上擴散出絕望。「妳還講這種話……！」如此喊叫的他立刻又伸手。米妮瓦從正面注視對方，說出訣別的話語：

「我會用我的眼睛，看清楚『拉普拉斯之盒』的真面目。」

冰冷的強風吹過兩人之間，甲板碎片的一角隨之剝落。回望著米妮瓦，利迪緊抓鋼筋的身體失去了平衡。

「或許我會和父親或祖父一樣犯下重罪，即使如此，我還是——」

「還是打算獨自與世界對抗？」

被利迪強硬的聲音打斷，米妮瓦意外地回望向對方。

「不管是依附特權的傢伙，或者抱有不滿的人們，都不相信這個世界真的會改變。只要能守護住現在的生活，百年以後的世界對他們來說根本無所謂。與那些人為敵的妳，是想一個人戰鬥嗎？犧牲到這種程度，到底有什麼意——」

「並不是只有我一個人。」

一面以背後承受住熟悉的光芒，米妮瓦篤定地說道。她也明白，這樣的選擇並不合理。但自己想要的那隻手，就在這道光裡面。或許他們什麼也做不到。或許他們只會得到邊後悔邊死去的下場。對米妮瓦而言，這大概是一項試驗——試驗渺小的自己，究竟有無資格介入世界的命運。

利迪的臉扭曲得好似要流出眼淚，他盡全力伸出了手。「米妮瓦，拜託妳住手……！」

聽見對方如此擠出的聲音，米妮瓦心意已決地抬起臉。

「我和你保證，我會尋找最妥善的解決之道。再見了，利迪．馬瑟納斯。我不會忘記你！」

利用自己大喊的氣勢，米妮瓦閉上眼，從鋼筋上放開了手。才以為身體被飄浮感包裹住一瞬，利迪喊道「米妮瓦！」的聲音便在轉眼間遠去，由耳邊流逝的風聲變成米妮瓦耳邊唯一能聽進的聲響。穿過了甲板的破洞，由「迦樓羅」甩出的身體沒被任何力量留住，捲進亂流的人影朝雲海掉落而去。全身為冰點下的氣流所擺弄，當米妮瓦感到吞下覺悟的身心逐漸結凍時，她正隻身飛舞在高度五千公尺的天空。

米妮瓦沒有墜落的感覺，但她也沒有飄浮的感覺。如果硬要形容，她覺得自己正任憑身體隨波逐流，混進剝落碎片的身軀正在氣流肆虐間飛舞。現在她還不能死，還沒到死的時候。和我感應到的一樣，你應該也有感應到我才對。因為現在的你，是坐在能夠增幅人類意識的機械上——無心間默念的話語在體內深處聚集成形，米妮瓦從中察覺到一陣脈動。那陣脈動變成由額頭迸出的薄薄光芒，與籠罩周圍的光輝力場共鳴後，被氣流堵住的嘴巴實際發出了聲音。

「接住我，巴納吉！」

※

有陣聲音化作鮮明的光紋貫穿腦袋，使得巴納吉坐在駕駛艙的肉體一陣搖盪。彷彿被風從正下方掃過，他猛然回神地猛眨眼睛。

「奧黛莉——!?」

巴納吉轉頭，用光劍抵擋住「報喪女妖」的光束勾棍。順勢讓機體退到「迦樓羅」的機翼邊緣後，巴納吉望向從眼底稍縱即逝的雲脈。沒有錯，她在叫我。熟悉的某條生命，正在呼喚著巴納吉一個人。直率的思緒穿過厚密雲層，跑進了他的身體。

巴納吉沒有選擇的餘地。止住呼吸，他踩下腳踏板。從「迦樓羅」機翼邊緣蹬起的「獨角獸」飛向虛空，並且在撕開光之力場的瞬間隱沒於雲海。

『站住！』瑪莉妲的叫聲被掩蓋在雜訊中，儘管「迦樓羅」的龐大軀體已從巴納吉眼前遠離，光束麥格農發射的光軸仍尾隨趕上，掠過了「獨角獸」身邊。回轉的機體成功避開飛散粒子，而巴納吉則把思維凝聚到層層交疊的雲底。高度五千，四千八百，四千三百。高度計的數值在視野邊緣節節下降，奮力張開四肢的「獨角獸」如箭一般地迅速朝地面降落。雲層沒過多久已不復見，一望無際的海面剛在眼前開展，主攝影機就捕捉了某個豆粒般大的物體。身上的飛行夾克隨風嘩啦啦地鼓動，細細的手腳微微發著抖，那道人影正從隆隆嘶鳴的大氣中一直線墜落。

她在那裡。猛然睜大的眼睛只注視著奧黛莉，巴納吉握緊操縱桿。

「你辦得到吧？獨角獸！」

轟，很難說得上是不是咆哮的聲響從機體深處湧上，NT-D的記號也隨之發亮。受氣流摩擦的白色裝甲陸續挪移，急劇生成的低壓一讓大氣中的水分凝結，「獨角獸」立刻被爆發性產生的水蒸氣包裹。額上獨角開作V字，切開了周遭的白茫霧膜，外露的精神感應框體發出光輝的瞬間，獲得「鋼彈」外形的機體亦點燃全身噴嘴。伸展開四肢，「獨角獸鋼彈」擴大與空氣間的阻力，並且在墜落速度抵銷的過程中朝奧黛莉接近。

飛舞於風中的人影急速變大，捕捉對象的游標與螢幕上的影像重合。微微挪動手的奧黛莉讓身體轉向，那對翡翠色瞳孔半張著直視了巴納吉。她沒有昏倒。和飄在「工業七號」的天空時一樣，希求生存的肉體就在巴納吉眼前。巴納吉原本想讓「獨角獸」伸手捉住對方，但判斷這樣會來不及的他打開駕駛艙。一面受到一起吹來的強風壓迫，他將身體扯離線性座椅，一如當時地把手伸出了艙口。

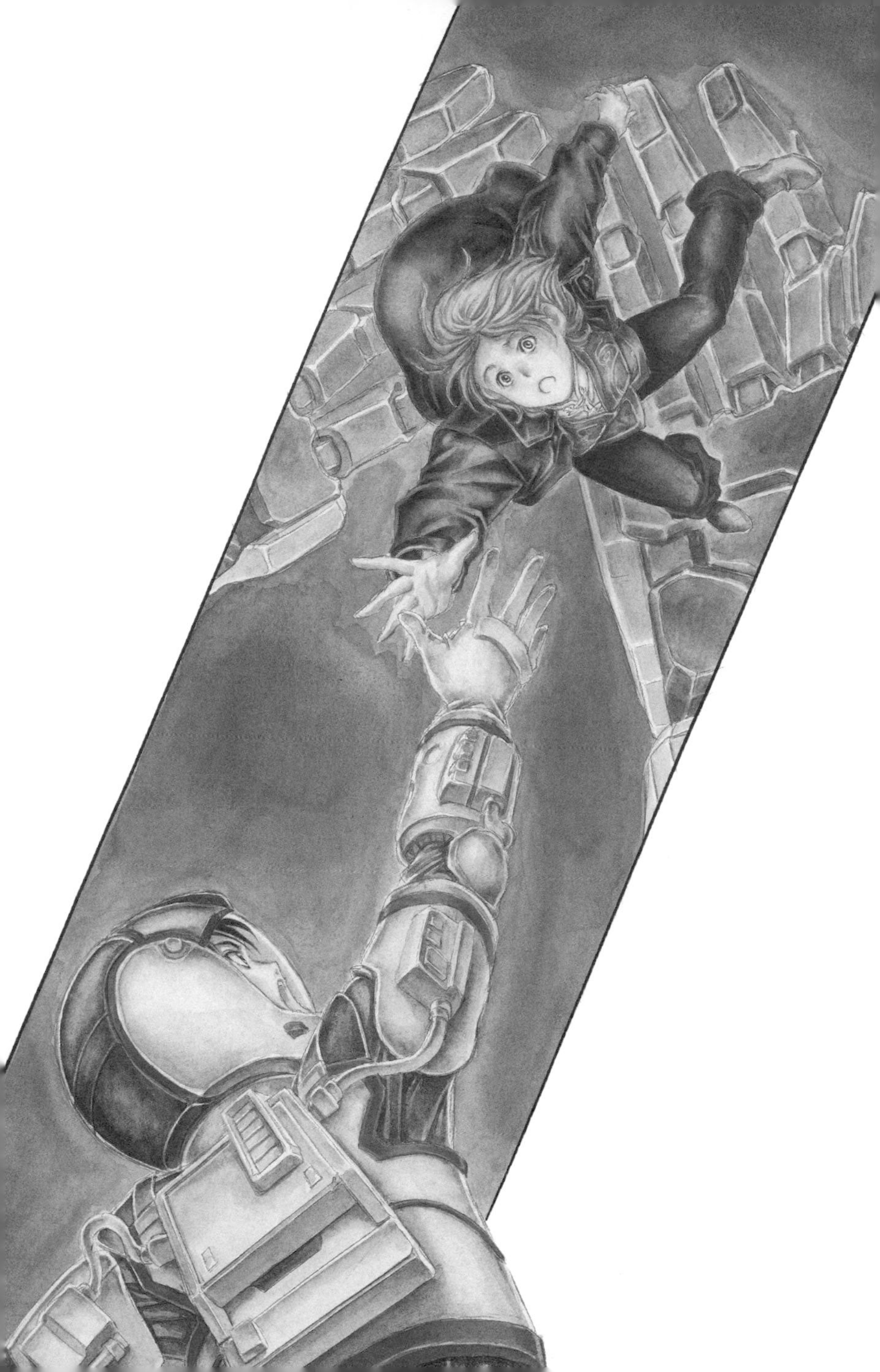

奧黛莉的身影閃過眼前，飛進打開的駕駛艙罩形成的視野死角裡，讓巴納吉無法看清。感應到巴納吉的思緒，在意向自動擷取裝置控制下的機體開始調節墜落速度。奧黛莉的身影再度進入視野，巴納吉使勁從駕駛艙挺出身體，霎時間，他看見翡翠色瞳孔明顯地回望著自己。在怦然鼓動的心跳催促下，就要被氣流捲走的身體又更用力地伸出手。「獨角獸鋼彈」的兩手也同時採取行動，兩隻手宛若捕捉網似地交疊後，便輕輕接住奧黛莉，把她的身體推向了駕駛艙。巴納吉扶著艙門一股勁地伸長身子，彼此手指接觸的一瞬間，他緊緊握住奧黛莉的手腕。

巴納吉一口氣將對方拉向身邊，兩人跌倒似地回到駕駛艙。用全身接住那纖弱的身軀後，坐回線性座椅的他先是將艙蓋關閉，跟著又重新握起操縱桿。奧黛莉大口吸氣，即使是隔著駕駛裝，她用下巴貼在胸口的體溫仍然可以傳達到巴納吉身上。她還活著，就活在自己的懷裡。身心為之顫抖，想不顧一切緊緊抱住對方的衝動湧上心頭，但巴納吉明白情況並不允許。機體的高度已在三千以下。開展於眼底的盡是藍海，沒有任何地方能著陸——

巴納吉打開節流閥，讓主推進器全力噴燃。儘管高度大約拉升了一百公尺，卻依舊是杯水車薪。就算可以抵消墜落速度平安落海，他也沒有頭緒之後要如何應對。要是跌入海溝，沉沒的機體也有可能被水壓壓毀。「巴納吉……」奧黛莉擠出沙啞的聲音求助，沒多看對方的臉，喊道「我會想辦法！」的巴納吉正以全身知覺著坐在自己膝上的生命份量。好不容易才見到了奧黛莉，現在卻只能墜落海中嗎？巴納吉懊悔地咬住嘴唇，就在手掌握著操縱桿顫抖的剎那——警報突然大作，放大視窗自動開啟，顯示了急速接近的物體。

眼熟的三角錐船體正破雲而下。「『葛蘭雪』……！」用不著多聽奧黛莉的聲音，巴納吉已先踩下腳踏板。「獨角獸鋼彈」的主推進器吐出長長的噴射煙，直朝著降落的「葛蘭雪」躍起。全長一百二十公尺的船體逼近至眼前，當「葛蘭雪」繞到抬升高度的「獨角獸鋼彈」正下方之後，巴納吉立刻看到從甲板上挺出身子的「吉拉．祖魯」朝他們伸出了手。

恰似人對人伸出援手那般，錯身接觸的兩機緊緊交握住手掌。交由對方施力，被拖上「葛蘭雪」的「獨角獸鋼彈」四肢碰到上甲板。「吉拉．祖魯」把手繞到「鋼彈」背後，艾邦叫道『人我接住了！讓船上升！』的聲音隨即在接觸迴路響起。船尾的推進噴嘴冒出火焰，「葛蘭雪」一面加速一面抬起船首，開始在天空緩緩攀升。為了盡可能減低空氣阻力，艾邦的「吉拉．祖魯」迅速鑽回艙內，同時間音速聲震也讓海面上濺起滔天大浪。

『你沒事吧，巴納吉!?』

接在艾邦機後頭，一讓下半身滑入艙內，布拉特的聲音即在駕駛艙傳開。與奧黛莉對望了彼此，巴納吉忘我地摟住她的肩膀，並且將全身的喜悅化為聲音：「我沒事！奧黛莉也和我在一起！」布拉特則不解地回道：『奧黛莉？』

「是我。布拉特，讓你們辛苦了。」

奧黛莉插入對話，使得無線電出現一陣發愣的沉默。沒過多久，「咦，這個聲音，不會是公主吧!?」拔高變調的人聲馬上在接觸迴路響起，巴納吉與奧黛莉一起發出微笑。眼前發亮的翡翠色瞳孔突然帶有鮮活感，巴納吉這才心慌地縮回自己擱在對方肩膀上的手。

『現在到底是什麼狀況，船長人呢!?』

「他還在『迦樓羅』裡頭。請你把船開過去。」

『別出難題了！要是讓動作不靈活的「葛蘭雪」接近對方，只會變成敵機的活靶。回收船長的任務就交給開德戴的貝松吧。』

「瑪莉妲小姐就坐在你說的敵機上面！只要和『迦樓羅』擦身而過就好了，請你把船開過去一趟。還有奧黛莉也要拜託你們收容。」

不等對方回話，一口氣把話講完的巴納吉握起操縱桿。讓「獨角獸鋼彈」在甲板上蹲下後，他先確認過氣壓才開啟駕駛艙，跟著又讓機體靠向了在一旁跪下的艾邦的「吉拉・祖魯」。望著膝蓋上的奧黛莉，巴納吉微微點頭。翡翠色的瞳孔中湧上不安，低語道「巴納吉……」的奧黛莉把手放上他的肩膀。

「妳剛才的聲音，我聽得很清楚。」

握著奧黛莉的手，巴納吉直直看著對方開口。體溫尚未完全恢復的指頭微微在發抖，奧黛莉也仰望巴納吉的眼。

「我好高興。我想我總算明白，自己為什麼會在這裡了。是妳把我叫來的。」

「我還不是……」

「如果這種感覺是真的，船長與我的聲音一定也能傳進瑪莉妲小姐的心裡。我絕對會把她帶回來。妳就在這裡等著，可以嗎？」

艙門的另一端，單眼發亮的「吉拉．祖魯」已將手掌伸來。看見大叫著「公主，請到這裡！」的艾邦從駕駛艙露臉，奧黛莉再次望向巴納吉。她硬將臉上的不安抹去，取回領導者的威嚴之後，她邊說邊站起身：「拜託你了，巴納吉．林克斯。」忍住膝蓋上突然變輕的失落，巴納吉用眼神答應了對方。

「你要小心那團光渦。那陣魔魅般的光芒吸收了瑪莉妲的傷悲，不斷在擴增。正面迎接的話，你會被漩渦吞沒。」

奧黛莉一邊把腳跨向艙門，一邊用靜靜地散發熱流的眼睛直視巴納吉。從用句遣詞以及精準的洞察力，巴納吉都能肯定那就是奧黛莉，回答「了解」的他關上頭盔面罩。朝巴納吉投注過確認的目光之後，奧黛莉一鼓作氣跳向「吉拉・祖魯」的手，並順著引導站到ＭＳ甲板上。關閉艙門、也拉下駕駛艙蓋的「獨角獸鋼彈」站起身，然後把頭探出了氣流盤旋的上甲板艙口。

隨船身接近，白茫的雲氣流過眼前，而「迦樓羅」亦從雲隙間逐漸露出身影。望著已有三分之一的引擎停止運作、處處更可見黑煙冒出的巨型機體，巴納吉從手臂上卸下殘彈所剩無幾的光束格林機槍，讓「獨角獸」重新用左右手提起兩挺四連裝的長槍身。他有很多話想講、很多事想問。為了不讓任何人犧牲，也為了取得讓所有人冷靜下來面對問題的時間，他會把眼前能做的事情全部做到。仰望著飄散危險氣息地晃盪的薄薄光膜，巴納吉在心底打定了要辦妥一切的主意。

※

一度退去的壓迫感，再次由腳邊逼近。他人的思維正滔滔不絕且不負責任地強灌進腦裡。無論怎麼揮劍都斬不斷，「鋼彈」依然像亡靈般地持續站起，散發出壓迫感——

「為什麼，我沒辦法打倒『鋼彈』……？」

『普露十二號，我們要更改預定讓太空梭發射。由妳擔任護衛。財團的代理領袖在船上——』

亞伯特的聲音在普露十二號被人埋下劇痛種了的腦中響起。低吟道「囉唆」的她打開頭盔面罩，順勢從頭枕的拘束器掙脫，趴也似地把身子彎向了儀表板。頭痛的不適感阻塞血液運行，視野因而變得搖搖晃晃。普露十二號吐出苦澀的唾液，相對地被塞進嘴的則是班托拿開給她的錠劑。明明都不知道吞了幾顆，頭痛卻一直不見緩歇。疼痛的訊號由腦髓傳至脊髓，使得握在操縱桿上的指尖也跟著脈動。

把敵人——「鋼彈」驅除，這才是自己應該做的。如此一來頭痛就會停止。身體的不適也會消失。這樣的理解化成信號閃過腦海，普露十二號擦去了嘴邊的唾沫。她將意識凝聚在接近而來的壓迫感上，讓手腳與自己同化的「報喪女妖」架起光束步槍預備。漆黑機體噴湧出黃金色燐光，就在光芒力場擴張的瞬間，普露十二號又察覺有另一股異於「鋼彈」的壓迫感正從腳底冒出。

那架MS從「迦樓羅」後部甲板飛起，變形成wave rider在「報喪女妖」周圍盤旋了短短一陣，隨即又變回MS型態降落於「迦樓羅」的機翼邊緣。完全把「報喪女妖」擱置在意識之外，濃灰色的苗條機體望向眼底的雲海，左右擺頭掃視著。儘管我方機體的標識與「德爾塔普拉斯」的名稱一同在放大視窗上浮現，但這些細節都與普露十二號無關。因為「德爾塔普拉斯」的護罩向內凹陷，整顆頭部的構造也好似具備雙眼，在她眼裡看起來只像一架沒有雙角的「鋼彈」。

「你也是『鋼彈』嗎……!?」

普露十二號嘴裡才叫道，光束步槍的槍口就轉向了對方。連迴避的跡象也沒有，「德爾塔普拉斯」只顧把視線繼續朝向雲海。位於機體中的人類思維忽然闖進腦髓，使她擱在扳機上的手指一陣痙攣。

——米妮瓦，妳跑去哪兒了?回答我。別丟下我一個人，別丟下我……

那道思緒有如雜訊般地攪亂了普露十二號的意識，她能感應到思緒的主人正在哭泣。懇求的「聲音」變成不快的顆粒在頭蓋中亂竄，感到作嘔的她因而施力在扣著扳機的指頭上。

「只會哭哭啼啼的傢伙別來搗亂!」

光束步槍發出閃光，麥格農彈的空彈殼隨即由槍身排出。光束掃穿「迦樓羅」機翼，擦過了引擎區塊，並且將「德爾塔普拉斯」的右臂轟飛吞入光膜。就在「德爾塔普拉斯」被衝擊波彈開墜落的下一刻，「迦樓羅」的引擎區塊也因為淋到飛散粒子而噴發引爆的火焰，又失去一道支柱的巨大機體頓時大幅傾斜。

失去平衡的「報喪女妖」跪倒在地，駕駛艙則響起亞伯特喊叫的聲音：『冷靜下來，普露十二號！要是「迦樓羅」墜落——』區別不出是雜訊或人聲的噪音折磨著腦袋，迫使普露十二號脫下頭盔猛摔。一邊為散開的長髮感到心煩，她將意識凝聚到正牌的「鋼彈」身上。自己得保護MASTER才行，這樣的強迫觀念正在腦中閃爍，正當她自問MASTER是誰的時候，另一道聲音在無線電響起：『瑪莉妲，妳聽得到嗎？是我，辛尼曼。』

「辛尼曼……MASTER？」

『沒錯。雖然我討厭這種叫法，但妳就是不肯改。這很符合妳頑固的作風，不過錯的是我。因為我明明幫妳取了名字，一直以來卻只把妳當成部下在對待。』

儘管說的速度快，具有述懷般份量的聲音開始在鼓膜嚷嚷。霎時間，普露十二號與「報喪女妖」同步的視野忽然中斷，她看見其他地方的景象擴展在眼前。這裡是哪兒？她認得這裡。MASTER寬闊的手掌遞來一張照片，頭髮沒像現在這樣長的另一個自己把那拿到了手裡。照片上能看到還只有三十多歲的辛尼曼，以及疑似他妻子的女性。用粗壯的手指指著照片中某個約五歲大的女童，他低聲自白，自己有十年沒看這張照片了。

要是她還活著，大概就和妳差不多大了吧……對了，她的名字是——斷斷續續的語句在腦中炸開，更引爆劇痛的種子，從內側壓迫著腦殼。普露十二號拚命壓著彷彿要裂開的頭，從現實中喚道『一起回去吧，瑪莉妲』的聲音讓她張開了眼睛。

『「葛蘭雪」已經來了。公主也平安收容在船上。只要妳回來，一切就能恢復原狀。和我一起回宇宙吧。』

抽離伸進抽筋的頭皮猛抓的手指，普露十二號望向纏上數根髮絲的手掌。那是操縱「報喪女妖」的手，也是殺了許多人類的手。就連MASTER也被她殺了。為了排除對她百般壓抑的人事物，並且向奪走「光」的世界宣戰。沒錯，她殺了MASTER。被殺的人不可能出現在這裡。事情不可能恢復原狀。就跟她體內無法再孕育「光」一樣。

同時前進的「安克夏」散開隊伍，朝接近的敵機張開火網。穿梭於火線的「葛蘭雪」逼近「迦樓羅」，蹲跪在甲板上的「獨角獸鋼彈」則閃爍出牽制的光束。「……想恢復原狀，根本不可能。」從乾燥的喉嚨裡擠出聲音後，普露十二號重新握起操縱桿。無視於無線電中叫道『瑪莉妲……？』的聲音，她讓「報喪女妖」面對從眼前接近的「鋼彈」。

「事情沒必要恢復原狀。所有人都給我消失！」

爆發的情緒與精神感應框體共振，從機體發出的光芒化為漣漪，朝四面八方擴散。「迦樓羅」的裝甲受衝擊而外翻掀起，當其中一架「安克夏」被震波彈開的同時，從「葛蘭雪」縱身躍起的「獨角獸鋼彈」也亮出光束勾棍。白色機體內含的精神感應框體綻發光芒，與

「報喪女妖」的光波相互接觸，從中感應到大叫「瑪莉妲小姐！」的聲音潛入身心，對方宛如強暴般逼來的思緒讓普露十二號氣炸了。猛衝的「報喪女妖」同樣以光束勾棍硬拚「獨角獸鋼彈」的，某種異於粒子束干涉的光芒爆發，讓「迦樓羅」的機翼產生果凍般的搖晃。

※

某種巨大物體變形的聲音響遍頭頂後，裝甲正逐漸被扯開的咯嘰聲響便在空曠的ＭＳ甲板傳開。光用「慘叫」二字已不足以形容這陣聲響，發出臨死哀號的「迦樓羅」大幅滑降高度，辛尼曼浮起的身體也因而撞向牆壁。

整塊艙門被轟飛，甲板上開出巨大凹痕的機內正不斷流失空氣，持續從耳邊呼嘯而過的風聲裡，也夾雜乘員們殺氣騰騰的鼓譟聲。「退避到前方甲板！」「可能得全員逃離。先準備好逃生艇！」勉強聽懂了雜亂交錯的吼聲，辛尼曼躲在懸架死角暗暗咂舌。畢斯特財團的人已經移動至太空梭。從這樣的高度終究無法上宇宙，他們應該會以逃生為優先才對。一度恢復通訊的「葛蘭雪」剛讓「獨角獸」降落，似乎又立刻從「迦樓羅」上方穿過，現在完全沒有信息。他也聯絡不到德戴改上頭的貝松，無論怎麼呼叫，從無線電聽見的只有雜訊。

雜訊透過「迦樓羅」的天線傳進迴路，每當光芒閃過機頂，收訊不良的狀況便瞬間加劇，而亮光一消散，雜訊也就如退潮般地恢復平靜。兩架「獨角獸」衝突催生出光芒，以及雜音。藉由接觸迴路，辛尼曼還能與黑色「獨角獸」保持聯繫。把開始變薄的氧氣吸進肺裡，他朝無線電喚道：「瑪莉妲！」但是卻被突然冒出的激盪與巨響甩離地面。無線電也在跌倒時脫了手，趴在地上的辛尼曼連忙伸出手。這時候，從旁出現的男子伸腿踩住無線電，自頭頂抵來的槍口則把辛尼曼壓制在地。

「別讓她再混亂下去。」

在槍口的另一端，抽搐著肥厚臉頰的男子咕噥般地說。即使沾上了煤灰，辛尼曼還是認得那張穿著畢斯特財團立領衫的臉——在他發動突襲的前一刻，這名男子正和一群身穿白衣的研究人員守在螢幕前。

「她已經不是新吉翁的人了。你早點放棄，逃離這裡吧。『迦樓羅』可撐不了太久。」

這個叫亞伯特的傢伙，就是瑪莉妲現在的MASTER嗎？血液衝上會意過來的腦袋，辛尼曼低聲喝道「你胡扯些什麼」，並且隔著發抖的槍口狠狠瞪向亞伯特的臉。

「該馬上滾的是你。我會把瑪莉妲帶回去。她不是你們所想的道具。」

用雙手扶著的槍口抖得更加厲害了。眼前的男子並不習慣面對這種情況。儘管心裡明白刺激對方不是好做法，辛尼曼依舊一口氣把話講完，然而對方回答「你講的我當然懂！」時口氣之激動，卻大大出乎他所料。

「她才不是道具！她……」

一陣語塞後，嘴角扭曲的亞伯特臉上露出苦悶神色。怎麼回事？當辛尼曼納悶地皺眉的瞬間，喊道「亞伯特大人，快一點！太空梭要離開了！」的聲音傳來，一名全身是灰的白衣老人從視野邊緣冒出。「喂，有人在叫你哪。」辛尼曼伸出下巴示意，而亞伯特則狠狠瞪了他，施力在握著手槍的兩隻手。布滿血絲的四隻眼睛相對，暗想「這下不妙……」的辛尼曼咬住嘴唇，此時由後部艙口照進來的光突然黯淡，只見亞伯特的身體頓時籠上陰影。

訝異地轉向的眼中，映出的是身負推進器火光的黑色「獨角獸」機體，緊緊糾纏在後的則是「獨角獸鋼彈」的白鎧巨體。兩架「鋼彈」一前一後地闖入甲板，懸架被撞倒，噴嘴冒出的熱流更在空曠的四周擴散而開。辛尼曼看見黑色「鋼彈」倒下，跟著落地的手掌則壓扁了原本站著的白衣老人。血肉當場四濺飛散，然而數十噸鐵塊相互衝突的撞擊力與巨響又馬上將其掩沒，隨後捲來的熱風亦遮蔽一切的視野，肆虐於辛尼曼頭頂。

被震開的工程車飛到半空，正好與高壓空氣的高壓瓶撞上，使得爆炸的火焰噴湧開來。爆發的能量引起地鳴，也讓趴在地上的辛尼曼感到腹部一陣激盪，待熱流完全掃過，他才抬起頭。亞伯特不見人影，只有兩架「鋼彈」在眼前踏響地板，正緩緩地準備起身。黑色「鋼彈」為火光照亮，在海市蜃樓中浮現出與對峙對象「獨角獸鋼彈」酷似的樣貌，而綻放金黃光芒的精神感應框體也如呼吸般地閃爍著。

機體袖口噴發出光劍的熱能，使得窄道的扶手有如麥芽糖似地熔化扭曲。一面在燒灼皮膚的熱流中遮著臉，辛尼曼大喊：「瑪莉妲！」黑色的「獨角獸鋼彈」全然不顧腳下，陣陣後退的腳掌踩扁了翻倒的工程車。

※

被三十噸餘的機體踩到身上，扁成一團的工程車發出哀號，然而這不過是大編制的交響樂團之中的鋼琴的單音而已。亞伯特頑強地抬起撞在地板上的頭，撐起身子的他，隨後又為聳立於眼前的兩尊巨人嚥了氣。

火勢正在ＭＳ甲板延燒的當下，雙眼發亮的「報喪女妖」與「獨角獸鋼彈」對望彼此，在壁面形成兩道對峙的巨影。雙方的精神感應框體都已減弱亮度，刻意不在接近時張開感應力場，會是機體在狹窄空間內自發作出的判斷嗎？凝神看著與火花難以分辨的燐光，發抖的亞伯特癱坐在地，下一個瞬間，兩機同時前進所排放的熱能，便讓他落得全身炙熱的下場。等到亞伯特不禁用兩手遮臉時，沉重的金屬撞擊聲已經響遍甲板，光束勾棍交鋒的干涉波更於現場打下人工雷霆。

四道粒子束眼花撩亂地相互交錯，飛散的高熱粒子則化作光粉灑落四處。掉在兩腿間的粒子陷入地板並發出熔化的聲音，嚇得亞伯特連忙後退數步。伸到後面的手掌碰到了別人的手，他一邊嚥氣一邊轉向身後。被扯斷的白衣袖子包裹著的胳臂，亞伯特能認得那是班托拿所長的手，但他無法斷定。因為和裹在外頭的白衣相同，被扯斷的胳臂另一端沒有軀體，地上只能看見一灘像是打翻紅色油漆的血跡。

光束的飛散粒子掉進血跡，夾雜固體的深紅中冒出了白色蒸氣。似乎是肉烤熟的氣味鑽進鼻腔，光是這種刺激，就使得知覺麻木的亞伯特繼續呆坐原地。無線電在腰際鼓譟著『亞伯特大人，請你回答！太空梭馬上要發射了！』的聲音，亞伯特也充耳不聞，他只注視著「報喪女妖」在眼前上下移動的腳掌。直到瑪莎歇斯底里地叫道『亞伯特，你在幹什麼!?』的聲音傳進耳，他總算才想到要把無線電拿進手裡。

『我們要離開了。別再管那個檢體。不管是機體或駕駛員，都只要再找替代品就行。』

麻痺的神經被發話聲驚醒，亞伯特俯望手中的無線電。對方根本不明白。姑姑不只什麼都不明白，也完全沒意願去了解——不，或許對她來說，其他人不過是隨時都能被取代的存在。『已經沒時間了，你快點——』無視於繼續呼叫的瑪莎，亞伯特切換了無線電的頻道。「普露十二號，是我，妳的MASTER。妳聽得見嗎？」一邊出聲，他仰望與「獨角獸鋼彈」交鋒的「報喪女妖」。

「沒必要回收機體了。將『獨角獸』破壞。趕快打倒那傢伙，和我一起逃脫。留在這裡的，只剩我和妳而已。」

才擋開對手的光束勾棍，「報喪女妖」立刻伸手掐住「獨角獸鋼彈」的頭部，將其重重掄向牆壁。撞擊力道使得牆際的窄道變形，吊艙也在升降軸分解後急速掉落。限乘六人的鐵籠砸在眼前的地板，迸發出火花，但亞伯特並沒有從這幕光景中感覺到恐懼，他反而緩緩站起身。「報喪女妖」已經受NT-D控制，系統本身正因為精神感應框體產生共鳴而逐漸失控。駕駛員在發狂的機體中，也只是促使系統運作的裝置而已，已經沒有任何人的聲音能傳進瑪莉妲耳裡。儘管亞伯特明白自己再多說也是枉然，稱讚道「就是這樣，好孩子」的他，依舊陶醉地注視著機械性揮舞光束勾棍的「報喪女妖」。千鈞一髮地躲過粒子束之後，「獨角獸鋼彈」奮力衝撞「報喪女妖」。「報喪女妖」在倒下時舉起勾棍，勾棍尖端擦過了白色機體，飛散而下的粒子宛如煙火般閃爍。

「如果是妳，一定能打敗『獨角獸』。這傢伙是一切的元兇。只要將它破壞，通往『盒子』的路就會跟著封閉。姑姑也只能放棄。就連我父親……」

也會無可奈何地罷休，對吧？亞伯特不禁自問。錯了，那個人才不可能收手，他闔上如此自答的嘴。即使事態變局，卡帝亞斯．畢斯特仍然會先思考下一步棋該怎麼走，這就是他的作風。父親厚顏地把過於堅強的本身當成比較基準，咬定弱者都是怠惰的分子。那個恣意妄行的男人棄自己兒子於不顧，反而將「獨角獸」託付給側室的小孩。為什麼事情會變成這樣？最先讓齒輪失控的人是誰？是無法追隨過於強勢的父親活下去，結果身心耗弱而死的母親嗎？還是在母親死後背著亞伯特與父親產生關係，甚至產下一子的側室？或者是在側室也離開身邊後，就一頭埋進開啟「盒子」野心的父親本身？宣稱不得已才有意除去父親的姑姑？幫姑姑實行計畫的自己？

亞伯特想起父親喪命瞬間的表情，那張絕望與憐憫不分伯仲的臉在腦海裡浮現，使得忽然結露的情緒濡濕了視野。他在心裡反駁。不對，錯的人不是我。都是那傢伙不好。那個巴納吉．林克斯奪走了父親，還將父親打造的機體一起搶走，而且他連搶人東西的自覺都沒有。那傢伙的存在讓一切都失序了。

只要看著那傢伙，就會讓亞伯特焦躁。彷彿正被人嘲笑「你不成材」的自卑感，總會沒來由地造成他的不安。要是他沒出生多好。如果能和那傢伙一樣強——自己與父親就不會出現決定性的絕裂、也不會深陷與姑姑之間的異常關係、更不可能親手加害父親。凝結的水珠滿盈於眼眶，從臉頰上滴落，亞伯特將水痕擦去，把無線電拿到了嘴邊。他將頻道設定為公共迴路，怒喝似地下指示：「散開在『迦樓羅』周圍的ＭＳ，聽到呼叫後，就開始狙擊『獨角獸』！」然後，他在溼潤的視野中重新捕捉白色的龐然巨體。

「對方正在『迦樓羅』甲板內與友軍機交戰。你們要趁它動作停止的瞬間狙擊。」

亞伯特一手拿著只有雜訊閃過的對講器，同時也讓整張臉暴露在迎面撲來的熱流前。新滴在臉上的水珠受熱蒸發，獰笑的他揚起了嘴角。在亞伯特眼裡，精神感應框體的亮度有增無減，白色惡魔依舊想將「報喪女妖」逼瘋。我不會再讓你奪走任何事物。瑪莉妲將會擊敗你。堅強、溫柔、飄邈有如母親的獨一性命將會擊敗你，為所有事情作清算。我已經不需要姑姑，也不需要父親了。待在這裡就行。直到「報喪女妖」將你劈開，為我趕走沒有出路的黑暗之前，我都會待在這——

咯噠咯噠地傳來的小幅震動竄上雙腳。太空梭的噴射艙似乎已經點火，如此判斷的理性被肆虐的熱風吹散，而亞伯特只是繼續望著獅子與獨角獸互相衝突的身影。掛在畢斯特家的織錦畫圖樣與眼前景象重疊，為色澤昏暗的火焰更添一層陰鬱。

※

如果是從空氣稀薄的一萬公尺高空，那股動能的確可以將大型太空梭射上宇宙。匹敵太空梭全長的火箭引擎噴出火焰，才在空中拖出廣而長的噴射煙，懸吊於機翼的太空梭隨即從拘束具被卸下。太空梭最初只是緩緩行進，脫離「迦樓羅」機翼的同時，眼看其速度越變越快，待射出十秒後就已穿透了音速的屏障。

衝擊波的漣漪從「迦樓羅」鼻尖擴散而開，在圓錐狀的衝擊錐包裹下，太空梭漸漸遠去。儘管承受著濃密的大氣阻力，船身仍以「迦樓羅」本身的速度作為後盾，經過反覆加速又加速之後，噴射煙立刻在雲海上留下了長達十數公里的軌跡。

就在「獨角獸鋼彈」扳開糾纏在懷裡的「報喪女妖」，準備重整體勢時，巴納吉被那陣聲音與震動吸引掉一瞬的注意，由下撈起的粒子束砍穿光束格林機槍的槍身，讓他暗暗咂舌。巴納吉拋下右手槍身被熔斷的格林機槍，並且用左手的光束勾棍抵擋陸續攻來的斬擊。自動反應的腳跟以倒鉤抓住甲板的接合孔，儘管此舉讓機體得以站腳，但在不安定的姿勢下實在難與對方抗衡。甲板忽然傾斜，著火的工程車與倒塌的鋼筋被甩往右翼方向的艙壁，

「獨角獸鋼彈」隨後也重重撞在背後的懸架上。

「地板傾斜了……!?」

不見傾斜有恢復的跡象，大量碎片正從偏了近三十度的甲板滑落。是太空梭發射造成的影響。為了與原本懸吊著太空梭的左翼取得平衡，右翼下方的平衡艙已經展開，卻因為開合結構故障而無法收納至機身。結果機體便在發射出太空梭之後失去平衡，「迦樓羅」整體目前正朝右側傾斜。險些兩兩摔倒的機體站穩腳步，而「報喪女妖」更先將光束勾棍的尖端指向「獨角獸鋼彈」。巴納吉為迴避而讓機體扭身，竄過駕駛艙的衝擊使他心頭一涼。

懸架的拘束具勾住了白色機體的肩膀。當巴納吉理解到時已經遲了，直取駕駛艙而來的光劍逼近面前，就連閉眼睛都辦不到的他直視著光劍。到此為止了嗎？他根本沒有空閒自問，臼齒正因為滾沸全身的悔恨咬牙作響時，直逼眼前的光束劍鋒赫然靜止於剎那。

『瑪莉！』

同時間，機體的集音裝置拾取到一陣渾厚的男性嗓音。巴納吉微微轉了僵住的脖子，口中重複著「瑪莉……？」的他，立刻隔著螢幕畫面，在「獨角獸鋼彈」的頭部旁捕捉到辛尼曼立於殘存窄道上的身影。

從扭曲變形的扶手邊挺出了身子，那道穿著駕駛裝的身影在呼喚過「報喪女妖」的駕駛員之後，又沿著「獨角獸鋼彈」的肩膀一路溜到腹部的駕駛艙蓋。巴納吉再度回望在極近距離下蕩漾的光束劍鋒，喊道「船長，這樣太胡來了！」的他讓機體將右手舉至胸口。

辛尼曼由駕駛艙蓋滑下，然後連滾帶摔地落到「獨角獸鋼彈」的手掌，扶著足以用雙手環抱的巨大手指，他站起身。『瑪莉。妳的名字應該是瑪莉才對。』反覆大叫著，辛尼曼仰望「報喪女妖」的臉上完全不把其他事物放進眼裡，巴納吉只能愕然地俯望他的背影。

『我一直想叫妳瑪莉，卻沒叫出口。因為我太膽小了。我害怕又失去重要的人，才會放棄任何能到手的幸福。回去吧，瑪莉。和爸爸一起回家。』

辛尼曼張開雙臂，在「獨角獸鋼彈」的手掌上叫道。逼近到極限的光束勾棍好似隨時要將他烤焦，以武器戒備的「報喪女妖」拋來沉默的目光。折服在無法插手、也不該插手的氣氛下，巴納吉屏息守候對峙的雙方。「報喪女妖」的身影顯露在光束刃造成的海市蜃樓中，「鋼彈」的臉孔彷彿正在哭泣。

※

『……我明白，現在講這些都太晚了。如果妳沒有回去的意思，也無所謂。一起留在這裡吧。我已經不想再失去任何東西。也沒有其他東西可以讓我失去了。』

背靠懸架的「鋼彈」手掌上，有個張開雙臂的男人持續仰望著普露十二號。那黑色的眼睛化作異物鑽進腦裡，使觀者感覺到劇痛的種子再度萌發，她用兩手按住了脈動的太陽穴。

「這男人……到底在說什麼……？」

爸爸、家，這些字眼都與她無緣。眼前的男人並不是父親，而她也不可能有父親。這男人是MASTER。儘管討厭被那樣稱呼，他在過去還是一直扮演著MASTER的角色。劇痛的腦袋開始尋思。我和他一樣，不敢踏出那一步。我不認為自己這種被玷污過的人，能取代他喪失掉的「光」。所以我才會固守於指示者與棋子的關係，打算讓彼此減緩喪失的傷痛——所以，又如何？我究竟在想什麼？

『別讓他唬住，普露十二號！妳的MASTER是我，快打倒「獨角獸鋼彈」！』

哭叫般的聲音闖進意識，普露十二號轉向背後。傾斜的甲板一角，可以看見亞伯特的身影就待在倒塌變形的吊艙旁邊。隔著燒起來的鋼筋，放大視窗照出了那張手持無線電的圓臉，對方正用蘊含依賴神色的目光直視自己——與眼前流露出包容力的男子互為對比，那對眼睛讓她感受到加注而來的沉重壓力。

『我能拯救妳，而妳也能拯救我。回想起來，「鋼彈」是敵人。只要打倒那傢伙，一切就結束了。我們一起離開這裡。』

和自己一樣懷有缺陷的那對眼睛，正濕潤地散發出熱情。「『鋼彈』是，敵人……」口中如此低喃，普露十二號將目光轉回正面的「獨角獸鋼彈」。MASTER在那裡，辛尼曼正對她張開雙手。對方就在「鋼彈」掌中等著自己——不，不對。那不可能是MASTER。MASTER已經被她殺了。她憎恨從自己體內奪走「光」的這個世界，為了揮別一無所有的自我，她已經親手扭斷了MASTER的脖子。

機體將噴發光束的右手抽離，並且瞄準那個張開雙手、有如被釘上十字架的男子。開口時盡會讓我迷惑的傢伙！就在普露十二號打算連人將「鋼彈」一同刺穿，正把瞄準的游標對準毫不退讓的男子時——機體背後的火勢又再加劇，她看見面前的牆上浮現一道巨大的影子。那道影子掩蓋了陷進懸架的「獨角獸鋼彈」，淡墨色的人影擴散在整面牆上，生有V字雙角的頭部輪廓正如熱氣般搖曳。

「『鋼彈』……？」

讓機體抽身，普露十二號望向背後。後面並沒有「鋼彈」。搖晃的黑影與「報喪女妖」出現同步的動作，回望了將視線轉回壁面的她。那雙手、那雙腳、那副胴體，宛若魔魅的輪廓正和「報喪女妖」用一點不差的動作蠢動。

「我操縱的，是『鋼彈』……」

普露十二號放開操縱桿，用手摸了自己的臉。火光將「報喪女妖」照亮，「鋼彈」的影子正彈射在牆上。意思是，我也坐在「鋼彈」上嗎？我就待在敵人體內，敵人就待在我的體內？殺害姊姊與妹妹們的敵人、奪走「光」的敵人。趕不去、抓不著，永遠存在於我體內的敵人。

我自己，就是敵人——

有條蛇正在她腦中掙扎蠕動，使得劇痛的種子陸續引爆。她的身心逐步分裂。之前銜接於心的理念已然斷離，與機體相通的血肉漸漸收斂為無力的皮囊。我的敵人就是我。我想恨的、想殺的，都是無法守住「光」的自己。某人的聲音在腦袋深處響起，普露十二號當場發出慘叫。她的身體弓起，眼睛也睜到最大。閃爍於搖晃視野中的框體光芒、無數的警告視窗一併映於眼底，驟然熄滅的NT-D標誌則化為殘像，燒烙在網膜上。光束勾棍的光刃頓時消滅，精神感應框體的光輝也黯淡下來，隨後「報喪女妖」就像斷了線的傀儡一般，跪倒於現場。

擴張的框體開始收縮，挪移閉鎖的裝甲完全掩蓋了感應框體的光芒。頭上雙角向中央收束，在雙眼被包覆的同時，失去「鋼彈」形體的巨人癱軟地向前倒下。「報喪女妖」直接靠到「獨角獸鋼彈」身上，停止活動的機體自動開啟了胸部的駕駛艙蓋。普露十二號被扯離線性座椅，與機內保持正壓的空氣一起向外流出。

沒有力氣、也沒有空檔保護自己，普露十二號的身軀穿過艙門，摔落在「獨角獸鋼彈」的裝甲上。到處撞傷的她，最後是倒在腰部前方的裝甲，並且和「報喪女妖」閃爍於頭頂的複眼感應器對上了眼。無用的零件已經排出，黑色「獨角獸」似乎很滿意，面罩裡的雙眼悄悄暗下，機體恢復成一尊鋼鐵巨塊。頭痛欲裂的苦楚，以及撞傷的疼痛都已從意識遠離，普露十二號也合上了沉重的眼皮。

「瑪莉妲！」

渾厚的聲音立刻傳來，使得差點淡出的意識產生搖動。是辛尼曼嗎？MASTER正在叫我。普露十二號——瑪莉妲睜開眼皮，左右轉動著無法對焦的眼珠。有個穿駕駛裝的男子從「獨角獸鋼彈」的指隙中鑽出，能認出是辛尼曼的那道身影，正朝著她滑下來。對方盡全力伸了手，只眷顧她的黑色眼睛則在頭盔底下冒出光芒。將自己從陰暗地下室拯救而出的，就是那隻散發實際體溫的手……父親的手。在意識朦朧間低語出口，瑪莉妲疲軟如爛泥的身軀開始掙扎。她抬起沉重的手臂，指尖顫抖地伸向了好久不見其容貌的辛尼曼。

『住手！普露十二號！回駕駛艙去！』

「報喪女妖」的駕駛艙仍未關閉，從裡頭冒出了近似哭喊的尖叫聲。是誰的聲音呢？想思考腦袋卻無法好好運作，瑪莉妲勉強撐起無力的上半身，卻在背後感應到忽然扎向現場的殺氣。她迅速回頭，當目光轉向後方艙口的剎那，她瞧見被推進火光包裹的圓盤型機體飛進了甲板。

一面抵抗從「迦樓羅」外流的氣壓，「安克夏」成功穿過後部艙口，並且讓瞬間變形為MS的機體踏穩在甲板上。敵機兩臂的光束砲瞄準了「獨角獸鋼彈」，發覺辛尼曼還愣站在原地，叫道「快避開！」的瑪莉妲順勢轉身仰望「報喪女妖」。雙眼一度熄滅的光芒從縫隙中閃過，拾取到瑪莉妲的念波，機體馬上舉起光束步槍。麥格農彈殼被排出、「安克夏」的砲口吐出MEGA粒子，兩件事幾乎發生在同時。

麥格農彈的光芒膨發籠罩住「安克夏」，當爆發的機體被轟出艙口外時，在另一方面，交錯的光束軸也直擊在「報喪女妖」的側腹上。爆炸性膨脹的光芒將視野染成全白，承受這股熱波的瑪莉妲連思考都來不及，身體已經被捲到半空中。飛散粒子如煙火般地擴散開來，喪失重力感的身體亦不知被幾道衝擊穿過。瑪莉妲有聞到肉烤熟的氣味，那就是她最後的知覺。全白的光芒一轉為火焰的色澤，從未體驗過的沉重黑暗便撲上瑪莉妲全身，使她失去了意識。

※

混在燃燒的碎片之中，瑪莉妲纖弱的肉體飛舞在半空。長髮宛如著火般地散開，在她摔落眼底甲板的前一刻，橫向衝出的辛尼曼接住了她的身體。兩人從前側裝甲滾落，就摔在機體的大腿部位。一邊留意不讓他們跌落，巴納吉推開「報喪女妖」，讓「獨角獸鋼彈」舉起左腕的光束格林機槍預備。將意識凝聚在後續出現的殺氣上，他望向後部艙口。第二架「安克夏」已從散發餘熱的艙口降落，裝備於前臂側邊的光束砲就指著巴納吉。

「這些傢伙……！」

光束格林機槍的四連槍身開始回轉，連續射出的ＭＥＧＡ粒子彈直擊在「安克夏」身上。先是右臂連砲身一起被轟開，「安克夏」接著又讓光彈射穿左膝，一面從身上彈孔冒出黑煙，機體重重倒向後方。敵機直接被甩出艙外，逐漸讓外頭怒濤洶湧的雲海捲去。巴納吉吐出憋住的一口氣，打開了駕駛艙前方的艙口。

有兩道趴倒的人影掛在膝蓋裝甲的突起處。巴納吉從駕駛艙挺出身子叫道：「船長！」話才出口，趴在瑪莉妲身上掩護她的辛尼曼就有了反應，巴納吉在安心前又趕緊坐回線性座椅。透過操縱桿，他讓「獨角獸鋼彈」把右手垂到兩人身旁。蹣跚起身的辛尼曼抱起瑪莉妲，在他讓癱軟不動的苗條身軀躺上手掌之前，新的爆炸聲又響徹於甲板。

接著巴納吉等待辛尼曼攀上機體，再以右手將兩人送到駕駛艙前。為了先把傷患抬進機體內，他一度離開駕駛艙，然而瑪莉妲被辛尼曼抱在懷裡的模樣，卻讓他不禁倒抽一口氣。

瑪莉妲的臉孔沾滿血跡與黑灰，全然不見以往的端正。駕駛裝上還能看到被飛散粒子貫穿的零星痕跡，左側腹的傷口已經裂開，不過目前似乎還沒有出血。大概是皮膚被高熱粒子燒傷，連帶堵住了傷口。巴納吉沒有勇氣去想像駕駛裝破洞底下的狀況，就在身體不自覺地後退時，辛尼曼怒斥「別在那拖拖拉拉！」的聲音讓他肩膀一陣顫抖。辛尼曼滿佈血絲的雙眼，正殺氣騰騰地直視巴納吉。

「終於把人救回來了。要是在這裡捅出婁子讓她沒命，我可不饒你。」

辛尼曼燻黑的臉頰上，有道水珠流過的痕跡。對於躊躇一瞬的自己感到羞恥，巴納吉一聲不吭地把手伸向瑪莉妲。兩人合力將瑪莉妲抬進駕駛艙，然後巴納吉讓以膝為枕的辛尼曼坐到線性座椅旁邊。關閉艙門，他操縱「獨角獸鋼彈」起身，並跨過倒地的「報喪女妖」走向後部艙口。「請小心不要被線性座椅夾到。」對於巴納吉的關心不做回應，辛尼曼好似抱嬰兒似地緊擁瑪莉妲，脫下頭盔的蓄鬍臉孔則靜靜地繼續望著前方。

高度下降，「迦樓羅」目前已完全沒入雲海。艙口外是伸手不見五指的整片白茫，儘管再沒比這更差的視野，能讓敵機難以偵查肯定是一項福音。「貝松，我們救出瑪莉姐了。現在要搭『鋼彈』逃脫。你能來接應吧？」看著一旁的辛尼曼對無線電呼叫，巴納吉讓機體靠近半已崩塌的艙口。將僅剩一挺的光束格林機槍換到了右手，巴納吉在雲海中尋找德戴改的機影，這時他突然注意到搖搖晃晃地出現在腳邊的人影。

是亞伯特。穿著變得破破爛爛的立領衫，他半已茫然地仰望「獨角獸鋼彈」。隔著放大視窗看到那張燻黑的圓臉，疑惑著「他沒搭上剛才的太空梭嗎？」的巴納吉同樣一陣愕然，操縱桿只被緊握一瞬，他再度開啟駕駛艙蓋。

因為此舉，剛要恢復正壓的駕駛艙空氣開始外流，辛尼曼怒斥：「喂，搞什麼!?」我哪知道。巴納吉在心中朝對方吼了回去，他讓「獨角獸鋼彈」蹲下身，又把機體的左掌垂到亞伯特眼前。用肉眼可以俯視到亞伯特顯得疑惑，露出了卻步的舉動，巴納吉傾全身力氣朝他叫道：「上來！」

「待在這只有死路一條！快點上來！」

亞伯特目瞪口呆地抬起頭，數度猛眨的眼睛將目光緊盯在巴納吉身上。「別理那種人！」背對著如此大罵出口的辛尼曼，巴納吉凝視呆站住的亞伯特。甲板深處連續傳出爆炸聲，立領上衣亦隨風壓翻飛。燃燒的碎片掠過艙口外，黑煙將亞伯特的身影掩去了短短一瞬，隨後表情突然扭曲的他又把目光拋來。

「……開什麼玩笑。」

不知道為什麼，那道聲音巴納吉聽得很清楚，他感到一股寒意。亞伯特拔出插在長褲裡的手槍，開口駁斥。

「你哪有資格救我！」

子彈毫不猶豫地射出，駕駛艙門口閃過命中的火花。比起金屬撞擊的尖銳聲響，針對自己的激情更能穿透身心，巴納吉緊緊靠到線性座椅上。

「為什麼你……！」

「你就是不幸的元兇。你奪走了一切。不管是父親、『盒子』、瑪莉妲、所有東西，所有東西都被你……！」

哽咽的聲音闖進耳朵，清脆的槍響讓子彈命中聲在艙門周圍連續響起。一發子彈擦過艙門、掠過頭盔命中了頭枕，巴納吉慄然回望亞伯特。他隨即被怒喝自己名字的辛尼曼揪住手肘，雙手也被迫重新握起操縱桿。追在起身的「獨角獸鋼彈」後頭，子彈命中的火花反覆猛叩機體的腹部。

「你這怪物！誰會甘願讓你救！像你這種人，像你這種人……！」

亞伯特那張被汗珠與淚滴沾溼的臉，已經消失在艙門的另一端。背對那道緊追不捨的視線，巴納吉屏住呼吸，讓機體移動。人會如此地憎恨另一個人。即使他們是起自同源的生命……不，就因為起自同源，更加深了這層憎恨。懷抱著這股令人膽寒的實際體會，巴納吉將視線轉向翻湧的雲海，停止所有思考的他只顧讓「獨角獸」鋼彈飛翔。

與爆發的燻煙一同被後部艙口吐出後，機體在轉眼間成為重力的俘虜。一面目送立刻從眼前消失，消失在層層雲幕之中的「迦樓羅」，巴納吉同時也在對物感應器搜尋德戴改的反應。傾斜的「迦樓羅」陸續投下逃生艇，無數反應正在感應器閃爍。前方艙口也發射出貌似SFS的飛行器，裡面八成載著逃難的成員。看著逃生艇打開降落傘，漸漸墜入海上，巴納吉從感應器捕捉到某個反其道而行、正急速上升的機影。運用推進器噴射以及AMBAC機動協調姿勢，他讓自機的墜落預測曲線與機影的航道重合。幾秒後，德戴改的扁平機體立刻從雲隙間現身，接住了將推進器點燃一瞬的「獨角獸鋼彈」。

巴納吉壓低降落在平台上的機體姿勢，並且要「獨角獸鋼彈」伸掌緊抓接合柄。委身於德戴改直接加速上升的過程中，光束的軸線掠過機體上方，巴納吉對於完全沒有感應到攻擊的自己有些愕然。他連忙想將德戴改的操縱權移轉到自機這邊，但辛尼曼吼道「別管敵人！

直直開向『葛蘭雪』！」的聲音卻在耳邊響起。巴納吉猛甩牽掛著亞伯特的頭，用後方攝影機捕捉到一支急速接近的「安克夏」編隊後，他用格林機槍朝背後連射進行牽制。

圓盤狀的機影頓時散開，消失在雲中。德戴改趁隙持續攀升，機體衝破掀湧的霧靄來到雲海上方。幾乎在同時，眼底的雲海翻攪生波，巨大的陰影剛從雲氣底部冒出，破雲而上的三角錐船體隨即佔滿了巴納吉的視野。宛如一艘潛水艇，逼退雲層浮起的「葛蘭雪」劃穿氣流，逐漸展現出全體。聽到辛尼曼喃喃自語「很好，時間抓得一點不差。」的聲音，巴納吉重新俯望在腳下齊頭並進的「葛蘭雪」，兩者相對速度一致的瞬間，他踩下腳踏板。

「獨角獸鋼彈」從德戴改的平台上蹬起，被氣流吹跑數十公尺後，機體攀附到「葛蘭雪」的上甲板。巴納吉將光束格林機槍掛到手臂的基座，機體一隻手抓穩了甲板上的握柄，另一隻手則伸向頭頂的德戴改。要是不將德戴改拖向船體，把降落用的鋼索綁到「葛蘭雪」上頭，就沒有其他手段能讓貝松上船。速度是零點六馬赫，用「獨角獸鋼彈」的手勉強能把德戴改拖過來降落，但追兵會不會順勢趕上？在巴納吉思考的剎那，ＭＥＧＡ粒子彈的光芒連續閃過藍天，受衝擊波擺弄的德戴改大幅傾斜了機體。

裝備於圓盤兩側的光束砲朝大範圍開火，兩架「安克夏」組成的編隊由雲底上升。一邊將手伸向上浮的德戴改，巴納吉叫道：「振作點！讓機體安定下來！」然而夾雜雜訊的無線電卻傳來『不必管我！』的吼聲，巴納吉握在操縱桿上的手隨之緊繃。

『保護好船長和瑪莉妲！我之後會──』

格外劇烈的一陣雜訊閃過，頭頂則有閃光冒出。那團火球瞬間就被吹到後方，然後爆炸，德戴改碎散的模樣都燒烙在後方攝影機的視窗畫面中。「貝松先生……！」巴納吉如此叫著，但沒有聲音會回覆他，爆發的火球轉眼間便已遠去。兩架「安克夏」穿過黑煙緊追而上，並且毫不厭倦地發出光束的軸線。

巴納吉咬緊牙關，不做保留地將光束格林機槍的殘彈全砸向敵機。打算追向散開的兩機，巴納吉就要讓機體起身，而辛尼曼低聲說道「布拉特，用最大航速」的聲音使他腦袋冷靜了下來。

「沒時間讓『鋼彈』停進船裡。直接用全速衝。把追兵甩掉，開上宇宙。」

抱著瑪莉妲的手加強了力道，辛尼曼面朝前方的臉壓抑著憤怒。獲得的與失去的，辛尼曼心中同時承擔著兩者的份量，偷看過他的表情，巴納吉又俯望極盡安祥地睡在他懷中的瑪莉妲，此時一道巨大光芒在後方炸開，讓巴納吉訝異地抬了頭。

某道光源從正下方照亮雲海，接在雷霆般閃過的亮光之後，又出現沉沉巨響迴盪於藍天。大概是「迦樓羅」炸毀了。巴納吉讓機體躺倒在「葛蘭雪」的甲板上，即使無法目睹雲底下產生的爆發，他依然持續注視著後方攝影機照出的光芒。搖曳的紅黑色光芒浮現於雲海一角，轉達了巨型機體面臨的末路。「葛蘭雪」一開始加速，那陣光芒也立刻從眼底遠離，直至進入船體的死角而消失於視野。

哥哥。在心裡編織出這個不帶任何真實感的字眼，巴納吉關閉了視窗。反芻著大概會永遠在內心留下痕跡的血親面容，他用全身承受住迎面撲來的G力，視線則轉向開展在眼前的藍天。彷佛若無其事地沐於閃亮的陽光中，全力運作三具引擎的「葛蘭雪」驅馳過高空。湛藍更甚天空的海面從雲層間現出蹤影，默默目送了駛離地球的一艘船。

※

厚密的雲層微微開了縫，陽光有如劍一般地扎向地表。這道光照亮了特林頓基地黑煙瀰漫的瓦礫群，也照出「拉・凱拉姆」主砲遭擊毀的前方甲板，一般艦橋的舷窗於是被溫暖的陽光所注滿。

「得到確認了。『迦樓羅』已經墜毀。」

將通訊長遞來的電報拿在手，梅藍開口。戰鬥平息剛過一小時，他原本為了應付反應遲鈍的特林頓幕僚而一直挑起的眉毛，現在才總算能慢慢取回平時的和緩。「據說機長以下的乘員幾乎都已平安脫困。」聽著背後如此傳來報告，布萊特重新轉向正面舷窗。一邊苦澀地俯瞰受直擊而餘熱未散的第二主砲，他頭也不回地問道：「『葛蘭雪』呢？」

「據稱已經逃脫了。從加速的狀況來看，應該是打算直接飛上宇宙。『獨角獸』也和他們在一起。」

語帶深意地把話說完後，梅藍站到布萊特身邊。即使喪失「迦樓羅」是在預料之外，大致而言，局面肯定還是照布萊特期待的方向在演變。只簡單回應一句「這樣啊」，布萊特將手擺到舷窗下緣，審視起座落在戰艦右舷方向的基地狀況。無視於從雲隙照下的和煦陽光，特林頓基地展露出的模樣，只能用整片狼藉來形容其慘狀。

設置於基地中央的司令塔至今仍冒著黑煙，周遭更有灑水車與雲梯車團團包圍。兵舍半已化作山一般高的瓦礫，搶救生還者的作業還在繼續，救護班的四輪驅動車頻頻奔走於基地四處。之所以會看到車輛蛇行，八成是駕駛者為了要閃避路面的窟窿或裂痕。由上空撒下的MLRS小粒散彈，使得堪稱路面的路面全被轟碎，為基地全體留下了短時間內無法抹滅的傷痕。在這種情況下能自由行動的則是MS，「拉．凱拉姆」的「傑斯塔」同樣被派往救援，由舷窗可以瞧見它們協助撤除瓦礫的模樣。搬運燒焦的吉翁機殘骸時，同樣也是由它們一枝獨秀，這樣說其實並不為過；像在滑行跑道上造成放射狀焦痕的爆發中心點，就有兩架「傑斯塔」正在撤除某具能認出是德姆型ＭＳ的殘骸。

據說沿岸地帶也是類似的情狀。基地守備隊遭受毀滅性損害，而另一邊的吉翁陣營同樣受到了相當於全滅的打擊。吉翁殘黨原本應該會捨棄基地苟活，卻抱著戰死的決心前來發動攻擊。就算有機體能僥倖存活，那些人今後又該何去何從——徒然思考著這些的布萊特大嘆。俯望在肩頭噴印三連星標誌的「傑斯塔」，腦裡想到奈吉爾上尉那張臉的他朝梅藍開口：「也把狀況告訴ＭＳ部隊。」

「聽到現狀以後，提議要追擊的那夥人應該也會放棄。」

主張要搭噴射座追擊，並且在艦橋爭辯了好些工夫的正是三連星眾人。被「獨角獸」輕易打發掉的滋味，或許真的很令他們不好受，就連平時冷靜的奈吉爾也一直不肯罷休。隻身離去的利迪少尉同樣叫人頭疼，真年輕哪……一邊用老人家一般的感想為事情作結，布萊特感覺到副長答覆「是」的語氣不甚乾脆，他瞥向對方。留意著其餘艦橋要員的眼光，梅藍提出疑問。

「那群人……能把事情辦妥嗎？」

梅藍走近舷窗，瞇起的眼睛望向了天空。依循對方的視線，布萊特回答：「我們可以做的只有這些。」

「相信他們吧。接下來只好靠那群人的運氣了。」

梅藍繼續沉默地仰望天空。正逐漸衝上宇宙的「那群人」，以及在軌道上等待對方的「另一群人」。幻想著雙方在天空和宇宙的夾縫相會，布萊特毫不厭倦地仰望泛光的雲層。他已經完成了能辦到的事。往後全都要看他們的運氣了。被「鋼彈」吸引，而又透過「鋼彈」相繫在一起的艦與船——但願他們能夠順利。要突破已有多方盤算糾結而進退不得的事態，只能靠人類握有的可能性之力。那個叫巴納吉的少年，則是從本能就明瞭那股名為「調和」的力量。

拜託你了。望著流動不止且從未停下的雲層，布萊特握緊擱在窗緣上的手。曇花一現的陽光立刻被掩沒，厚密的灰雲從頭頂籠罩了拴住在地上的「拉．凱拉姆」。

※

艦尾的著艦甲板已經扭曲成直角，彷彿要遮蔽後方主砲似地緊貼著戰艦底部。艦尾中央的主推進器往後方開展，當減速傘顯露在噴嘴周圍後，「擬．阿卡馬」便已做好衝入大氣層的準備。

「減速傘，準備完畢。」

「反向噴射六十秒前。全艦，逆加速防禦。」

接在航宙長之後，美尋緊張的聲音在艦橋響起。奧特戴上太空衣的頭盔，手則緊緊抓穩了艦長席的扶手。儘管他在其他戰艦有過相同經驗，但在「擬．阿卡馬」上頭使用減速傘，這還是第一次。環顧艦橋要員穿上重裝太空衣的背影，奧特舔了乾澀的嘴唇，朝偵查長提問：「目標的動向呢？」

「現在高度，九十八公里。航道安定，但尚未達到脫離大氣層的速度。接觸預測點，誤差修正為負八。」

「和布萊特司令預估的一樣嗎……好，繼續發出通訊。本艦現在將接近熱成層上部，並用拖曳索吊起上升中的目標。各乘員留意戰艦的高度與速度。要是涉足太深被重力抓住，可就逃不出大氣層了。」

倘若變成重力的俘虜，憑「擬．阿卡馬」本身的推力並無法重回宇宙。緊張的復誦聲有一半沒被奧特聽進耳，隔著窗戶，他望向幾乎呈水平的地球輪廓。距離布萊特司令突然捎來信息，還不到兩小時。雖然全體乘員慌忙做好了準備，也像這樣在感應器捕捉到目標，坦白講奧特至今仍體會不到真實感。目標的船影變得越明確，他越狐疑自己是否被上司擺了一道。如果感應器的光學修正數據確實無誤，那艘船就是——

「是『葛蘭雪』——『帶袖的』旗下的偽裝貨船。」

蕾亞姆似乎也抱有相同的疑慮，她獨白般地開口。聽見這句，奧特望向站在旁邊的高個副長。

「不會錯。那就是曾經從『工業七號』尾隨到我們後頭的船。這樣好嗎？」

「沒什麼好或不好，這是布萊特司令直接下的命令。我們只能照辦。」

「這樣嗎……」

「再說，不管被交到頭上的到底是什麼任務，有事能做總是好的。」

比起幽靈一般地繼續繞著地球打轉，這已經好太多了。蕾亞姆回望勉強擠出笑容的奧特，嘴角微微鬆緩的她從地板蹬起。同樣是無處可依地度過了兩個禮拜多的夥伴，副長自然也能理解漫無目的地持續殺時間的苦處。不論接下來有什麼事會發生，總比無事能為的空虛來得像樣。儘管內心自暴自棄地嘀咕著，奧特卻發現，自己實際上已經放鬆許多，他把微微苦笑的臉轉回正面。蕾亞姆就座後，航宙長報告「反向噴射，十秒前」的聲音響徹艦橋。開始倒數計時的「擬．阿卡馬」，正無聲無息地繞行在一片寂靜的地球低軌道上。

倒數歸零的同時，逆噴射的推進火光齊頭點燃，來自後方的G力撲向了煞停的艦內。眼看戰艦的速度逐步減緩，脫離軌道速度的船體高度也開始下滑。姿勢協調噴嘴冒出閃光，「擬‧阿卡馬」稍稍抬起只剩一邊的彈射甲板，準備以艦尾朝下的態勢朝地球降下。

漸次提高濃度的大氣纏繞住艦體，位於加速過程的艦內咯咯作響並產生搖晃。降至高度一百五十公里以下之後，白皚的外部裝甲明顯變得熱燙發紅，促使與高度計連動的減速傘系統展開運作。圍繞於推進噴嘴外的裝甲一彈起，巨大氣囊便從中爆發性地膨脹開來，將「擬‧阿卡馬」的艦尾包得密不透風。脹成研缽狀的巨大氣囊，構成了一道直徑兩百公尺餘的減速傘包裹艦尾，發揮出抵銷大氣阻力的作用。

研缽底部不斷噴出高壓空氣，讓艦尾得以阻絕烤熱氣囊表面的大氣摩擦熱。一面靠尾端張開的傘面隔斷稀薄大氣，「擬‧阿卡馬」進一部潛入大氣深處。滯留於熱成層的大氣越來越濃，包裹艦體的衝擊錐在大氣圈上層拖出了一道長長的尾巴。

※

『你說「擬造木馬」發來了電報!?』

才踏進艦橋，就有渾厚的吼聲傳進米妮瓦耳裡。詢問事態的聲音被米妮瓦吞進嘴，呆站在當場。對她的來到不予理會，坐在航法士席上的布拉特怒吼回應：「對方正展開減速傘下降。照這樣下去，我們會跟『擬造木馬』碰個正著！」

「他們表示，要用拖曳索把這艘船吊上去。我們的狀況被那群人摸得很清楚哪。要先回地上嗎？」

『不行，現在回去只會被追兵圍剿。既然沒有地方補給，眼前就是回宇宙的最後一次機會。』

隆隆作響的大氣正撲向船體，透過接觸迴路，又有辛尼曼回覆的聲音夾雜於其中。即使其餘乘員都希望米妮瓦待在安全的地方，但她認為在這種狀況下，留在哪裡並沒有差別。站到船長席旁邊之後，米妮瓦望向叩擊艦橋窗面的紅熱光芒。高度就要攀升至一百公里，雖說大氣已變得稀薄許多，以超過音速十數倍速度飛行的「葛蘭雪」，依舊得承受非比尋常的負擔。即使棘手程度不比利用大氣阻力降落至地球的時候，在熱成圈疾馳的船體仍然要忍受摩擦熱的煎熬，船外的溫度其實早超過攝氏一千度。雖然從這裡無法看見，攀附在甲板上的「獨角獸鋼彈」也被同樣的高熱所包裹，白色機體肯定已變得赤熱。

巴納吉就不必提了，包括辛尼曼，還有聽說已經被救出的瑪莉妲，都還出不了那座駕駛艙。曝露在如此的高溫與阻力之下，機體能撐得住嗎？儘管明白看了也無濟於事，就在米妮瓦仰望天花板的瞬間，輪機發出不靈光的聲響，船體也大幅產生搖晃。亞雷克一邊留意有驚無險地扶著牆壁站穩的米妮瓦，一邊在操舵席用收斂的音量叫道：「請您坐下！」在狹窄的艦橋沒有太多選擇，米妮瓦坐到空著的船長席，隨後她耳裡響起布拉特反問「那現在該怎麼辦!?」的焦急聲音。

「船已經到處出毛病了，掛在甲板上的『鋼彈』又造成更多阻力。再這樣下去，我們最後還是上不了宇宙！」

『可是，也不能讓聯邦的戰艦逮住……』

「那艘戰艦是來接我們的。」

忽然插話的聲音打斷辛尼曼，布拉特則意外地縮起了下巴。是巴納吉的聲音，電流閃過如此理解的身體，米妮瓦把耳朵貼向無線電耳機。面對問道『你說什麼？』的辛尼曼，巴納吉回答『如果對方是「擬．阿卡馬」，就一定是為了接我們而來的……！』的聲音，比剛才更加明確地衝擊在米妮瓦的鼓膜上。

『他們不是敵人。布拉特先生，請你聽從對方的指示。』

『開什麼玩笑！布拉特，壓低高度變更行進的軌道。先讓「鋼彈」退避到艙內，這樣單靠這艘船還是可以脫離大氣層。』

聽見兩道聲音在無線電的另一端爭論，布拉特一臉迷惑地與亞雷克互望彼此。「但現在調降高度的話，會跑進敵人的防空圈……」把一面說，一面開始動手計算軌道的布拉特擱到意識之外，米妮瓦凝視在感應器畫面上閃爍的標示。那艘聯邦戰艦事先預測到「葛蘭雪」的動向，還表示要以拖曳航法將船帶上宇宙。就常識而言是該懷疑對方有意拿下「葛蘭雪」，但通告未免也來得太早了。如果他們真的打算將自己這些人一網打盡，應該可以拖到更關鍵的時刻才現身，更沒必要主動報上自艦種別與航道。感應器捕捉到的標示的確是「擬．阿卡馬」，而對方已經單方面地送來航向會合點的預定路徑。

如巴納吉所說，從對方身上實在感覺不到敵意。正因為抱有相同的感觸，布拉特等人才無法對辛尼曼的指示立刻作出反應。米妮瓦回望艦橋天花板，她在眼中幻視到「擬．阿卡馬」從後方接近的身影。自「工業七號」的事件以來，因緣際會地與自己相繫在一起的聯邦戰艦，竟然會選這個時間點再度出現於眼前。而且對方並沒有為敵的意思，還宣稱現身是為了將「葛蘭雪」拖上宇宙。簡直像先前就已安排好——

「布拉特，維持現在的航道。我要和聯邦的戰艦接觸。」

望向正面，米妮瓦斬釘截鐵地下令。布拉特與亞雷克同時轉頭，無線電也響起辛尼曼疑惑的聲音：『公主……!?』

「巴納吉說得有理。那艘戰艦與我們一樣，都被歸屬在聯邦或吉翁的範疇之外。我不認為對方現身是為了逮住我們。」

隨衝動開口的同時，米妮瓦也在內心自問「是這樣嗎？」。她認為不會有錯。儘管不如巴納吉那麼明確，米妮瓦也能感覺到事態演變的方向。讓畢斯特財團當成棋子以後，「擬．阿卡馬」一直都像顆人人避之唯恐不及的燙手山芋，必然會被聯邦閒置於地球軌道。即使機關有所受損，至今仍無意追擊的「拉．凱拉姆」，也遲鈍得不符其作風，某人的意圖就若隱若現地藏在其中——回望懷疑自己是否清醒的布拉特，米妮瓦在言外的意思是「你們應該也明白」，握緊船長席扶手的她把視線轉向正面。『不行，布拉特，別聽公主的話。』辛尼曼的固執聲音在接觸迴路如此響起。

「辛尼曼……!」

『公主。來到這裡為止，船上已經付出了眾多的犧牲。也為了不枉費將兵們的死，我們實在不該自投羅網。』

「你是因為心中的怨恨才會這麼說。要是真的想回報他們的犧牲，你得勇敢地順從自己的心意。」

女王親口發出的聲音，使得布拉特與亞雷克一起繃緊了肩膀。滿覺到辛尼曼啞口無言的氣息從無線電傳來，米妮瓦又靜靜強調：「你應該也感覺得到。」

「對方如果是敵人，就會選擇更精明的做法。是眾多將兵的性命，將那艘聯邦戰艦導引過來的。沒有任何人有權為了顧及立場或顏面，而糟蹋這個機會。瑪莉妲明明也被救了出來，你卻打算再讓她涉險嗎？」

無線電沒有回應。「擬．阿卡馬」的標示確實在接近，正當時間陣陣逼迫而來的節骨眼，米妮瓦沉默地等待辛尼曼答覆。巴納吉也抱有相同的感覺。受到沒有確切證據，卻又認為肯定無誤的直覺慫恿，她屏息靜候辛尼曼的決斷。本身也不具百分之百把握的情況下，只有這份直覺從背後支撐著米妮瓦。

※

熱成層的稀薄大氣吹向船體，使得趴在甲板上的「獨角獸鋼彈」也變得赤熱，更讓全景式螢幕染上整片粉紅色的光。握緊了毫不間斷地傳來震動的操縱桿，巴納吉望向辛尼曼的臉。大鬍子懷裡抱著瑪莉妲，靜靜地凝望著某處，就是不肯讓緘默的視線與他對上。望著那對抹煞掉情緒的黑色眼睛，巴納吉就連對方是否在猶豫也判別不出。

或許還是不行，變得軟弱的心靈如此朝巴納吉細語。要想照直覺行動，辛尼曼身後還拖了太多東西。這也是名為責任的重力——不過，辛尼曼還是有來救他。就算那只是在奪取這架「獨角獸」時順帶促成的結果，辛尼曼的行動仍然帶來同時救出奧黛莉與瑪莉妲的僥倖。

不以道理面對事態，反而用心靈來應對，有時候也會得到意外的結果。巴納吉告訴自己，現在只能相信對方而已，他望向螢幕中發紅的視野。即使全世界都否定，他背後還是有光靠相信就能奮戰下去的力量在支持。

「葛蘭雪」沿赤道向東航行，正打算利用地球自轉衝上宇宙；與其並進的「擬．阿卡馬」則一面調降高度，一面從後方接近。雙方接觸的機會只有一次。當「擬．阿卡馬」多繞地球一圈時，「葛蘭雪」就會因為燃料耗盡而墜落。巴納吉調整後方攝影機的角度，設法要從放大視窗補捉那顆紅色的光點，他感覺到額投正在冒汗。快作出決定！忍著想催促的衝動，在巴納吉咬緊牙關的剎那，布拉特與辛尼曼沉重地開了口。

「繼續向前航行。準備與聯邦的戰艦接觸。順從對方指示，把接合用桅鉤升起。」

狠狠瞪了不自覺回頭的巴納吉一眼之後，辛尼曼尷尬地別開目光。「總比留在地球讓人圍剿好。給我用心警戒！」聽見辛尼曼如此補上一句，布拉特回答『了解！』的聲音顯得有些雀躍。果然沒錯，大家都有同樣的感覺。巴納吉竊喜。體認到局面指引的必然走向，共有同一份觀感的力量就在大家身上。「新人類」這個字眼在巴納吉腦中閃過一瞬，他牢牢握緊操縱桿，從螢幕確認了正在接近的「擬．阿卡馬」目前位置。相對距離已不到一百公里。雜訊嚴重的放大視窗將光點映出，只見減速傘綻放出等離子光芒，目標展現的樣相就如同一顆燃燒的隕石。

彷彿火傘的減速傘展開於艦尾，「擬．阿卡馬」正以二十馬赫的速度由後逼近。「那就是……」當辛尼曼如此嘀咕時，艦體已拖著長長的衝擊錐尾巴行經「葛蘭雪」頭頂，並且一陣一陣地點亮位於戰艦底部的信號燈。同時「葛蘭雪」也豎起桅鉤，一道狀似起重臂的長柱就屹立在俯臥的「獨角獸鋼彈」身後。設置於船體重心處的桅鉤也像是一根釣竿，長約二十公尺的桅柱前端開始朝「擬．阿卡馬」延伸。

「擬．阿卡馬」馬上會射出吊索，讓桅鉤將其勾住。被繩索吊起的「葛蘭雪」可以藉此和「擬．阿卡馬」互通動能，獲得脫離大氣層的加速度，然後一起衝上宇宙——這就是拖曳航法的原理。「擬．阿卡馬」正從「葛蘭雪」頭頂漸漸趕過，兩者的相對距離為十公里餘。對長度標準的吊索而言，這樣的距離差不多是極限，但真的夠近嗎？發光訊號閃爍的當下，巴納吉與辛尼曼一起屏息等待吊索出現，然而衝擊卻突然由下方傳出，讓他心跳加劇。「葛蘭雪」的器械再度冒出不靈光的聲響，船體高度下滑了十公尺之多。

通過頭頂的「擬・阿卡馬」微微遠離，想設法維持高度的「葛蘭雪」船體不穩地產生振動。辛尼曼大叫：「怎麼回事!?」布拉特則吼了一聲：「輪機功率低下！已經到極限了！」聽見兩人的對話，巴納吉抬頭仰望被衝擊錐包裹的「擬・阿卡馬」。會趕不上，吊索要發射了。在他不自覺地講出「這樣不行……！」之後，比信號燈更鮮明的白光立即閃過頭頂，發射的拖曳索在天空的灼熱色彩中劃出了一道黑線。

裝備於前端掛鉤的推進器噴出火光，拖曳索穿過了衝擊錐的屏障，直直地伸向「葛蘭雪」。追著那條垂到鼻尖上的蜘蛛絲，「葛蘭雪」像是要絞盡最後餘力似地讓器械運作鳴動。高效奈米碳管構成的長長繩索正全速伸展，巴納吉看見那伸到「獨角獸鋼彈」的頭頂，便立刻扳起操縱桿、踩下踏板。

「獨角獸鋼彈」在甲板上起身，它以高舉的右手抓住拖曳索前端，再用另一隻手緊握桅鉤。當機體拉起推進燃料用盡的繩索，打算將其拖向桅鉤的起重臂時，急速掉落的感覺瞬間襲向巴納吉。「葛蘭雪」的高度又下滑一截，使得抓住吊索的「獨角獸鋼彈」承受到向上硬扯的拉力。機體雙腳離開了高度不斷下降的「葛蘭雪」甲板，機體完全懸空後，雙手抓著吊索與桅鉤的「獨角獸鋼彈」，便落得在灼熱氣流間為兩者牽線的下場。

為了將持續下降的「葛蘭雪」拉上來，兩臂的框體讓巨大質量扯開至極限而咯嘰作響。負荷過大的標誌在螢幕版上點亮，告知機能不全的警報聲也在耳邊響起。要是在這裡放手的話——就要接上的唯一一條線，就會永遠被切斷！「不要逞強！這樣下去，機體會被扯成兩段！」無視於如此大喊的辛尼曼，巴納吉用渾身的力氣拉起操縱桿，把機體的節流閥開到了最大。

「『獨角獸鋼彈』可不是虛有其表……！」

一邊承受「葛蘭雪」的質量，另一邊則承受「擬・阿卡馬」的推進力，「獨角獸鋼彈」發出近似於「嗚嗡」的鋼鐵咆哮。精神感應框體的亮度變強，巴納吉感覺到燐光甚至也滲透進駕駛艙，同時他咬緊牙關，將全身的意念都灌注到機體之中。

『巴納吉……！』奧黛莉呼喚的聲音遠遠響起。到達極限的框體發出哀號，巴納吉的肉體同樣被分筋錯骨的疼痛穿過。這是因為感應系統開始逆流，使機體將承受的負荷轉換成痛覺，傳到了大腦。光靠一架ＭＳ，沒道理能支撐住兩艘艦艇的質量。快放手，快放手！系統警告的聲音在頭殼中亂竄，呻吟從巴納吉咬緊的牙關漏了出來。再怎麼說都太勉強了嗎？內心的怯懦開始細語，就在麻痺的手快要放開操縱桿的剎那，從旁伸來的手與巴納吉的手掌重疊了。

讓人感覺酥麻的熱熱體溫從對方手掌流了進來，被疼痛折磨的神經也在無聲無息間舒緩開來。巴納吉睜開眼，把視線轉到了手掌的主人身上。他看見躺在辛尼曼懷裡的瑪莉妲，正微微張開眼睛望向自己。你該講的，是「就算這樣」才對吧？微笑的眼神如此細語，那隻手掌握住巴納吉的手，彷彿把全身的體溫都傳了過來。流入體內的洶湧熱能從手掌行經全身，巴納吉重新用力在握住操縱桿的雙手上。由精神感應框體滲進駕駛艙的燐光越變越強，就在這瞬間，光芒宛如飽和般地脹開。

從機體迸發的紅色燐光，被新湧出的溫和光芒所吞沒，兩種光緩緩地交融為一。那陣像綠色，也像黃色，甚至也可看成青色或紅色的光，將「獨角獸鋼彈」全身的精神感應框體注滿，近似虹彩的折射光頓時朝機體周圍擴散開來。巴納吉看到針一般的細小光芒飛向四面八方，又看見「葛蘭雪」與「擬．阿卡馬」雙雙沐浴在那陣光華之中。「這光是什麼……？」聽到辛尼曼低吟的聲音時，巴納吉產生了錯覺，他看見自己的身體變成光，擴散至宇宙。

這陣光與巴納吉和「報喪女妖」交戰時發出的兇暴光芒不同，受到猶如極光的和煦光華籠罩，「獨角獸鋼彈」撐開到極限的雙臂有了動作。抓在兩手的吊索與桅鉤同時被拉近，「葛蘭雪」的龐大船身也緩緩地讓機體向上拖起。就在兩艘艦艇逐漸拉近距離時，巴納吉的思維乘著光飛向虛空，他在本身的存在中，感受到個別生息於兩艘船上的人類波動。

奧黛莉在船長席大叫。布拉特與亞雷克正在為「葛蘭雪」掌舵。奧特艦長發下指示，美尋少尉朝艦內作出廣播。蕾亞姆副長奔向機關室。哈囉飄在艦內通路。穿上整備兵太空衣的拓也在MS甲板狂奔，而待在避難區塊的米寇特像是忽然察覺到什麼，抬起了頭——

然後，被巴納吉遺忘在駕駛艙的軀殼旁邊，則有瑪莉妲讓辛尼曼緊擁在懷裡的微笑。俯視著在操縱桿上重疊的兩隻手掌，巴納吉從那份溫暖中感覺到血肉……當空靈的意識體認一切時，槍鉤已勾穩吊索，繩索繃緊的感觸將巴納吉的思緒拉回了肉體。

「擬．阿卡馬」點燃逆向噴射的推進火光，一口氣加速。「葛蘭雪」的船體連帶被拖動，並且在速度增加的同時逐步提升高度。呼嘯而過的氣流從後方遠去，天空的灼熱色彩剛減低亮度，不會閃爍的星空就從頭頂覆蓋住兩船，而周圍也被足以造成耳鳴的寂靜所包裹。圍繞船體的大氣阻力已不復見，慣性的力量開始將齊頭並進的兩船推向前方。「葛蘭雪」與「擬，阿卡馬」同時離開了大氣圈，成為在虛空中繞行地球的兩顆衛星。他們前去的方向上，能看到擺出夜晚臉孔的地球，還有找不著月亮的宇宙，以及數目堪稱無量的繁星。

抓著相繫兩船的拖曳索，「獨角獸鋼彈」也成功返還至宇宙。就在虹彩光芒變弱，精神感應框體正逐漸取回原本赤紅的過程中，四散於周圍的七色光彩在宇宙拖出了航跡般的餘暉。這陣餘暉化作一條光帶，將聯邦戰艦與新吉翁的船相連到一起，更在地球一角留下短時間不會消散的璀璨極光。

※

閃爍的七彩光點在黑暗中飛舞。那陣光芒也像是蝴蝶的鱗粉，如夢似幻地在闔上的眼皮內側迸開後，便毫無預警地消失了。

亞伯特張開眼睛。現實的光芒太過刺眼，他先閉上眼，然後才緩緩睜開眼皮。最初進入他視野的，是從高空俯望的海面。大海波光瀲灩地反射著夕陽，異於幻境的強光綻放在眼前，刺激到他的網膜。

亞伯特半夢半醒地望著海面，從臀部底下持續傳來發電機的震動，將知覺喚回到現實，他開始轉動靠在牆壁上的頭。或許是長時間縮在狹窄處的緣故，全身到處都痛。這裡是MS駕駛艙一類的地方嗎？亞伯特摸著形成曲面延伸至腳邊的螢幕面板，打算仰望旁邊的線性座椅。就在此時，構成全景式螢幕的面板一角冒出黑影，猛然跳動的心臟開始撞擊他的胸腔。

有架機體搭在MA型態的「安克夏」上，剛從亞伯特視野的斜下方橫越而過。確認到那是「報喪女妖」，腦袋一口氣清醒過來的他把臉貼向腳邊面板。機體四肢並無損壞。腹部應該有受到直擊，不知道狀況如何？凝神望著溶於海面反射光的機體，正當亞伯特在腦裡想起瑪莉妲這個名字時，從身旁發出的一句「駕駛員似乎沒找到」在他耳邊響起。

亞伯特抬起頭，轉頭望向線性座椅。利迪・馬瑟納斯就在那裡。利迪把一瞬間對上的目光轉回正面，有些自暴自棄地操作起儀表板。儘管利迪打開放大視窗，為趴在圓盤上的「報喪女妖」作了特寫，亞伯特朝著對方的臉依然沒動。事情到底變成什麼樣了？為什麼這傢伙會在這——不對，這裡是哪裡？無法釐清同時湧上的疑問，亞伯特全心專注在對方臉上，結果利迪煩躁地轉了頭。脫下頭盔的利迪把手伸向自己的金髮，冷冷地開口：「既然你醒了，就自己把輔助席拉出來。」

「光要把昏倒的你抬上來，已經夠我累的。你好歹也是亞納海姆的人，總知道駕駛艙的構造是怎樣吧？」

面對瞥來的視線，亞伯特重新環顧球狀的駕駛艙內壁。能直接看見底下的海面，表示這架ＭＳ並沒有搭乘噴射座。有能力在大氣層下自力飛行，意思是自己正待在利迪的座機——變形成wave rider的「德爾塔普拉斯」上頭？確認了事態，腦袋稍微冷靜些的亞伯特呼出一口氣。亞伯特開始在破破爛爛的衣服上摸索，明白自己並沒有什麼傷勢後，他又把視線轉向利迪，問道：「為什麼救我？」利迪不願和他對上眼，只是夾雜嘆息地回答：「事情自己演變成這樣的。」

「被那架『報喪女妖』轟下來之後，我也昏迷了一陣子。等我醒來回到快墜毀的『迦樓羅』的時候，那裡只剩你和變成空殼的『報喪女妖』而已了。」

利迪望向讓「安克夏」扛在上頭，宛如人偶般不具靈魂的「報喪女妖」，然後微微瞇起眼。「『獨角獸』消失了。」從利迪補充道的低沉嗓音中，彷彿能聽見喟嘆「米妮瓦也一樣……」的心聲就接在後頭，已經不打算多問的亞伯特別開視線。他的戀情可能也告終了，這份理解落到亞伯特開孔的胸口，在空洞的身體裡掀起了沉沉的漣漪。

同樣身為被「拉普拉斯之盒」詛咒的一族末裔，同樣喪失了淡淡的戀慕——載著猜忌、失落感、以及些許的同病相憐，「德爾塔普拉斯」飛過傍晚的天空。對於要去哪裡、該去哪裡全無主意，亞伯特呆望著染成琥珀色的天空與大海。背對燦爛的海面，「安克夏」載著無人的「報喪女妖」展開迴旋，在朱紅天空中劃出了一道空虛的飛機雲。

《第八集待續》

機動戰士鋼彈UC（UNICORN）7 黑色獨角獸

作者
福井晴敏

角色設定
安彥良和

機械設定
KATOKI HAJIME

原案
矢立肇・富野由悠季

插畫
虎哉孝征

設定考證
岡崎昭行
小倉信也
白土晴一

協助
佐佐木新（SUNRISE）
志田香織（SUNRISE）

日文版裝訂
住吉昭人（fake graphics）

日文版本文設計
泉榮一郎（fake graphics）

日文版編輯
古林英明（角川書店）
平尾知也（角川書店）
石脇 剛（角川書店）
大森俊介（角川書店）
若鍋吉彥（角川書店）

特甲少女
惡戲之焱
參
Blue Murder
冲方 丁
TOW UBUKATA
Kadokawa Fantastic Novels

Kadokawa Light Novels

CODE GEASS 反叛的魯路修 紅的軌跡（全一冊）

Kadokawa Fantastic Novels

作者：岩佐まもる　故事原案：大河內一樓／谷口悟朗　插畫：玲衣

以人氣女角紅月卡蓮的視點，
縱觀CODE GEASS的世界！

被不列顛尼亞帝國支配的國家──「11區」。在這個所有人都已經放棄希望的國家，有一名在白天穿著學園的制服，夜晚則變成手持槍械、對軍方高舉反叛旗幟的紅髮少女──紅月卡蓮……以卡蓮視點描繪的「黑色騎士團」，CODE GEASS的另一個世界。

NT$180/HK$50

台湾角川

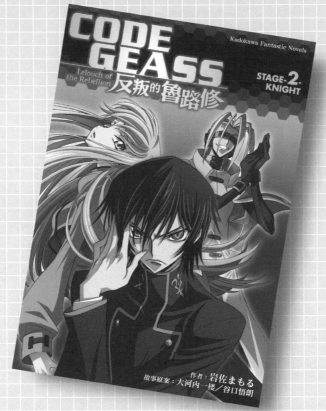

國家圖書館出版品預行編目資料

機動戰士鋼彈UC. 7, 黑色獨角獸/福井晴敏
作；鄭人彥譯.——初版. ——臺北市：臺灣國際
角川,2009.10
面；公分. ——（Kadokawa fantastic novels）
譯自：機動戰士ガンダムUC. 7,黑いユニコーン

ISBN 978-986-237-326-2（平裝）

861.57 98016838

Kadokawa Fantastic Novels

機動戰士鋼彈UC 7 黑色獨角獸

（原著名：機動戦士ガンダムUC 7　黒いユニコーン）

2024年6月26日　二版第1刷發行

作　　者：福井晴敏
原　　案：矢立肇・富野由悠季
角色設定：安彥良和
機械設定：KATOKI HAJIME
插　　畫：虎哉孝征
譯　　者：鄭人彥

發 行 人：台灣角川股份有限公司
總　　監：呂慧君
總 編 輯：蔡佩芬
主　　編：林秀儒
設計指導：陳晞叡
美術設計：黃永漢
印　　務：李明修（主任）、張加恩（主任）、張凱棋、潘尚琪

發 行 所：台灣角川股份有限公司
地　　址：104台北市中山區松江路223號3樓
電　　話：（02）2515-3000
傳　　真：（02）2515-0033
網　　址：www.kadokawa.com.tw
劃撥帳戶：台灣角川股份有限公司
劃撥帳號：19487412
法律顧問：有澤法律事務所
製　　版：巨茂科技印刷有限公司
ISBN：978-986-237-326-2